回望

古冬文集

序一　閃耀的文字：讀古冬《回望》有感

尹浩鏐

我總覺得，寫一篇好序言比寫一本好書更難。尤其對於古冬這樣的大作家，由我來給他的書寫序，實在是力不從心，但既然已經「撞在槍口上」了，也只好不自量力而為之了。

人的成長、成才是一個非常複雜的過程，每一個天才的成長都是獨特的、不可複製的。古冬的一生，多彩多姿，他生於廣東僑鄉，求學於京滬，歷經戰亂，政治風暴，顛沛流離然後流落香港，終於落腳美洲。

他跑過新聞，當過記者，他會編劇，做過會計，也跑過碼頭，做過電報通訊員，也開過餐館，廚藝精湛。一生閱歷豐富、嘗盡人生百態。他自幼聰明好學，又博聞強記，凡所經歷，均訴於筆端，讓紙和筆攙扶著走過了多少孤寂和落寞的日子，也排解了多少剪不斷理還亂的愁懷，成就了一篇篇雋永優雅的文字。

現在，他把這些文章編在這本稱之為「回望」的集子裡。把文字變成一顆顆閃耀的沙礫，鋪陳在他經歷的生活之路上。沙礫上留下了他的腳印，釋放他的酸辣苦澀，記錄著他的心路歷程。在這部作品集中，作者更多關注到了日常生活的樸素和人們之間水乳情感的交融。

古冬是一位散文、小說兼擅的當代作家，這本《回望》，所收集的散文，短而精練，內容豐富，有嚼頭，不空洞，幽默風趣。每篇文字，看似隨手拈來，實則匠心獨具。從種種社會現象和眾生百態中，尋覓趣聞逸事，用最豐富的想像和最細微的心聲，將它們以特有的技巧表現出來。

收集在篇末的幾篇小說，是古冬早年在香港報刊刊載的舊作，是小說中的精品，它們構思嚴密，語言生動，寓意深遠。

在《小牛》一篇中，小牛是一個懂事、聽話的好孩子、好學生。為了孩子的前途，父親不憚辛勞的去開夜工，賺錢供小牛交學費，但當他知道家計艱難時，他說他不想讀書了，他逃學偷偷去做工賺錢，買煉奶餵妹妹吃，這友愛的場面真令人感動。爸爸發覺他逃學，打了他，後來知道打錯了，他向孩子賠罪，這時小牛提起頭來，發覺爸爸十分慈祥親切，他笑了，滿懷歡喜地倒進爸爸懷裡。小說並沒有安排一個完滿的結局，小牛依舊沒錢上學，這樣的結尾道出了窮苦人家的辛酸與無奈。

在《尊嚴》一篇中，作者描寫一個卑微的小售貨員，剛被老闆為了在客人面前失去面子，遷怒於他，無理將他解雇後，在公園遊蕩，百無聊賴中遇到一個相識的妓女，上前搭訕，反被羞辱一番，繼而被冤枉是小偷被警察套上手扣，警察問他的名字。

「黃提，黃腫腳的黃，不屑提的提！」他沒好氣的回答。

警察吹鬍瞪眼。

「哈，這就是我的尊嚴啦！」他冷笑一聲，自顧自說。

「你說什麼？我問你，這錢是哪來的？」他的牢騷倒把警察弄糊塗了。

「你現在比我的老闆還要威風，自然聽不懂，待會讓上司指著鼻子大罵廢物的時候，就知道是什麼意思了！」

「我問你錢是哪裡來的！」警察憤怒地把他按在地上。
「哪你口袋裡的錢是哪裡來的？」他反詰。

這裡作者把低層人物的無奈描寫得入木三分。

作者在描述中國改革開放後的景象，有一段十分精彩的描寫：

最近有位朋友和他的法國同事去北京出差，公餘一齊上王府井酒吧區消遣。法國人一看傻了眼，怎麼滿眼盡是藍寶堅尼和法拉利，難道發夢到了東京耶？
原來這位仁兄和筆者一樣孤陋寡聞，對北京的印象仍然停留在二十年前新聞報導的街景中，殊不知如今北京的名車要比巴黎和東京多得多。

還有香港居屋的困境：

「有空來我家坐」或「我到府上去拜候你」之類的應酬話，香港人幾乎不敢說，取而代之的是「改天飲茶」或「××酒家見」，大家都把酒樓茶室當客廳。居住的環境太狹小，早已習以為常。有趣的是，由於事先沒有講明由誰做東道主，至曲終人散時，便出現搶單鬧劇，「我來！我來！」之聲四起，大家搶著付。

作者從觀察、分析、判斷世態人心、人情世故，探索人間的倫理道德。用精湛的文字訴諸大眾，正是：煉得慧眼者，自會為人寰觀其世道；深諳文心者，自會為塵間把其脉相。足以拼嘻笑，寫喜怒，卓然成一家言。如今，它們匯聚在「回望」裡，千秋萬代，有書為証。

（尹浩鏐：著名學者、教授、北美拉斯維加斯華文作家協會會長。）

序二　品一席懷舊的饗宴

蓬丹

古冬大哥是我在洛杉磯最早認識的文友之一，上世紀九十年代初識時他仍在餐飲界工作，但幾乎所有作家協會的文藝活動都會來參加，他總是十分專注聽講，很少發表意見。看來屬於內斂沉默的類型，我心忖他的人生背景應是平實簡單的。

後來他加入理事會。有了進一步的認識，才知他的生活經歷相當多彩多樣。他學過新聞、經濟、攝影、廚藝，當過記者、編輯、編劇、會計、大廚、老闆等等。他在廣東出生，到北京和上海念書，後遷居香港，再赴美定居。生活非但不簡單平淡，反而高潮起伏，行萬里路，讀萬卷書，嘗遍天下，閱盡世事。我意識到，他其實是在用一雙訓練有素的記者之眼，以攝影的精準焦距，將他所經歷、所觀察到的方方面面都存留在心的菲林之上。

菲林顯像成為一則則文字，好幾部以飲饌為主題的著作先後問世，作者猶如餐館的大廚，為大家端出了一道道精美菜式。一些細枝末節的事物，也能成為趣味盎然的題材，除了展現作者的觀察入微，更顯示了筆下工夫。相對於他為人的嚴肅，古冬的文字十分的幽默俏皮，有些謔而不虐的字句，睿智且詼諧，時時讓人會心一笑。正如作者自己所言：評者認為他寫的是「古冬式雜文」，我則認為這恰恰反映了作者其人的赤子之情，而一份清純不被世俗污染的心態，原是寫作者不可或缺的胸懷。

二十一世紀之初，古冬眾望所歸被推舉為作協會長。他的當選有著承先啟後的意義，也證明他用心寫作的成績，以及穩重的待人處事態度足為表率。作為作協首任會長及現任監事，我與新上任的古冬會長及理監事會合作無間。我建議他將行之有年的會刊改為會員合集，以書本的型式呈現，較易保存及收藏。因此在他任內，洛城作協第一冊以會員最滿意的一篇文章集合成書的「文情心語」出版，甚受各方好評，也成為古冬會長帶領作協堂堂邁入二十週年的代表作。

任內他仍保持著一貫的謙沖和氣，雖不多言但辦事總是身先士卒，表現了大將之風。而他笑容可掬的另一半，也總是與他聯袂出席，追隨左右。雖然大嫂只懂廣東話，臉上卻永遠維持著慈祥溫婉的笑意，難怪他倆教育出兩位優秀的兒子。會長卸任後，古冬大哥再度勤於筆耕，常在報刊發表一些緬懷往日點滴的文章，內容包羅萬象，例如收音機、木屐、洋服、甚至菜籃子……都能激發他寫作的靈感，可見作者關懷時代變遷及升斗小民的日常生活。一個湮逝的年代、一些過往的事物在他流暢自然的描述下，又栩栩如生重現，勾起了讀者的憶舊情懷，讓我們對於所走過的道路，再作一番回顧與反思。

近日他將這組文字連同一些代表作者本人某些生活片段的作品，輯成「回望」一書。展讀這些逸趣、雅趣、諧趣兼而有之的篇章，感覺作者誠心的相邀，邀您來共享一席足以讓人在回望之餘，回味再三的人生饗宴。

（蓬丹：作家、編輯，北美洛杉磯華文作家協會創會會長。）

序三　以文會友讀古冬

劉俊民

古冬，這個音韻響亮的名字，在洛杉磯華人文化圈裡早有耳聞。他已經出了好幾本書，文筆優美風趣。特別是他擔任洛杉磯另一個華文作協會長之後，出錢出力，親力親為，人們對他贊譽有加。於是在我想像中，古冬應屬於「高、大、全」一類的人，很想一睹此君風采。

二〇一〇年，古冬他們作協召開新書發布會，我欣然往之。當古冬走上講台時，看到此兄身材並不高大，相貌平平，講話輕聲低調，與所謂的「高、大、全」尚有一定距離。

後來讀了古冬的幾本散文集，最近又讀了他的《回望》之後，以文會友，對古冬兄才有較深入的了解。他雖不屬於「高、大、全」一類人物，但他卻值得我學習和敬佩。

古冬曾經走南闖北，馳騁東西。他當過記者、編輯、會計、廚師、餐館經理，生活道路坎坷崎嶇，嘗盡人間疾苦。但他大智若愚，聰明過人，勤奮好學，不畏艱辛。真是皇天不負有心人，如今他家庭幸福，事業有成，文筆流暢，碩果累累。

我們人類生存離不開物質食糧和精神食糧。而古冬在人生的重要階段，正好選中了這兩種事業作為自己的主攻方向。既做物質食料的烹飪者廚師，又做精神糧食的烹飪者作家。用他自己的話說：「手中緊握著鍋鏟與筆桿，雙管齊下，冀能殺出條生路。」雖然他自己謙遜地說「戰果並不豐碩」。實際上「當其在端鍋掌杓時，端出的是令人讚口不絕的佳餚美饌；當其在舞文弄墨時，舞出的是令人會心莞爾的絕妙散文」。

一個有良心的廚師首先要用好的食材，絕不能濫竽充數；而一個有責任感的作家也要有好的創作素材，不能閉門造車。古冬在這兩個方面都極為認真負責，毫不苟且。

有了好的食材，並不等於人人都可做出色香味俱全的佳肴；同理，有了好的素材，並不等於人人都能寫出好的文章。古冬在這兩個方面又狠下功夫，而且將這兩種不同的職業有機結合，相輔相成，相得益彰。他以作家的知識和胸襟來做廚師，經營餐廳，使他的餐廳有足夠的文化底蘊，高朋滿座，財源滾滾。進而又以商養文，讓自己有足夠的生活體驗、創作素材、創作時間從事寫作。真是一舉兩得，這正是古冬聰明過人之處。

古冬的文章幽默風趣，人物景物描寫生動形象，無論是寫他的賢妻和兩個傑出的兒子或別的人物；無論是寫「酸、甜、苦、辣」《百味紛陳》的食品；無論是寫《西班牙印象》或是《迷茫的東瀛》，都讓讀者有親見其人，親食其味，親臨其境的感覺。如果沒有豐富的生活閱歷和深厚的文學功底是難以寫出這樣文章來的。

還要特別一提的是古冬兄在《回望》中收錄了他六、七十年代在香港發表的幾篇小說，距今已經三十多年，不但沒被滾滾的紅塵淹沒，現在讀來都讓人興味無窮。究其原因，我想首先是作者與人為善、以人為本的價值取向經得起時間和地域的檢驗；其次是作者年輕時的創作技巧已經達到一定的高度。但古冬來洛杉磯後，並不顯山露水，為人低調平實，這也是他讓人敬佩之處。

古冬的文章究竟妙在何處？還有哪些不足？我相信仁者見仁，智者見智，讀者自有判斷，筆者就不在這裡贅述。

二〇一四年三月二十一日

（劉俊民，中國國家一級作家、世界華人文化藝術交流中心主席、北美洛杉磯華文作家協會名譽會長、世華文藝主編。）

八十自序

古冬

我今年八十歲了。是的，八十了！

這八十年是怎樣過的呢？

說簡單，真是很簡單；一路走來，既無人喝彩，也無人坍臺，悄無聲息的就過去了，好不慚愧！

說複雜，也確實複雜；小小年紀即離鄉背井，由廣東奔赴北京，然後轉征上海、香港、密西根、波士頓、洛杉磯……歷盡坎坷，能平安走過來，已是徼天之幸了！

記得拙著《鮮河豚與松阪牛》的簡介中有這麼一段話：「當其在端鍋掌杓時，端出的是令人讚口不絕的佳餚美饌；當其在舞文弄墨時，舞出的是令人會心莞爾的絕妙散文。不但是美食家，更是專欄作家。」其實人生中每一個階段，都是一場戰爭，在不同的戰場上，須使用不同的武器。在出版該書之前的十年間，是我人生中最艱辛的一役，手中緊握著鍋鏟與筆桿，雙管齊下，冀能殺出條生路，無奈戰果並不豐碩。慶幸其間家門出了兩名健將——兩個極聰明而體貼的兒子，不論學業、事業與家庭，俱贏得了超卓的成就。他們才是我的驕傲。

老大在密西根大學研究院畢業，是位出色的太空工程師，一做十餘年，後見美國太空工業日漸衰落，終於決定搭上華爾街的「肉汁列車」。現為某英資私人銀行理財部的執行董事。

老二尤為聰穎，從幼兒園起，所有考試都是第一，從未考過第二。十九歲獲得全額獎學金入麻省理工（ＭＩＴ）攻讀核子博士，成為該部門最年輕的研究生。除了取得滿分5.0/5.0的ＧＰＡ外，也以第一名的成績考取博士學位，被老教授譽為二十多年來僅見的傑出研究生，並因為修正了一條重要方程式，榮獲當年全球第一名博士論文獎。隨後被華爾街羅致，從事債券研究。兩年後升為副總裁，數年後再升為交易主管及高級執行董事。在多番負責美國、日本、亞洲的股票及債券交易後，又升為主管全亞太區股票部門的高級執行董事總經理，帶領一個四百多人的團隊。最近他決定離開投行，經營對沖基金。

美國有不少華裔青年取得傑出的成就。我誇讚兒子，主要是指他們為人光明磊落的一面，以及對待父母無微不至的關懷與照顧，包括精神上和物質上慷慨無私的付出，讓我們得在晚年享有充裕安逸的生活。對於我們來說，這些才是最難得的。

美食家焉？愧不敢當！數十年來，我從未在家燒過一頓飯。廚房是老婆的地盤，有她在場，我無用武之地；她不在場，我會餓癟。我的那些伎倆，只可以攻佔老外的脾胃。

作家焉？說來汗顏！寫作於我而言，原「有點像情慾與食慾，有衝動時提筆，發表了就滿足。」（見拙著《百味紛陳》前言）所以一直成不了「家」，若無僑報和中餐通訊幾位主編的扶掖，實難躋身寫作和美食家之列。

寫作的條件我是具備的。不同的國度、不同的時代、不同的社會、不因的境遇……這許多的不同為我提供了豐富的素材，讓我的作品比較容易融入生活，所以在一九九一年初第一個專輯和專欄發表不久，即蒙報刊與讀者的好評。於是再接再厲，視野逐漸由餐館、飲食、旅遊擴展至日常生活的方方面面。

寫作的方向也是重要的。我認為讀書看報應該是件輕鬆愉快的事，所以要求自己的作品起碼做到簡單明瞭，可娛人自娛，讓人有讀下去的興趣。方法之一是避用艱澀聱牙的字眼，盡量口語化，適當的時候還加進一些趣味性的方言。這種寫作手法也許有欠正統，甚至有點粗俗，但我覺得比較生動和傳神，遂有專家評定為「古冬式雜文」。褒耶貶耶？我全數笑納了。茲謹藉此機會，向敬愛的牟治中主編、陳楚年主編、Betty Xie主編致上最誠摯的敬意，衷心感謝他／她們的愛護、鼓勵與支持！並附錄了幾篇由文壇前輩和專家所寫的評論與捧場的文章，以資鞭策，也好讓讀者朋友對我的作品有較多的了解。

數年前因緣際遇，我當了幾年作家協會的會長，與一群熱愛寫作的作家成為好朋友，並得到了文友的認同和支持，為我的寫作生涯增添了多彩的一頁。

本來無意出書，卻因年底整理剪報，發覺近來所寫的短文多為思古之作，想到自己剛好步入杖朝之齡，於是就有「回望」之想。

可是這麼一「回望」，不禁唏噓，原來我最了不起的戰績，就是出了幾本破書而已！

這是第七本吧。

首卷的二十餘篇小文，均為去年發表於世界日報「上下古今」的新作，是本書的主題之一，望能透過這些粗淺的文字，回望一下過往的歲月。

卷二則為餐館文章，皆是舊作，不過跟以往幾個集子所收錄的有點不同，這回要直接請您走進廚房裡，親身感受一下爐火的烈焰以及廚牛生涯的苦與樂。

卷三為不同時期所寫的雜文，記錄當時生活的點滴，而卷四則是這些年來，蒙文友抬舉為他／她們的新書所寫的序文。

其實我在上世紀六十年代初就執筆，經常寫些香港生活小故事。不論作品成熟與否，總算是個成長的過程，所以很想將之結集成冊，可惜大部分剪報丟失了，剩下的雖然仍夠出書，但每次拿出來整理，總有點意興闌珊，只好暫時擱下，先擷取幾個短篇，放在「回望」的附錄中，算是補白。

感謝尹浩鏐、蓬丹、劉俊民三位大師賜序。這原是一份我為自己所準備的生日禮物，現蒙好友撐場，信心倍增，明知別人生日切蛋糕，我吃饅頭，也願與您一同分享。

二〇一四年三月於洛杉磯

目次

卷二 天職

卷三 雜燴

卷四　鼓掌

【附錄一】小說

【附錄二】鞭策

卷一
憶往

理髮過年

生活中有不少小節十分討厭，但又不得不做，比如理髮。

從前理髮叫剃頭，工具是剃刀和剪刀，俗話中有「險過剃頭」一語，可以想見個中的凶險有多可怕。一把鋒利無比、長近半尺的剃刀，沒遮沒攔的架在腦袋上，誰能處之泰然？為安全計，雙方必須由衷合作，被剃頭者固應屏息靜氣、嚴陣以待，剃人頭者更須心平氣和、不急不躁。

特別是後者，持刀之手要穩定有力，落刀之時要專心致志。刀子鈍了，在吊帶上「刷刷」兩下，又是刀落髮飛，你要光頭裝、陸軍裝還是花旗裝，保證滿意為止。於是待著的時候提心吊膽、如坐針氈，出來的時候如釋重負、渾身輕鬆。

原來剃頭師傅均為功夫老到的專家，不過自從有了洋髮刨，這種以刀法為營生的技藝便後繼無人，幾近失傳了。

洋髮刨利用剪刀的原理，以密集交替的鋼齒快速把頭髮剪下，後來還由手控改為電動，操作起來既安全又快捷，加上業者別出心裁，添加不少額外服務，如洗頭、電髮、染髮、按摩等等，「剃頭」一詞便逐漸被「理髮」、「髮型」、「美容」所取替，「剃頭佬」從此完成了他們的歷史使命，把責任交付給年輕俊俏、身穿白袍的「理髮師」、「髮型師」和「美容師」們了。

不錯，如今去理髮，確實要比過去「剃頭」來得安全、舒適和方便。他們除了擁有髮刨、剪刀、風筒之外，還預備了不少小工具，你要頭髮長點、短點、厚點、薄點，悉從尊意。

但有得也有失，現在的理髮師好像只管頂上的毛髮，而同是毛髮的鬍子就不「理」了。所以進去時一臉鬍茬，出來還是「鬚」顏未改，不若從前的「剃頭佬」，不用開口也會給你剃個滑不溜手，這不能不說是美中不足。

至於電髮、染髮之類，偶一為之即可，倒是理髮後若不打算馬上回家洗澡，順便在理髮店洗個頭就有必要了。所以開工前，師傅一定問你洗不洗。這種事情我比較喜歡請上海師傅做，可是很奇怪，他們叫洗頭做打頭，並且一定先「打」了才理髮，常常把人弄得一頭霧水，尤其一些膽小鬼，簡直給嚇得膽油都飆了。

坦白說，我最怕理髮，更不願在理髮店洗頭。做什麼都可以講速度，唯獨上理髮店總是猶豫再三，非等到頭髮長得實在不成體統了，才不得不鼓足勇氣一頭闖進去。

不是我有怪僻，有兩位醫生朋友甚至從來不進理髮店。他們形容理髮是活受罪，形同行刑。可不是！才坐下來就把脖子給綁上，跟著是刀剪亂舞，髮絮紛揚，而你卻動彈不得，傻楞楞坐著任人宰割。

這使我想起七十年代香港人用過的一種小刨刀，像個小梳子，中間夾一張小刀片，輕輕一梳，頭髮便一綹一綹的被削下來。操作起來十分輕巧，人人會做，完成後看起來也不礙眼，該是件不錯的理髮工具，可惜不知何故，用了沒幾年就絕跡了。

還是日本人聰明，知道大家不喜久坐理髮店，多年前就發明了「快剪」法，即在短短五分鐘內為你「搞定」。我試過，真是不錯。他們共有兩套工具，一套在手上，另一套置於消毒箱裡，替換使用，以保持清潔衛生；而削下來的頭髮，又很快由吸塵機自動吸走，可謂乾淨俐落。在這樣的環境下給他們「修理」一下，應該比較放心和安心了。

然而對我來說，理髮就是理髮，再怎麼快也得給綁上脖子，也得正襟危坐。不過時近歲暮，我將勉為其難，和鄉里們一樣，毫不遲疑上一次理髮店。「有錢無錢，剃頭過年」是我們鄉下的老規矩，我覺得很有道理。以愉快的心情和一張煥然一新的笑臉，迎接新的一年，迎接每一位到賀的親朋，是應有的態度，也表示你對未來有足夠的信心和美好的期許。

收音機

上世紀五十年代初葉的中國大陸，百廢待興，民眾的精神生活十分貧乏。有電台，卻沒有收音機；可以看電影，但是為數不多。那時候我剛到上海，舉目無親，假日除了看書之外，不少時間是在宿舍睡大覺。

有次在舊貨攤見到一些做礦石收音機的配件，想起中學時代曾經學過製作，遂買下一套。其實很簡單，只需把原件固定下來，再在窗外架條天線即可。

當晚試聽不成功，第二天再來，終於聽到一個跳動不定的聲音：「這裡是……人民廣播……電台……」雖然是有氣無力的樣子，還是不禁為之雀躍。

不料就在此刻，一名大漢突然推門而入，命我立即去人事處。

原來已經有人通風報信，說我收聽美國之音。萬想不到，一台不成樣子的礦石機，竟差點惹出大禍！

不久後，有位同學進了電台當編輯，我問他有沒有收音機，他說沒有。

出於好奇和關懷，我寫信問香港的母親，平日作何消遣？家裡有收音機嗎？她回信說，除偶爾去看場廉價電影，平時都在家裡聽廣播，粵曲和廣播劇都喜歡。

及至遷居香港，才知道母親收聽的是收費有線電台。不過即使家裡沒有安裝，只要到涼茶鋪去買杯茶水，就可以坐下來聽足一晚，娛樂一番。

在六十年代即將來臨之際，收費的有線廣播被免費的無線廣播取而代之，收音機開始進入普通人家，而原來的有線電台就成了有線電視。從此香港變得有聲有色，聽眾、電台、歌星相輔相成，成為促進娛樂事業蓬勃發展的強大動力。

不久之後，真空管被半導體淘汰，電台跟著增設短波和超短波，彌補了原有長波和中波的不足，收音機即走向多樣化和大眾化，小型機特別是手提收音錄音機隨處可見。

人們隨著音樂的聲浪旋轉起舞，隨著潮流的更迭而改變著自己的喜好——由粵語流行曲到國語時代曲，由周聰、呂紅到青山、姚蘇容，羅文、鄧麗君、梅艷芳……

如今收音機已隱身於電腦和手機裡，以至無處不在。

收音機豈止娛人而已，它還是一面反映世態民情的鏡子。

電話與電報

在上世紀五〇年代，電話尚未普及，電報是最快速的通訊工具。

我曾在北京一個大機構當過小秘書，工作之一是草擬電文。這是所有文書中最精煉的一種，可謂惜墨如金，因為電報逐字收費，貴得很咧！

老家倒有台古董電話，是父親從海外帶回來的。不過鄉下地方無法通話，結果成了裝飾品。

後來調去上海，桌上終於有了電話。但我朋友不多，一般人家又不容易有這種奢侈的東西，所以除了公事之外，幾無他用。大家有需要時，都是到傳呼站去打給另一個傳呼站，即幾條街才有一個的特約電話，請求那裡的人轉達一聲。

六〇年代初我移居香港，才知道有電話的家庭同樣有限。雖然公共電話亭隨處可見，一些店家還把電話放在醒眼處，免費供人借用，可是哥們「樓上樓下、電燈電話」的宏願幾時得償呢？想請他們出來聊聊，仍得先通書信，約定了時間、地點才赴會。

慶幸我「好腳頭」，適逢香港的工業建設開始起飛，並著手興建廉租屋村，居民的日子逐漸好轉，市面一天天繁榮起來。我家的電話是在一九六三年初安裝的，可謂「與時並進」了！

然而大出所料，十多年之後，竟然故技重演，又來寫電文！

初出茅廬的古冬

那時正在辦理移民手續，有不少事情須及時與美國的父親溝通，無奈山重水複，信函往返費時，而家裡那台本該大派用場的電話，卻形同廢物。

原因是太平洋海底電纜還沒有鋪設，通訊衛星也沒有升空，兩頭的聽筒根本不來電。於是一次又一次，寫電文，跑電報局，以昂貴的費用換來一個簡單的資訊。

而今呢？性能卓越的智能手機，連三歲的小孩都有一台，哪怕天涯海角，隨時可與親朋「煲粥」。我在想，假如時光能逆轉，可把眼前的景象傳回給幾十年前的人看，準會嚇他們一跳：怎麼人人一邊走路、一邊自言自語，都神經病啦？

水煲與水瓶

水是天賜的，但限於冷的，如要加熱，便需技術支援了。

六、七十歲的人，一定用過水煲。先是瓦煲，而後是銅煲和銻煲。即使到了今天，在不少華人家庭的灶頭上，仍可見到那個圓鼓鼓的小身影。雖然有點老土，不過由於後來加裝了活罨，水開了會自動嗚嗚嗚叫，提醒主人莫再浪費能源，倒有超時代的摩登感。

冬天最需要熱水。廣東人不習慣上澡堂，水煲是最大的恩物。

隨著電力和煤氣廣被利用，水煲日見式微。然而由插電的暖水管，到在屋頂裝個蒸汽爐，再到掛牆電熱器，然後家家戶戶有熱水箱，熱水可由自來水管直接供給，也足足走了大半個世紀漫漫長路。

自來水管供應的熱水還有個缺點，就是不宜飲用，而水煲又不保暖，於是大茶壺（也叫企身壺）應運而生。圓筒形，橫邊有嘴，頂部有口、蓋和活手把，將煮沸的水灌進去，然後放進一個專門為它量身而做、外用藤條織成、內有厚棉裏子的套子裡，把它裹個密密實實，保暖的效能不亞於後來的熱水瓶，「50後」可能沒有見過。

說到熱水瓶，它比大茶壺細而略高，外殼大多用竹笏編造，旁有耳，內有膽，朝天的嘴吧拴個水松栓子，保暖的效果相當不錯；短處是膽子太薄，輕輕一碰就砸個粉碎。

自從有了壓力不碎瓶、自動熱水壺、尤其是自動冷熱水蒸餾器之後，熱水瓶即被棄如敝屣了。

我對熱水瓶倒是情有獨鍾。記得家裡曾經有過一個鐵皮做的，挺精緻，淺藍色的瓶身繪上好看的花鳥，栓子之外還有個鐵蓋，大半天後裡面的水還是熱的。

大概因為接近港澳，廣東人的日用品通常比較講究，像這樣的繪花鐵皮熱水瓶，北方就不多見。五十年前我在北京工作，見到的都是竹笏做的，並一律髹上淺黃色，名字就叫「竹殼水瓶」。辦公室裡不能一日無此君；有時出差，主管部門拿來招待我們的，也是同樣的貨色。

北京人特別愛飲水，許多人都有自己的水杯和水瓶。我也買了一套。老虎灶（一個公用的巨大熱水爐，整天燃燒著）就在辦公大樓的院子裡，每天上下班必打一瓶。

上班時打的用來飲，有時也作取暖。倒杯熱水捧在掌心，一股暖流直透全身，不知多麼舒服。至於下班時打的，則主要為次日洗臉而備，因為毛巾硬得像鐵皮，沒來熱水是不能用的。

這樣的水瓶我打破一個又買一個，每個都是同一模樣。它們不離不棄，伴隨我渡過了艱苦的十年，每天給我溫暖，比情人更值得留戀。

傘

傘，一件古老而又歷久常新的用品。

最誇張的是皇帝出巡用的傘，象徵蔭庇子民；最有含意的是官吏們用的傘，不同的尺碼顏色代表著不同的權力和地位；最美麗的是少女出嫁時用的傘，祝願新娘從此得到護蔭和幸福。

可別小看你手中的傘，它已經歷了兩千多年榮華富貴、風吹雨打，是最有用的遮風擋雨的工具。

我大約五歲左右擁有自己第一把傘，是當兵的堂兄回鄉渡假，臨走時把他行軍用的油紙傘留下來給我做紀念的。

母親老早就有一把女裝傘，鐵骨布面的，跟油紙傘很不同。她怕曬，出門時一定帶上，所以叫它做涼傘，作用同現代人撐在沙灘上、泳池旁的太陽傘一樣。

我自己買的第一把傘是杭州出產的絲綢傘，相信是從油紙傘改良而成的，繪了花鳥圖畫，和日本古典美女手中的傘相若，很漂亮。記得是五十多年前到上海工作後首次回鄉探親，特地買來送給母親的。可惜她嫌太花俏，又不實用，怕給雨一淋就會破掉，所以一直放著。

由於天氣炎熱和多雨的緣故，南方人出門多會捎把傘。我的第二把傘也是六十年代到了香港之後才買的，和英國紳士們拿的差不多，北方人管它叫洋傘。可是為什麼要加個「洋」字呢？事實證明傘是中國發明的，產量也一直高居世界之首。

講到傘，香港人不會忘記梁蘇記，他所出產的傘曾經和珠子鞋、塑膠花、成衣一起，遍布大街小巷，暢銷世界各國，是六、七十年代香港工業起飛時最具代表性的產品之一。

但我發覺，美國人不喜歡撐傘，下雨了，就把外衣從後面扯上來，蓋在頭上。不過請不要取笑他們那個狼狽的樣子，因為那正是傘的原形，名字就叫布袋傘。

意想不到的是，就在梁蘇記大展拳腳的時候，美國人發明了摺疊傘。這是傘史上第一次大革新，讓它變得輕巧而方便，連本來討厭帶傘的人，出門時也不免塞一把進手袋，我不清楚這個發明跟梁蘇記有無關連。

我倒保留了一把梁蘇記製的傘。移民前去澳門玩，突然下起滂沱大雨，在路邊買的，來到美國一直放在車廂裡，搬過幾次家，換過幾部汽車，始終沒有丟棄，是我從香港運來一大堆廢物中碩果僅存的寶貝，想是緣份吧！

如今家裡至少有五、六把傘，有的是友人送的，有的是見到「得意」隨興買的，泰半是日本貨。中國貨和日本貨各有所長，我不想做比較。不過有把日本摺傘許多人見到都喜歡，淺藍色的傘面繡了暗花，傘柄與傘套同體，只有幾寸長，輕輕一按整把傘就彈出來，十分精緻。

大發明靠大智慧，小發明靠小聰明。日本人有小聰明，除了把傘弄得更精巧一點，還發明了傘架和塑膠傘套，現在大家在雨天逛公司，再也無須因為雨傘滴水而感到尷尬和為難了。

傘，古人叫移動的亭子，用得著時，會像情人一樣，為你遮陰蔽雨，陪你走過數不盡的雨天和豔陽天。

床

床是件非常實用的家具，勞碌終日，筋疲力盡，只要躺上去睡上一覺，明朝又是精神抖擻。

床也是部奇妙的機器，多少才華橫溢的大師、主宰未來世界的英豪，盡在此中誕生。

床又是個美妙的仙境，多少風流綺麗的韻事，俱在夢幻一般的境界中愉悅地迸發。

當然，當中也不乏罪惡的蘊「床」，但那不在本文的範圍之內了。

我曾睡過許多床，最先是張平板床。記得母親曾不止一次提起，我一歲還和她同床，有天嚇了她一跳，不知我何故「失蹤」了，四處尋找不著，急得她哭了起來，我才咧著嘴巴從床底爬出來。原來床太大，床底太黑，我又爬進了角落，以致母親察看了多次都未發覺。

這種床不僅大，還有四根柱和床頂，故叫四柱床。床架上掛了蚊帳，和一把用銅錢編成的大寶劍，據說此劍可保床上人平安。

稍大就自己睡一張床，也是大床，只是比較簡陋，也沒有寶劍。不過和母親的大床一樣，床面用木板砌成，夏天鋪上籐蓆，冬天鋪上褥子，還滿不錯。

家裡除了大床之外，記得還有一張坑床。但同北方人的土坑床不同。我們這張是用油木做的，很堅實，很光滑，專供夏天睡午覺之用。

作者的夢工場——「狗竇」

此外還有張小型帆布床（或叫帆布椅）和羅漢床（或稱彌勒榻），多作看書之用。李白當年寫「床前明月光」，可能就是躺在這種床上，一邊喝酒、賞月，一邊作詩的。

從十餘歲起在學校寄宿，睡的都是硬梆梆的碌架床，也叫雙層床，有時睡上格，有時睡下格，是何滋味就不用我累贅了。

畢業後有幸分配到上海工作，又住進由新政府接收的大飯店，於是有機會睡上軟綿綿的彈簧床。

可惜好景不常，工作常被調動，此後睡得最多的不是硬板床，就是棕綳床。棕蹦床的面用棕繩編織而成，略有彈性，是彈簧床之外另一種比較受歡迎的好床。

移居香港後，對床的見識更多了。最初兩年還是睡碌架床，之後換成彈簧床，結婚時又買了乳膠大床。但香港地方寸金尺土，所謂的大床，其實比美國的大床體積小了一半。為了節省空間，有人會買張沙發床，或叫兩用床，那在當時來說，算是蠻體面的了。

至於貧無立錐之地的人，連放張床的地方都沒有，只好借用通道或客廳權充睡房，擺張帆布床或尼龍床朝拆晚架了。

上世紀七、八十代年間，香港曾流行過一陣子水床，式樣繁多，有長形、方形、圓形、心形等，唯用家多為酒店、高級公寓，主要用作招徠，普通人家就不敢嘗試了。沒想到來到美國，友人也有一台，但水床常在不堪重壓下漏水，不僅自己掃興，還弄濕了樓下住戶。

美國人做事一板一眼，講究安全實用，連床都分門別類，種類繁多，於是嬰兒有ＢＢ床，學童有單人床，青年有大床，而夫婦用的雙人床則有皇后床和皇帝床（其中又分紐約Size和加州Size）兩種。

這種夫妻床由床基、床墊到整張床的結構、款式、光色、質感等都十分考究，儘管床褥基本上還是用彈簧做成，但由於工藝精緻，一般人都不覺得裡面有彈簧。這樣的床可謂美侖美奐，極盡侈華，已超乎家具範疇，而成為一種家居藝術裝飾品了。至於如何選擇，或華麗繁複，或簡約淡雅，就視乎風俗習慣與個人起居方式和品味而定了。

此外還有沙灘床、網床和可以摺疊起來掛在肩上走動的露營床等等。

每個人必須有一張床，哪怕是空無一物的叫化子，每晚席地而眠，那也是床，是天下間最大卻最不舒適的床。

總之，人的一生大概有三分之一的時間在床上度過，條件許可的話，就給自己買張好床吧！

風災

五月二十日（二〇一三年）奧克拉荷馬州的一場龍捲風，災情慘重，電視機前的觀眾無不怵目驚心。我因為經歷過兩場龍捲風和無數次颱風，戰慄之餘，還勾起了不少回憶。

第一場龍捲風見於上海，好像是五四年初夏一個假日的上午，半邊天沉得很低，灰暗中閃著亮光，像隨時會爆開來似的。不過風並不大，一陣大雨之後，便漸漸恢復正常。然而不久之後，一個驚人的消息迅速傳開：午間颳了一陣龍捲風，動力學校的大鐵油庫被捲上半空再砸下來，幸虧學校放假，否則不堪設想。

我住的地方距風力中心較遠，沒有直接感受到龍捲風的威力；當時的新聞又是報喜不報憂，到底有無傷亡不得而知。倒是有頭水牛從浦東被捲起，飛越黃浦江，然後在外灘摔個稀巴爛，被繪聲繪影，聽得人毛骨悚然。

第二場龍捲風就真的「打」在頭上。記得是八〇年五月某個中午，位於密西根州西邊一個小鎮，當年我在那裡一家餐館謀生。午餐期剛過，最後一個顧客離開不久，忽然警報大作，嗚嗚嗚地十分恐怖。我們幾個來自中國的同事，聽到這種聲音就要找防空洞躲，猜想莫非蘇聯打到來了？但天上並無飛機，倒給怪異的天空嚇了一跳。大家正議論紛紛，那位走了的顧客突然氣急敗壞的跑回來，一邊呼喊著：「龍捲風，快跑，到地庫去！」我這才想起，天空的怪象正是災難的先兆。於是趕忙衝下地庫，學客人雙手抱住頭，蹲在貨架下。

沒多久，尖厲的風聲從頭頂掠過，房子猛烈地搖晃了幾下。幸好來得快去得也快，不久即平靜下來。眾人急忙上樓察看。只見廚房掉下幾塊天花板，情形還不太壞，可是開門一看，所有人都傻了眼：車輛像小山似地疊在一起，停車場成了廢鐵堆，對面街的大酒吧被完全摧毀。

我迫不及待去找那買來不到一年的車子。因為餐館生意不錯，附近的車位要留給客人，我把它泊得較遠。謝天謝地，就因為這一點點距離，我這寶貝居然沒有被捲走，只是所有玻璃都碎了，車箱也有不少破損，須送廠修理。

「慶幸」的是，因為時間尚早，酒吧還沒有開門，因此並無傷亡；然而不幸的是，隔壁的百貨大樓有堵牆塌了，壓死了六個人！

在中、美兩場龍捲風之間那段歲月，我居住香港。每年的五月至十月，是這裡的風季，時有颱風吹襲，此時主婦們必儲存些豆豉鯪魚、回鍋肉等罐頭食品，以備不時之需。

颱風的破壞力跟風向和風速成正比。為了航海人員和市民的安全，香港從一八八四年起已有預警，先是懸球，而後改鳴炮。懸紅球或鳴炮一響，表示三百公里外出現颱風；懸黑球或鳴炮三響，表示該風暴已進入三百公里之內，將有危險。

由於這種訊號有缺點，一九一七年香港政府與日本合作進行了研究，結果把風力定為七級。以「T」代表一號，作為戒備訊號；把「T」倒過來則為三號，表示每小時將有四十一至六十二公里的強風吹襲；中間沒有二號和四號，而五號至八號，就由一個或兩個三角形所組成的不同形態為代號；最高是九號和十號，前者用兩個三角形對疊，後者就用中文中的「十」字，警告市民風速已由一百八十公里增強至二百二十公里，達到颶風程度，切勿外出。

香港政府還規定，五號風球學校停課，八號至十號全面停工停市。港島的風球掛在中區天馬艦海軍總部，我家住得較高，看得十分清楚，如果哪一天早上聽見孩子們高呼：「萬歲！今天不用上學。」一準定是掛了五號以上的風球，要打風了。

但颱風很會折騰人，有時三號球掛了整天，仍按兵不動，偏偏待學生哥們返抵學校，即改掛五號，害得大家趕緊又跑回家，亂作一團；或者十號球擾攘了通宵，以為第二天有假放了，不想早餐尚未吃完，已改掛八號，接著再換五號，不但要上班，還得在途中堵上半天車。

從二〇〇二年起不再掛風球，最近還將級數簡化，僅分颱風、強颱風和超強颱風三種。不過不管改成怎樣，曾經親身經歷過的幾次十級颱風，始終無法淡忘

如七一年的露絲、六四年的露比。最可怕是六二年的溫黛，夾著豪雨雜物，竟夕呼嘯，有如鬼哭神號；尤其是海面，巨浪濤濤，海水衝上街道，郵輪斷錨傾側，全城交通癱瘓，昨日的繁華都市，傾刻間變得滿目瘡痍；最令人難受的是，死了一百多人，毀了無數家園，傷了太多人的心。

至目前為止，不少自然災害仍非人力所能抗拒，「人定勝天」只是句口號而已。

鞋子與木屐

和其他地方一樣，僑鄉過新年，孩子們也會穿上新衣和新鞋。不過一到了夏天，即把鞋襪收藏起來，要麼幹脆赤腳，要麼就換對新木屐，這樣走起路來會更加輕快舒適一些。

木屐北方叫木板兒鞋，不但鄉下人喜穿，連廣州人也是愛不釋「腳」。南方氣候炎熱，多雨潮濕，屐的造型高底通爽，簡直是天造地設，再適用不過了。

曾經在一德路住過一段日子。每天早上街市嗡嗡的叫賣聲，混和著雜亂的木屐聲，構成了廣州特有的市聲。而到了深夜，偶爾傳來幾聲清脆的「的得」，又變得那麼空靈，恍如來自遠處的木魚聲。

只有推豬仔車的大叔們不穿木屐。他們一年到頭都穿草鞋，即用稻草織成的鞋，聽說既耐用又受力，是他們得力的「助腳」。

但是到了上學的時候，孩子們就要穿著整齊了。女孩多穿有橫帶的圓嘴皮鞋，而調皮好動的男孩，就非有對運動鞋不可。

抗戰勝利後，母親收到父親寄來第一筆外匯，欣喜之餘，破例讓我自己去買一樣稱心的東西，結果揀了對皮鞋。小不點的我，穿戴鬆身大唐裝和西式尖嘴鏤花紳士鞋，那副神氣十足的模樣，一定十分滑稽。

作者（左）在北京過的第一個冬天

五十年代初北上求學，見識了另一種鞋子——棉鞋。此物與棉帽、棉口罩、棉手套、棉衣、棉褲組成一套，是北方人過冬必需的裝備。

棉鞋和布鞋一樣，鞋底都是用棉布一片一片納成，只是鞋面多了一層厚厚的棉花夾裏。等到冬去春來，棉鞋便被布鞋取而代之。此時多情的姑娘們，多趁機為她的愛郎納一對新鞋，這是年輕人最貼心的禮物。

五十年代中葉湧現的塑料拖鞋，迅速「革」了木屐的「命」，尤其是後來的軟質人字拖，便宜、輕便、舒適，非常受歡迎。不過踢拉踢拉的，遠不如穿木屐來得好看，而且略微放鬆一點，就顯得吊兒郎當了。兩年前有群大學生謁見美國總統，其中一位女生穿了人字拖，雖然是最精緻的那種，也引起了輿論界一片嘩然。

到了美國之後，鞋子的選擇更多了。但我發覺，最實用、最禁得起時間考驗的，還是皮鞋，即使是我在孩童時代買的那對尖嘴鞋，現在穿上去也不會覺得過時。

我住在波士頓時，常與友儕駕車去鞋廠揀特價貨。可惜「本地薑不辣」，再好的也不及義大利、英國進口的吃香，特別是女裝的，等閒一雙「來路貨」也賣幾百元。

倒是美國出產的各類運動鞋，暢銷世界各國，價錢也不便宜。其中最突出的是籃球鞋，材料不外橡膠和麻布，可是貴得令人咋舌。此外尚有氣墊鞋、按摩鞋等等，同樣價值不菲。

不過說到底，還是豐儉由人，一對十餘元買來的地攤貨，不見得會穿壞你的腳，總之我們量入而出就是了。

車子

誰也算不清一生中坐過多少次車子，頂多記得一些車子的種類或牌子。

我第一次坐車是在上世紀四十年代讀高小的時候，學校去旅行，租來三部大車，顛顛簸簸的飛馳在公路上，比路邊的行人不知快了多少倍，心裡直叫這怪物真是了不起。還記得車子的模樣有點像現在的校巴，不過發動時十分費力，司機要把一條「之」字形鐵枝插進車頭拼命轉動，直至機器「砰」一聲「著火」方能上路。

後來進城讀中學，又坐過幾次公車，開起來後面沙塵滾滾，像要把路面翻轉似的。從家裡去學校要走好幾里路，平日須寄宿，為了便於週末回家，母親買了輛自行車給我。我的堂兄也有一輛，不過他用來載客，成了一名職業車夫。

第一次坐火車則在五十年代初，一坐就是三天兩夜，由廣州直奔北京。那時候還沒有長江大橋，火車要一節一節的上船渡江，覺得很新鮮。

幾年後當了外勤記者，成了火車的常客，不時要在硬席熬上多日，能睡臥鋪算是享受了，跟現在高鐵的快捷與舒適，不可同日而語。

碩果僅存的人力車

但印象最深的倒不是火車，而是三輪車。真是笑話，上京讀書竟不知京城的初春有多冷，從火車下來，新買的皮鞋立刻變成玻璃鞋，又冷又硬根本動彈不得，多虧三輪車夫為我蓋上一條厚重的棉被，才慢慢暖和起來。

想不到的是，怎麼也找不到《駱駝祥子》裡的黃包車，倒是除了火車、汽車、電車和三輪車之外，馬車居然也是京城的主要交通工具之一。曾經有過一次，在白雪飄飄的夜晚，坐在高高的馬車上，一邊聽著「達達」的馬蹄聲，一邊環顧若隱若現中的古城，心中忽然有種說不出的神祕和詭異的感覺。

北京最多政府機構，當時又實行半供給制，幹部們大多住在辦事處附近的宿舍裡，上下班皆可安步當車，所以街上總是人多車少，公共交通並不繁忙。不過由於受到古城建設的限制，沒有汽車能開得進又長又窄的古胡同，大多數中學生須自備自行車，因此每當上學和放學，就是街上最擁擠的時候。

人望高處，這是好事。當年人們就有個願望：「房子愈住愈大，汽車愈坐愈小」。不過說法有語病，因為當時政策規定，局長以上配給小汽車，科長以上配給自行車。大家想要的顯然是小汽車而非自行車，於是後來又有「兩個輪」與「四個輪」之說。

不料自從改革開放後，人人迫不及待在腳下加兩個輪，結果自行車的數量一下子暴增千百倍，連美國的電視趣劇「摩登家庭」都拿來取笑膽小的孩子：「中國有十億人在踩自行車，你有什麼理由不敢騎上去？」

其實自行車最環保，若能持之以恒，地球可能就有救了。可是此事實在有悖喜歡攀比和炫耀的心理，不久自行車陣即如一群受驚的小鳥，一陣風似的全不見了，而小汽車卻如過江之鯽，驟然蜂擁而至，使得本就擁塞不堪的王府井大街更加水泄不通了。

最近有位朋友和他的法國同事去北京出差，公餘一齊上王府井酒吧區消遣。法國人一看傻了眼，怎麼滿眼盡是藍寶堅尼和法拉利，難道發夢到了東京耶？

原來這位仁兄和筆者一樣孤陋寡聞，對北京的印象仍然停留在二十年前新聞報導的街景中，殊不知如今北京的名車要比巴黎和東京多得多。

一個國家發達與否，交通運輸是先決條件之一。美國整個建設配置決定了大多數國民必須開車，從而讓美國人風光了百來年。可是時移世易，由於油價不斷飆漲，當年引以為榮的東西，終於變成人們沉重的負擔。

筆者就是個例子，移民到美國不足兩個月，就要買車，朋友們還取笑美國果然是「金山」，才上岸就發達了，卻不知無車等於無腳，為稻粱謀不得不忍痛而已。

無疑，中國將來會更加發達。可是我們有點擔憂，中國會走美國的老路嗎？而面對今天中、美兩國的汽車陣，「摩登家庭」的劇作家們會否再來「幽默」一下呢？

廁所今昔

衡量一個城市先進與否，公廁的多寡是個重要標準，尤其在一般住宅沒有廁所的年代。

上世紀中葉，我住北京同仁胡同，得跑公廁，而且還是茅坑式的。後來到了上海，住在舊法租界，就享有一套漂亮的衛生間。可是到鬧市大排檔吃早餐，居然有夜香車擦身而過。原來這個號稱世界第一的大都會，里弄眾生之不便，與北京人並無二致。

人有三急，而公廁又離得遠，便不得不效法農舍，在床邊掛塊布簾，權充洗手間。但裡面既無洗手盆，更無抽水馬桶，只有屎埸（雅稱馬桶）一具，或再加尿壺（又叫夜壺）一個，排泄物就整天儲存在裡面，一點也不衛生。

這種屎埸一律是木做的，頗為精緻。有的繪了萬壽圖，有的畫了牡丹花，遠看有如花園裡的磁器座凳，或古時嫁女用的禮餅盒，路人見了也不致噁心。

但是，你必須每天大清早就把它拎出去放在門外，因為天亮之前，清潔工人就拉著他的「夜香車」，逐門逐戶的來清理，萬一你沒有及時拎出來，便須自理了。

至於尿壺，相信大半是給小孩和男人用的，為了就手，通常往床底一塞便算。這東西至今仍然有售，最大的用戶是醫院，家有病老的或許也有一個。不過為了輕便，早已改用塑料做了，如果你家有個陶器的，大可當古董保存了。

不得不承認，日本人很聰明，他們出產的抽水馬桶，蹲的、坐的、站的都有，暢銷世界各國，為世人提供了不少方便。

二十多年前，我到東京小住，居所就有幾座遙控噴射型全自動冷暖氣坐廁，一按鈕，即有水花噴出，自動進行清潔，而水的份量、溫度、角度和力度，皆可隨意選調，讓人在爽潔之餘，還可享受片刻妙不可言的樂趣。

最近再遊東京，又有新發現：走進酒店廁所，馬桶的上蓋即自動掀開，彷彿在招手歡迎；待一切「搞定」，除自動沖水外，蓋子也放下，就跟裝了個腦子似的，完全人性化了。

至於公廁，尤其是高級餐廳的盥洗間，則不僅僅給人「方便」而已，裡面的設備，簡直堪稱五花八門，無奇不有，讓人大開眼界哩！

混堂贊

有個香港朋友，是一位很特別的教徒，平日絕口不提上帝，但每年最後一個禮拜日，必定肅整衣冠，兢兢業業的走上教堂，虔誠地向主耶穌懺悔禱告一番。這種作法很有意思，就像我們那位年邁的祖母，一年一度，總要到廟堂去一趟，好為兒孫們還神許願，問卜祈福。也像我們例行公事的年終總結，肯定成果，承認過失，好歹對大家做個交代。於是彷彿放下心頭大石，頓時覺得心安理得，一身輕快，可以快快樂樂地迎接新一年來臨了。

古冬不是信徒，自然不會拜神求佛。但以前每年大除夕前，也總會來一次「淨身」，給自己做一次大掃除，好把一年來積存身上的污垢洗擦乾淨。

這與虔誠婆的齋戒沐浴不同。她們甚至連洗個頭也要擇吉日，還要在水上加柚葉，以求一其心志，淨其肌膚。古冬講求的主要是生活情趣，是享受。試想在雪舞風號的寒天，攤開手腳，浮身在滾燙熱辣的浴池之中，高興時哼幾句小調，不高興時閉目養神，了無牽掛，哪裡還知道人間何世呢！

尤其是新年將始，萬象更新，更喜歡幫襯「一新池」，希望自己也能裡外一新。到香港後不見「一新池」，就上「日新池」，那也是個很不錯的名字。

沒有叫人擦過背，不會知道自己的身體有多髒。香港人每天都洗澡，理應不會太齷齪，但在浴池裡泡上一會，讓擦背師傅輕輕一擦，也能擦出一條條漆黑的老泥。此時你便不得不承認，自己的臭皮囊原來竟是這般的邋遢骯髒，污穢不堪！

在北方時習慣一星期洗一次澡（請勿吃驚，這算是勤啦！）如果超過一星期仍未上澡堂，渾身上下就如上了箍，緊繃繃地硬是不自在。此時必得摸上一新池，光著身子往混堂裡一泡，直至覺得快要溶化了，再也透不過氣來了，便死魚般攤在大池邊，任由擦背師傅把弄擺佈，由脖子擦至腳尖，活脫脫搓出一個泥人兒，然後開大花灑喉一沖，大大地舒一口氣，此其時也，就如戰場上的勇士脫下盔甲，水蛇大蟒蛻掉老殼，豈止是如釋重負，簡直是澈底解脫了。

再然後，鬆軟地往床上一躺，蓋上大毛巾，啜一口香濃的熱茶，嚼兩片清爽的青蘿蔔，一股辣味直透丹田，如果再讓老師傅過來捏捏腳趾，哎呀呀！那可真是天上人間，整個兒像一件件攤了開來似的，再舒服沒有的了！

捏腳師傅那一套輕捏漫擰的細膩工夫且不說，單是擦背師傅手捲毛巾那兩下子，我就半輩子也學不會。那麼輕輕一甩，不知怎麼一轉，便已包得緊緊實實，成了一個圓圓的棉布刷子，掃在身上時，又是不輕不重，不疾不徐，剛好上勁兒。

北方的澡堂，有點像廣東的茶樓，常是友儕碰頭相聚的好地方。彼此墊高枕頭，無拘無束，言不及義，吹破牛皮，該是多麼逍遙愜意！不過最佳還是呼嚕嚕睡上一覺，當你從夢中醒來，會恍似再世還魂，又開始另一個人生了。

最難忘是第一次。尤其是廣東人，萬萬料不到，洗澡原來是這麼一個樣子，眾目睽睽之下，脫得一絲不掛……

那也只能怪自己魯莽，聽同學們說去洗澡，也不問青紅皂白，拎了個手提袋就跟著走。大家擁進澡堂，一二三就把衣服脫個精光，只剩下我，像一位剛出嫁的新娘，身上那條內褲，無論如何也沒有勇氣脫下來。越站越窘，越窘便越加惹人注目，真恨不得找個窟窿鑽進去才好。

後來門路熟了，會揀清湯池來洗。那是真像一個大姑娘，關起門來自己洗一缸清水了。不過再後來，還是覺得混湯池過癮。尤其是人多的時候，那一股濃重的煙味，那一種悶侷緊迫的感覺，恰如芬蘭的蒸氣浴，把自己關在柴房裡，迫出一身熱汗，然後縱身往冰河裡一躍，呵，那一陣舒心的暢快，豈是那一小缸清水所能比擬的！

可惜，如今客居異鄉，已無混湯池可泡，更無擦背師傅可尋，唯有留在記憶裡，閒來回味回味了。不過早幾年回香港時，也沒有去幫襯日新池了。倒是對海浴大感興趣，一天到晚就泡在海水裡，美國雖然也有海，就是沒有那樣輕快地去玩過。

可能已經不再習慣泡混堂了。來到了美國，做了「廚房牛」，弄得一身雜碎味，就愛開大花灑喉，沙啦沙啦地，自頂至踵，每天至少洗一次。首先要洗頭，已不能容忍香港朋友那一頂頭皮屑了。三天才洗一次？我是一天不洗也不成！哪一天想偷懶，哪一晚就如蟲爬蟻咬，怎麼也睡不著，到半夜也非得跑去沖洗一回不可。弄得自己也有點懷疑，是否走火入魔，愛潔成癖了？

「老番」們也是每天一洗。不同之處是，我們是晚洗，他們是晨洗，恰好「晨昏顛倒」，掉轉來了。

我以為還是我們比較合理。搏殺了一整天，未致傷痕累累，至少也是戰跡斑斑了，晚上洗一個溫水浴，不僅可以恢復疲勞，帶著一身清香爽潔上床，擁衾而眠，你還會有一個溫馨甜美、纏綿香艷的綺夢咧。

當然，倘若是勤於耕耘，竟夕拼搏，弄得筋疲力盡，一身餿酸，又有必要效仿老美，晨早先來一個冷水浴，沙啦啦一陣，如醍醐灌頂，甘露灑身，倒有可能令你抖擻精神，變得像早上的太陽，燦爛地笑臉迎人啦！

一位久別重逢的北方「池友」說，現在他們也有了自己的浴室，可以隨時像我們一樣，開大花灑喉，沙啦啦沖洗一回，不必再去澡堂泡混湯了。看來大家都變了。問混堂老朋友，你是晨浴還是晚浴呢？他樂開了，一個勁的衝著我傻笑。

痰盂

隨地吐痰是所有陋習中最令人噁心的一種。

不久前與友人旅遊澳門，慕名到新濠天地一家餐館吃晚飯。侍應剛把主菜放下，鄰桌冷不防傳來響亮的「咯——吐」，登時把大家嚇壞了。

回頭一看，一位剃陸軍頭的男人，正與女侍應談笑風生。看得出是大腕，但是不知何故，喉嚨裡老像有塊東西卡著，不到三分鐘，竟然「咯」了三次之多，而且都是重重的吐在地毯上。侍應不以為意，可憐我們對著滿桌佳餚，不僅食不下嚥，甚至反胃作嘔，最終敗興而歸。

臨走時，有位朋友撂下重話：「真有這麼大的面子，為什麼不給他打造個金痰盂呢！」看似經理的男人，一時語塞，十分尷尬的支吾著：「金痰盂？先生，這個、這個……」

他不可能不明白我們的意思，倒是我身邊一位生於美國的年輕人，真的一頭霧水，不知痰盂為何物。

我不知道現在國內的情形如何，老一輩的人，隨地吐痰確是習以為常。你不在乎，國家可要面子，相關部門苦無善策，唯有到處張貼標語，警示「請勿隨地吐痰」、「不准隨地吐痰」，並購進大量痰盂，置於公共場所，以恭候人們隨時噴發而出的「咯吐」。

如今回想起來，真有點不寒而慄。

最令人觸目驚心的，莫過於五十年代初擺放於上海南京路的一排排痰盂陣。政府為了整頓市容和保持街道清潔，呼籲途人務必把痰吐在痰盂裡，奈何行色匆匆，痰盂的口徑又不夠大，結果十九都落在痰盂周邊，變得弄巧成拙，滿街「政」（痰）跡斑斑，最後除了一一收回，還得進行多次大清洗。

而最常見、也最能物盡其用的，該是茶樓、餐室裡的痰盂了，每張桌子旁邊必有一個，供人吐痰之外，連煙蒂、茶渣、紙巾等雜物，都可以往裡面扔。廣東、香港的情形如是，紐約、舊金山華埠的情形也莫不如是。

在此情此景之下，如果有誰能「咯」而不「吐」，便值得讚揚了。

五十年前看過一齣滬劇《羅漢錢》，有個小節至今未忘。主角是著名戲劇家丁是娥，但那晚最令人感動的倒不是她爐火純青的演技，而是她「骨」一聲把一口湧上喉嚨的濃痰吞回肚裡去。要知道，有痰不是罪過，可是名人公然吐痰就會被提升到道德、情操和教養的高位來看待。舞台上的藝人遇到「痰上頸」，通常會利用動作做遮掩，迅速吐向一角。丁是娥不是泛泛之輩，肯把痰吞回去，立即博得熱烈的掌聲。

後來到了香港，所見大同小異，政府為了應付同樣一口痰，也是費盡心思。當過「垃圾蟲」的人一定不會忘記，從七十年代起，大規模的清潔運動一個接一個，除了廣作宣傳，還派出大批街頭督導員，四下巡視，逮著隨地吐痰或丟煙蒂之輩，即以「垃圾蟲」的罪名開出告票。幾年下來，果然成效卓著。

與此同時，新式的酒家、餐廳愈開愈多，舊式的茶樓、餐室漸漸被淘汰，大環境得到了很大的改善，到了近年，除了少數遊客偶爾來幾聲「咯——吐」之外，痰與痰盂已在不知不覺間遠離了我們。

現在，要買痰盂得上玩具店或兒童用品店，而不是去五金店或雜貨店了。因為痰盂經過改造和美化，已不再用來吐痰，而是讓孩子們坐在上面，寓玩耍於「便便」，或打機，或看電視，或做功課甚至吃早餐，樂在其中。這本來就是痰盂的天職之一，只是一直被痰的惡形惡相掩蓋了它的功績而已。

舞在香港

交誼舞原是西方上流社會的玩藝，傳入我國之後，在不同年代受到了不同階層人士的歡迎，並不斷改變著「舞」的形式和性質。

如在三、四十年代十里洋場的上海，燈紅酒綠的舞榭歌臺是公子哥兒們的銷金窩。而到了五十年代，奢靡淫佚的夜生活完全被取締了，舞步還是沒有停下來，大家合力把飯堂或會議廳的桌椅搬走，簡單地收拾一下，待黑膠唱片播出「彭嚓」之聲，又以可翩然起舞。原先那些以舞為業的大亨及其「貨腰」們，或改過從良，另謀出路，或逃之夭夭，跑到香港去另起爐灶。

意想不到的是，這些上海人僅僅花了幾年時間，已「舞」出另一片天，讓跳舞成為香港人生活的一部分。

上海人在香港所開的第一家跳舞夜總會，名叫麗池，有樂隊演奏，有剛從上海南下的紅歌星駐唱，成功的為香港人打造出一個夢幻般的夜生活模式。尤其是較為廉宜的下午茶舞，不知吸引了多少慘綠少年。見有利可圖，不少商家也來分一杯羹，又為這聲色之娛添加了薪火。

六〇年代紅寶石餐廳搞的「週末古典音樂餐舞會」，也相當出色。動聽的名曲、香濃的咖啡、精緻的餐點、搖曳的燭光、翩翩的舞影……真是「舞」不醉人人自醉。

到上述場所跳舞須自攜舞伴。平心而論，跳舞本身並不壞，除了可以交誼和自娛，還能健身。在物質貧乏、連電視機都沒有的年代，年輕人搞個舞會，或到夜總會跳個茶舞，是再正當不過的一回事。

香港回歸後，允許五十年「馬照跑、舞照跳」，所指的顯然並非前述這種舞，而是曾經五步一樓、十步一閣的舞廳，那兒的春光尤甚於當年上海的舞場，偎紅倚翠，紙醉金迷，愈「舞」愈遠愈離譜。

與餐廳、酒樓夜總會完全不同，舞廳不以餐飲來賺錢，而是以舞小姐坐檯的收費為基本財源；當中分高、中、低三級，主要以舞女的質素和場地的裝潢為依據。記憶所及，在六、七十年代間，高級的每個鐘約收六至十二元（港元，當時一美元兌四元七左右；每十至十五分鐘為一個鐘），中級的收三至六元，低級的收一至三元；送小姐返工或買鐘出街雙倍算計，而「宵夜直落」則面議。

高級舞廳的舞女大都儀態萬方、善解人意、聰明過人，一旦成為紅牌阿姊，日子會過得很風光。可惜貨腰生涯原是夢，在朱顏老去、青春不再而仍能找到好歸宿的並不多。

這類舞廳以杜老誌、加美為代表，為數甚少。

當然，次一等的舞廳場面就沒有那麼富麗堂皇，顧客自然也沒有那麼高尚豪爽。不過燈光還是明亮的，桌椅也擺得方正，大家基本上是規規矩矩在跳舞。

百樂門、迷樓是其中的表表者。

至於低級的，也叫舞廳，卻沒有舞池；叫「舞」小姐「坐檯」，又沒有桌子；甚至連燈光都欠奉，只有一排排卡位。因為這裡「跳」的就是「黑燈舞」，或叫「手指舞」。如果一定要形容一下，只能寫「伸手不見五指，但聞污言穢語」。偶爾見手電筒之光一閃，那是表示有人來了或走了。

如今，絕多數舞廳已偃旗息鼓，舞到盡頭，再無「彭嚓」之聲傳出了。

洋服

源於歐洲的洋服，又叫洋裝或西裝，由於服式有規範，被公認為國際性的正式服裝，遇到比較隆重的場合，都拿來當禮服，以表示禮貌與尊重。像聯合國開會，儘管各國代表各持己見，但所穿的基本上均為洋服。

男士們穿上洋服，會倍添威儀，深為日本、韓國、香港的上班族所喜。他們不僅上班穿，連逛街、出遊同樣西裝革履，致使洋服集禮服、制服、便服與行裝於一身。在商廈林立的金融區，不穿洋服的人會被小覷，有些較為高尚的餐廳，甚至不許進門，這種情形直至近一、二十年才略有改變。

一套完整的洋服，必須是上衣、長褲、長袖襯衣、領帶、皮鞋齊備，不可任意配搭。這叫「兩件頭」，若再加件背心，就叫「三件頭」。

穿洋服還有個好處，就是式樣變化不大，就算改款，也不過是衣領、衫腳或褲腳稍作變動，而且數年才一次，所以只要有幾套，即可經年穿著，不必常為幾件「光棍皮」而勞神傷財。

當然，同其他服裝一樣，洋服也能豐儉由人。想經濟一點的，買成衣就不錯，花百來塊美元便能打扮得「官仔骨骨」；而想講究一點的，就得找裁縫師傅量身訂做了。

據我所知，深圳的廣東師傅最便宜，香港的上海師傅最可靠，倫敦的DUNHILL最昂貴。至於襯衣、

從上海移居香港後換上洋裝的古冬

著辦好了。

領帶、皮鞋等，同樣是分上、中、下三等，自己瞧

不過當官的穿它，看門的也穿它，遇到特別隆重的場合，還是這副樣子，就嫌過於平庸和太不夠意思了。為了凸顯主人的尊貴和賓客的恭敬，聰明人拿上衣做了點「手腳」，或加條燕子尾巴，或把反領部位弄得顯眼一點，並稱這才叫「禮服」，穿上了才像個有派頭的紳士。

有些人不必穿洋服上班，應酬又不多，整年派不上兩次用場，實在捨不得化錢去做一套；有些人卻打死也不願穿，尤其討厭綁領帶，上吊似地把脖子箍得怪難受的。可是老朋友娶媳婦，你好意思「牛記笠記」赴宴嗎？

因此，一種簡便的洋裝上衣應運而生，香港人叫它做「單吊西」，無須打領帶，只要配條長褲即可施施然赴會。不少勞苦大眾可能僅此一套，見官是它，紅白二事也是它，算是聊備一格啦。

你看做人多麼無奈！簡單如穿衣，也不由得你喜歡不喜歡。因為除了保暖和蔽體之外，它還蘊含著習俗、時尚、禮儀、文化等一大堆複雜的社會因素。

像我這種來自中國大陸的老人，四九年以前穿唐裝，四九年以後穿人民裝，到了殖民地香港之後再改穿洋裝。人人都是這麼穿，你不穿就不合群，就不是同時代的人了。

我無法忘記母親在上海被人圍觀的窘態。那年她從海外回去探望我，因為穿了一套當年香港婦女時興的改良式唐裝，上海人沒有見過，就視作奇裝異服，以為她是從哪個山旮旯來的少數民族了。

洋服、洋服，想當然是洋人日常必穿的衣服。有過香港生活的經驗，移民美國前趕忙找裁縫量身做了幾套，免得到時人生地不熟，四下張羅之外，還被人當作羊牯。

不消說，上飛機一定是西裝畢挺了。一位接機的親友見我滿頭大汗，笑道：「你這身打扮，坐十多個鐘頭機艙一定辛苦了！」我老實回答：「很辛苦！」我的新老闆翹翹嘴角插口說：「親戚中只有我夠資格穿西裝；打工的，有兩條牛仔褲和三、四件襯衣，十年可以不上衣裳店。」

事實證明，老闆說的沒錯。我帶來的那些洋服，一直束之高閣，穿的機會不多，非不得以也不想穿。

手錶的啟示

作者六十年代初移居香港後所購的第一隻手錶歐米加

有了萬能的手機，手錶該脫下來了嗎？事實不然，錶行的生意非但不減，反而愈做愈紅火。

尤其是香港，滿眼盡是鐘錶的廣告牌，排隊搶購名錶的大陸客，尤甚於買春節火車票還鄉。有業者甚至說：「現在想買一只心儀的好錶，還要看緣份呢！」

這使我想起一個小故事。

五十年前我在香港結婚，婚禮中聽見兩個男人耳語，一個問：「你看見新郎戴什麼手錶嗎？」另一個回答說：「英納格（Enicar），Cheap友！」Cheap就是便宜、價廉的意思。沒有想到吧！一只小小的手錶，竟會成為賓客的話題，並把我說成「Cheap」新郎！

結婚前我在大陸工作，當時幹部們最喜歡戴英納格，就像現在富起來的人喜歡戴百達翡麗（Patek Philippe）。居住香港的母親有次去上海玩，順便給我捎了一只。不久後，我也到了香港，因為手錶還挺好，便一直戴著，並沒有多想。多虧兩位有心人「點醒」，此後除了努力掙錢去買只「像樣」一點的手錶之外，更對鐘錶產生了濃厚的興趣。

其實從古時的沙漏、水滴、日晷、航海錶、掛錶起，到一八一〇年寶璣（Breguet）接受義大利皇后委託製成第一隻手錶，以至上世紀六十年代初日本人推出石英錶，將近兩個世紀，科學家們刻苦鑽研，無非為了給世人製造一台準確、方便、經濟、實用的計時器。雖然一開始手錶就兼具裝飾的功能，但發展成為炫富的工具與成功的標誌，相信是始料不及的。

鐘錶市場向由瑞士和德國出產的機械錶所壟斷，錶的價格則視牌子與錶內所含「石」的多寡而定，至於近年何以如此暢旺，我想原因可能有二：一是中國湧現了無數有實力的新「玩家」，為錶市帶來了第二春；二是針對日本廉價電子錶來勢洶洶的衝擊，經驗老到的歐洲人出奇制勝，一邊作內部調整，去粗取精，一邊將機械錶升級為複雜錶，使其更精緻、典雅、名貴、大方、令人一見就知是價值不菲的強勢進行反擊，果然再創輝煌。

不過我想，這裡面可能還隱含著一點奇妙的心術。他們在操弄技術與價格譁眾取寵的同時，又利用人性中崇上鄙下、仰高抑低的劣根性，故意把等級拉開，豎立標竿，讓消費者自己去分化、追逐。

其實鐘錶的功能只有一個，就是報時。但請看他們那些「複雜的機械錶」，一只加了個萬年曆，可自動調整潤月；一只加了個陀飛輪，可令機器在不同地心吸力下保持平衡，不是完全無用，然而與每只售三、四萬元的高價（美元，下同）成比例嗎？要是再弄個「三問」，即每分鐘或小時可自動鳴響一次，更不得了，店家倘若不是有價無貨，便是有貨無價，顯然是造勢多過實際了。

有一只用納米碳纖維打造而成、只有四十八克重、名叫理查德米勒（Richard Mille）的新型錶，尤其令人驚訝又驚嘆，因為除了超輕和款式奇特之外，還有個令人咋舌的價錢：每隻售二、三十萬元，貴過一輛法拉利。

倒是最新出爐的瑞士「寶珀（Blancpain）中華年曆錶」，令我們不勝鼓舞，因為採用我國沿用了上千年的農曆計算法，不但有潤月，還有生肖，是一只專門為中國人而造的新型年曆錶。普通版每只售六萬二千元，限量版售八萬四千元，證明中國已成為歐洲人掘金的寶地。

現在手錶已像黃金、寶石一樣，既是珍貴的裝飾品，又是保值的收藏品，每次在國際拍賣會亮相，俱創佳績。如去年六月Sotheby's在紐約舉辦的那一場，一只「三問」賣得二百九十九萬元；較早前Christie's在日內瓦舉辦的另一場，一只單掣計時錶以三百六十萬元成交。所以儘管手機大行其道，手錶還是有它不敗的市場。

這個故事至少給我們四點啟示：一、做生意要懂得一點心理學；二、經過巧妙的加工，腐朽可能變成神奇；三、愈多有錢人的地方，生意愈好做；四、適時轉型，危機會變為轉機。

而於我個人而言，最開心、最有意義的，是今年適逢結婚五十周年，孩子們除了邀我們回香港開了個豪華熱鬧的派對外，還特別贈送頗「體面」的卡地亞（Cartier SA）情侶錶做紀念。

不過有句話得悄悄告訴你，想買名錶請先三思。朋友有只名錶，不過是抹抹油而已，也要寄去歐洲做，前後花了半年時間和近三千元哩！

豬油贊

豬油容易凝結，所以又叫豬膏，用之烹製食物，香味濃郁，並有發酵功能，曾被廣泛使用。

現在來說豬油的好處，一定被人譏笑，因為太不識時務了。當今人人講求健康，飲食皆以素淡為主，戒吃油膩的東西，豬油乃禁忌之首。

但是此一時彼一時也，想當年在抗日戰爭的日子裡，饑民一個個骨瘦如柴，奄奄一息，油糧是唯一可以活命的仙丹，倘若此時有善長捐出一些豬油讓大家分享，會是多大的恩德。

同一樣東西，由於際遇不同，各人的看法和感受可能完全相反，對豬油自然也不例外。

我生長於僑鄉，在抗日戰爭期間，斷了僑匯，僑眷的日子最苦。幸虧我家有幾畝祖田，口糧還不致成問題。

尤其難得的是，有個舅父在酒家當大廚，每次炸完豬油剩下的豬油渣，和烤燒豬時流下的「燒豬油」，都留下來送給我們，可謂油水充足，與鄰里們相比較，算是萬幸了。

不說豬油渣炒菜或蒸鹹蝦有多甘香可口，光是燒豬油拌飯便足以令人垂涎三尺，兩碗下肚也不解饞。結果「人皆皮包骨，我獨肥嘟嘟」，我們一家不但可以安度難關，還把我養得小豬似的肥肥胖胖。

也許命中注定，我與豬油有不解之緣。讀完書後派到上海工作，別的還能應付，就是吃不慣東北老廚師做的上海菜。可是飯不能不吃，反覆思量，終於想起了久違的豬油。

不知你有沒有試過，那味道真是鮮美極了，而且既能下飯，又可當湯喝，或者索性倒進飯碗裡弄個鹹泡飯，更是一絕。

做法很簡單：撕幾片紫菜，舀小調羹豬油，再用開水一沖，一道「豬油紫菜鮮湯」即大功告成。比諸閣下「斬料」加菜或許太寒酸了點，但對當時的我們來說，那已經是美食了。

移民美國後當了廚牛，豬油還成了我的好幫手。事實上，由於價錢較為便宜，又符合中國廚師的製作習慣，長期以來就為不少華人餐館所樂用，也沒有聽說過有誰因此吃出問題。

現在大家富裕了，餐餐大魚大肉，弄得肚滿腸肥，積滯難消，以致出現膽固醇、脂肪肝等毛病，才在吃驚之餘，不得不注意飲食衛生，盡量少吃含有豬油的食品。

為了健康而拒絕進食某些食物，既合理且應該，沒說的。其實我也早已不吃豬油了。不過此物好像有靈性，一旦遇到煉獄之火，即借他物遁身，令人防不勝防。如新鮮出爐的蛋撻、鬆軟香滑的糕點、晶瑩剔透的蝦餃等等，實在誘人，一個不留神，很容易就給溜進腸胃裡。

但無論如何，做人總不能忘恩負義。在糠秕為糧、但求活命的艱難歲月裡，豬油曾經像奶油一樣，賦我氣血，養我筋骨，當群起而攻之，當我也想說「不」之前，常會由衷的先道一聲：「感謝你，豬油！」

菜籃子演變

中國人吃大過天，看看菜籃子裡盛些什麼，大致就能猜出主人所過的是怎樣的生活。

不過買和賣是分不開的，你能買，也要看有沒有供應才行；也就是說，人們口中的「菜籃子」，其實包含了整個社會的富足程度、供銷狀況與生活習慣等因素。

相傳在許久以前，有一位農夫或主婦，由於生活拮据，不得已把自己種植的農作物分一部分出來，拿到路邊去擺賣，以換取點小錢。也許他們的東西不錯，結果賣得個好價錢，於是乾脆以擺賣為副業。不料仿效的人愈來愈多，漸漸就由一個攤檔變成一個市集，由不定期到定期，終於成行成市；其中專門為菜籃子提供活鮮的，就叫「街市」。

我小時候住在鄉下，瓜菜基本上自給自足，肉類和水產又不時有人上門兜售，母親平日無須上街買菜，只是偶爾到三里外的鎮上去補充點油糧雜貨。

上門推銷這種行銷方式，在僑鄉相當普遍。而六、七十年代香港某洋行所經營的送貨服務，則是比較先進的做法，住在半山的富貴人家，可用電話訂貨，然後在指定時間內用汽車把貨物送到府上。這比現在的網上購物，可能還要準時和方便，只是前者以食物為主，而後者則無所不包。但是一般家庭主婦還是喜歡每天親自上街市走一趟，而且一定貨比三家，要揀最新鮮、最便宜的才買。

隨著人口的增長，街市規模也不斷在擴大，可是衛生問題始終無法解決。以前，買豆腐用舊報紙包裹，買豬、牛、羊肉則用水草綑紮，有菜籃子的人還可以把它們放在一起，沒有菜籃子的人就只能晃蕩晃蕩的一路拎回家去。直至七〇年代有了塑膠袋，這種情形才有所改善。

可是自從有了塑膠袋後，菜籃子就成了黃腫腳——不屑提，不僅上街市，就連探親、訪友、逛公司，都是塑膠袋的天下了。

塑膠袋也許還幫了街市不少忙，然八〇年代出現的超市，便肯定是個極大的衝擊。不知是否因為這個緣故，部分街市不得不走進歷史。如香港上環、中環、灣仔等幾座著名的街市大樓，有的被改建成博物館，有的被當作歷史文物加以粉飾保養，原先的店鋪攤檔就遷入有冷氣設備的新廈繼續營業。中國人的飲食習慣和營商環境比較特殊，大多數主婦還是寧願逛街市，所以街市依舊整條街、整段路的開著。

你瞧！一邊在大聲叫賣，一邊在挑剔殺價；一邊的秤杆還沒有停定就報出價錢，一邊眼明手快迅速補上一點「下水」。雙方可以為一塊幾毫爭個臉紅耳赤，但恭維一聲老闆、富婆，馬上又笑逐顏開。大家就是喜歡來街市感受一下這種熱鬧的氛圍，以及充滿人情味的溫馨。

不過，現在有許多地方只有超市而無街市。像我家附近就有好幾家超市，每家都有足球場那麼大，各具特色，只要把車開到其中一個停車場，半個鐘頭後定可滿載而歸。

可是奇怪，超市的物品如此豐富，偶而路經華埠，還會見到一、兩位阿婆在路邊擺賣蔬果，令人懷疑時光倒流，回到遠古的年代。

原來，超市所供應的，多是經過長途運輸；而阿婆們所賣的則是剛從園子摘來，還是有機的，營養價值和口感大不同。

我不知道，是否因為大家太挑嘴了，還是阿婆的舉措和當年的農夫一樣引起了連鎖反應，近年來農夫市場大行其道，真的像返回到市集、攤檔的年代了。

而且，不知您有沒有留意，拎著個塑膠袋逛街的人愈來愈少了，而與此同時，菜籃子的身影又出現在街頭巷尾。原因是超市過份講究包裝，和無節制地濫用塑膠袋，不但消耗了大量資源，並嚴重破壞了環境生態，終於引起環保人士的關注，呼籲保護地球，禁用塑膠袋。於是，主婦們找回久違的菜籃子，重新掛在臂彎上，到農夫市場買菜去了。

茶樓與對聯

永日當茶天不暑——請！

上茶樓飲茶是廣東人生活的一部分，歷史悠久，已成為一種習尚和文化。

從前的茶樓大多設在二、三樓，客官得從地下大堂的大樓梯拾級而上，故飲茶又叫「上高樓」。

在生活節奏比較緩慢的年代，飲茶分早、午、晚三段時間。富貴人家通常每日三茶兩飯，不少時間是在茶杯裡泡掉。唯飲茶意在品味，常常「一盅兩件」即可，所以即使是勞苦大眾，也久不久上去「嘆」幾杯，情趣情趣。

茶樓開門做生意，「水滾茶靚」之外，最重要是有可口的點心。這是成敗的關鍵，所以無不精究細研，竭力創立自己的品牌，好在同業中獨樹一幟。如香港得雲茶樓的老婆餅、大同茶樓的碗仔翅、六國飯店的蝦餃、蓮香茶樓的月餅等，數十年來，雖然有幾家已經成為歷史，仍一直為饕客們所稱道。

與此同時，一些有才情的業者為了吸引較高層次的顧客，提升茶樓的形象，除了在大堂掛些名人字畫、放點古玩擺設之外，還以對聯的獨特文學形式，直接在文化層面強化茶樓的景觀。

如隱喻茶點精美的，有廣州南昌茶樓的「半榻夢剛回，活火初煎新澗水；一帘春欲暮，茶煙細颺落花風。」，榮華茶樓的「雀舌未經三月雨；龍牙先占一枝春。」，蓮香茶樓的「蓮味挹清，永日當茶天不暑；香風遙遞，誰家炊餅月方圓。」

而感懷抒情的，則有妙奇香茶樓的「為名忙，為利忘，忙裡偷閒，飲杯茶去；勞心苦，勞力苦，苦中作樂，拿壺酒來。」，南園酒家的「南北東西，無一片乾淨土，今日走湖，明日走粵，忙忙碌碌，究竟為著什麼來？倒不如歡飲數杯，對月評花伴醉酒；園亭台榭，有幾多安樂窩，梁武求佛，漢武求仙，擾擾亂亂，誰人留得朱顏在？拋卻了閑愁萬種，烹茗煮韲足千家。」等，不僅在民間廣為流傳，還被收入《中國對聯集成・廣東卷》，成為重要文獻。

不過由於民眾消費力不高，茶樓看似風光，其實並不易為。於是有個老師傅挖空心思做了種大包，比一般包子至少大一倍，內有臘腸、雞蛋、雞肉、豬肉、火腿、荀片、冬菇等十分豐富，期望人頭多了，最終會帶來較好的收益。豈料見者都來一份，然後灌幾杯茶，肚子差不多半飽，別的東西就不多吃，結果「做死伙計，恨死隔里」，盈利不升反降。

後來大家就把大減價、大贈送、大出血比喻為「賣大包」，倘使老師傅泉下有知，一定哭笑不得。洞悉世情的大同茶樓老闆感同身受，遂以對聯表示同情與無奈：「大包不容易賣，大錢不容易撈，針鼻鐵，生涯只望從微削；同子飲茶者多，同父飲茶者少，簷前水，點滴何曾見倒流。」

廣東的茶樓不景氣，一河之隔的香港，反而一枝獨秀，十分興旺。尤其在上世紀六、七十年代間，歌廳、夜總會相繼興起，茶樓逐漸由單一的經營模式轉變為多元化企業管理，加上華洋雜處和新一代師傅陸續加入，在保留了眾多傳統美食的同時，又增添不少創新製作，終至自成一家，並對海外同業的發展有著積極和深遠的影響。

可惜的是，由於租金昂貴，競爭激烈，不少業者在錢進錢出的拉扯中耗盡了心血，漸漸變得意興闌珊，再也無心進取，別說寫對聯這等「風雅」的玩藝，只怕連起碼的營運也只能因陋就簡，得過且過，能不倒閉的算是幸運了。

相反，以「港式飲茶」為招徠、美加華人所經營的茶樓，倒是風生水起，大有後來居上之勢，簡單來說是「多、大、好」。除了傳統美點應有盡有之外，在一些大城市，還能見到古時那種寬敞高大的樓梯。有閒不妨約齊中外好友，一同來品嘗一下「上高樓」的樂趣。若然，那就應了洛杉磯泮溪漁村的對聯：

「此間只能談風月，相見何須問主賓；美味遍招九洲客，清香能引萬國人。」

寫字與打字

一個人的字寫得好不好，不離天賦與功夫兩個因素。我兩者都欠缺，偏偏又與文字結下不解緣，真慚愧！

從前寫文章投稿，必須一字一格寫在稿紙上；我的作品不少是臨時用拍紙簿記錄下來，再經騰正才寄出去。糟糕的是，我的字總是寫不好，或者寫著寫著就走了樣，常常害得字房的大佬執錯字粒（鉛字）、打字小姐打錯字。

記得有次給報紙投稿，很快就被退回來。我不服氣，自信文章寫得還不賴，難不成是老編見我寫得太潦草，以為我寫作的態度不嚴肅，「哼」一聲就退稿了？於是請女朋友重新抄寫一遍，投寄另一報社。果然，文章不久便見報了。

沒有錯，字如衣冠，寫得好的，人家一看就認定你肚子裡有墨水、有學問；若字形歪歪斜斜，像個衣履不整的傢伙，未開腔先就打了折。我女朋友的字一如其人，端莊秀麗，老編要她的不要我的，自是理所當然的事了。

然而醜媳婦終須見家翁，與女朋友分手後，還是要自行操刀。這沒轍，問題是抄完後仍要修改，要不要重抄一遍呢？當年還不大講究環保，紙張也不貴，換過別人，答案是肯定的。

▍龍飛鳳舞的中國字。左起：董國仁、劉達強市長、古冬。

但我為了節省時間和稿紙，改動不大的，多用改正液改了便算；改動得較大的，就模仿老編拼版的方法，實行剪而貼之。詎料有次作協辦活動，請了老編來給大家談寫作，她竟拿我的做法當笑話，狠狠的批評了一頓。冤枉啊！寫作又不是勞改，而是我的至愛，又怎麼會不認真呢？

五十年代初有人提倡文字改革，我以為有救了，不知多麼高興。他們所考慮的，主要是辨識、書寫、打字與傳統習慣等幾個方面的問題，目的是要讓民眾比較容易學習文化，掃除文盲。可是意見分歧，有人主張採用拉丁字母，放棄方塊字而改用拼音字；有人想效法日本，拼音與方塊字併用。不過，更多人認為，漢字歷史悠久，具有象形、會意、形聲等獨特的結構和含義，是中華文明的標誌，任何較大的改革，都會動搖中國固有文明的根基，萬萬使不得。

擾攘了多年，最終實施漢字簡體化，不能說毫無作用，可惜弄得國內的人看不懂海外的繁體字，海外的人也看不懂國內的簡體字，徒然加深了兩岸三地文化和思想的隔膜。

我還是沒有好好的練字，只是一味取巧鑽空子。單位秘書處有好幾台中文打字機，一天心血來潮，覺得打字可能是個好辦法，何不試試看？於是在學會一些基本操作方法之後，就去舊貨攤買了台打字機，日夜苦練。沒有想到，原來秘書們所處理的均為一般性公函，來去都是些普通的字眼，設定一個字盤大致就能應付。而我們搞寫作的，卻是語不驚人死不休，用字特別刁鑽；同時為了便於尋字，提高打字速度，須把常用和相連關的字、辭與成語湊在一起，豈料字盤容量有限，備用字粒也不多，自己又不會植字，常常團團轉弄得滿頭大汗，也未能打出一篇千字短文，好不懊惱。

後來到了香港，見朋友們用英文打字機打字，又快又整齊，令我非常羡慕，心想什麼時候自己也能有台這樣的中文打字機就好了。

真是懶佬有懶佬命，盼呀盼，終於盼來了電腦，尤其是平板電腦和智能手機，具有多種「寫」法可供選擇，都只須拿指頭輕輕一點，字、辭、成語甚至短句都出來了，而且字體端正，一目了然。

於是，打字機早已給了收買破爛的，剩下的鋼筆、鉛筆、原子筆也到博古齋找它們的兄弟老毛去了；而我，真的就有了救星，從今以後，那蹩腳的中文字再也不必丟人現眼了！

還有更神奇的，不論文稿、短訊、圖片或影像，也是不費吹灰之力，一眨眼，連信封和郵票都省掉，「伊眉兒」已飛到地球的另一邊去了。

有人擔心，不久後大家都不會寫字了，下一代還有文化嗎？人類的文明會不會因而垮塌呢？專家們的回答是：「不會，因為還是有文字，只是不再用紙筆書寫而已；而作為一種工具，文字的用途和功能反而更加廣泛和有力了。」

相信是這樣啦！

攝影的苦樂

我是個攝影發燒友，什麼傻瓜機、摺合機、疊影機、單鏡反光機、雙鏡反光機都「玩」過。當年有些名牌子十分吃香，賣得很貴，但是講到好用，總不及現今流行的數碼相機。

數碼相機至少有三大貢獻。一是全自動化，輕巧便利，只要電池來電，敢謂百發百中，萬無一失，使攝影成為一件輕而易舉的事，而照片的質素也不遜色。

我對攝影除了興趣，還曾賴以糊口。有次要為新婚的親戚拍套紀念照，用的是當年最流行的德國機和日本機，居然「老貓燒鬚」。原因是先去公園拍造型照，後來再返酒家拍晚晏時，忘了調整快門，每張底片都只拍得一半。幸虧有兩部相機輪流使用，其中一部沒有速度限制，否則不知如何是好。數碼相機就沒有這毛病。

數碼相機的第二大貢獻，是摒棄了底片（菲林），拍攝不再受張數限制，每一景物都可以百中取一，至滿意為止。真是謝天謝地！試想，一捲三十六張菲林僅拍了一張，急著要用，該怎麼辦？即使相機裡有臨時切片的裝置，也是要進黑房才能做；還有外出採訪或獵影，你要帶多少捲菲林才夠呢？

數數碼相機的出現，連婦孺都得益不淺。早期的所謂菲林是將感光液塗在玻璃片上，拍攝前得逐片插進一個密封的盒子裡，又厚又重，操作之不便可想而知。後來雖然有了膠卷，但是為了配合不同機種和場

作者收藏的祿萊（Rollei 35）掌上型相機

合的需要，種類不少，對於攝影「初哥」來說，這些都是難題。

六十年代初出現了彩色菲林，把攝影推進一個嶄新的時代，同時也為拍友們提出了新的課題。

以上種種就算「搞定」，也僅算完成一半，還必須等候數天才有照片看，二十四小時取件是後來才有的事，而且沖印的價錢要比菲林貴上許多。更糟的是，印出來的照片總嫌色澤不佳，也不知是自己技術不精，還是沖印店的技工太馬虎了？

事實是，兩者都有可能。相機的光圈、速度、焦距與底片的感光度之中任何一點配合失當，而沖印者又未能設法補救的話，效果都不好。

彩色菲林也未能幸免，因為廠家的配方不盡相同，色溫有差別，沖印時不作適當調校，就會出現偏紅、偏黃或偏綠的現象，一位紅粉紛飛的佳人，說不定會給你弄得面青眼紅，變成醜八怪。

為了解決上述問題，不少拍友自設黑房，親力親為。黑房的設備可繁可簡，但諸如補光板、遮光棒、濾色片等一大堆瑣碎東西，總不能沒有。他們「焗」在那間無冷氣設備、漆黑密封的斗室裡，手腦併用、通宵達旦，只為炮製一幀賞心悅目的美照而已。

數碼相機的第三大貢獻是免除沖印，可隨拍隨看，滿意的就儲存下來，不滿意的就刪掉。若想為相中人除痣祛斑、補粉添妝，操作起來也比黑房作業輕鬆百倍。尤其有了智能手機之後，攝影簡直到了神乎其神的地步，只要您樂意，稍動指尖，美照即化作日月星辰，飛上雲端，讓萬人共賞。

我想說的是：同樣為了拍得一幀好照，從前須拜師叩頭，如今只要輕觸小鈕。不過攝影從來就分技術和藝術兩路，數碼相機僅為我們解決了技術部分，要提升至藝術層面，還是需要上課學藝的。

家書與情書

現在大概沒有人寫信了，要寫，也是電郵或短訊，寥寥數語，寫完看過便刪除，像吹過的一陣風，不沾手，不上心，瞬間消失無踪。

我所說的寫信，是指把文字寫在紙張上的書信，又叫信函或書柬。在沒有電話的年代，那是人們溝通兩方最佳的橋樑。尤其是華僑家庭，夫妻遠隔重洋，就是憑藉這魚雁往返，遙訴心曲、相互勉勵來維繫感情的。盼呀盼，當以顫抖著的手展閱萬里飛鴻的時候，心中那份激盪、興奮與快慰，是外人無法想像、更是現代人的電郵無可比擬的。

問題是，從前教育不普及，農村婦女大多不識字，怎麼能要一個文盲執筆呢？縱然鎮上有「代寫家書」的阿叔，又怎麼能要一位芳華正茂的少婦，向一個陌生男人傾吐心底的祕密呢？

我們家鄉倒有位婦人，不取分文，懇誠為僑眷服務。最難得她也是僑眷，知己知彼，在替她們細道家常之餘，還會適當加插幾句女人不便啟齒的體己話，讓收信人看了開心，因而家書銀兩都來得份外勤密。

這位婦人就是我母親。她不但獲得妯娌們的尊敬，更名揚海外，受到叔伯們的稱讚。他們常在信末附加一句：「附美金數元給貴公子買果，祈笑納。」我這「公子」於是得益不淺，糖果紅包收不完外，還常常得到一些特別的饋贈，因此最喜歡看母親給嬸嬸們讀信和寫信。

母親曾經教過學，詩詞歌賦朗朗上口，寫信對她來說不過是雕蟲小技。我自幼耳濡目染，小小年紀就學會給父親寫信，因此不時得到勉勵和獎賞。也許就是因為這些原因，使我走上了文學寫作的不歸路，數十年來在海內外多個不同行業拚搏，都不忘捎上紙筆，找機會塗鴉取樂。可是我始終不敢確定書信算不算文學作品呢？味同嚼蠟的公文函件，自吹自擂的宣傳廣告，一定不算；柴米油鹽的平安家書，一本正經的偉人信札，也許有保存價值，但怎麼也「文」不起來。那麼情書呢？好比郁達夫寫給王映霞的信，賀拉西和亞貝拉的深情對話，是不是呢？能感人肺腑、打動人心的文字應該就是文學作品了。在各類信函之中，情信最具煽動力和震撼力，最容易令人陶醉、歡笑和哭泣，所以有書信體小說，而且往往最受讀者歡迎。

以前的年代物質條件沒有現在好，年輕人比較單純，交朋友多重心地而少講金錢，假如看中一位女同學或女同事，儘管明知自己不是她心儀的男人，也不妨放馬過去，展開情書攻勢。誠懇的態度，真切的情意，美麗的詞藻，一封接著一封，終有一天打動她的芳心，讓你抱得美人歸。

所以，請別小覷這薄薄的一張紙，它可以輕於毫毛，也可以重於泰山。我就有過一個刻骨銘心的教訓。因為家庭環境比較特殊的緣故，母親無法接受我的女友，於是提出分手。第二天見面時，她哭著把一包東西塞過來。我從來沒有送過禮物給她，不知裡面是什麼，拆開來一看，竟是我多年來寄給她的信，被她視為信物珍藏起來，現在情斷了，要悉數退回。登時，這包裹彷彿變成了巨石，重重的壓在我心上，令我覺得虧欠她太多，至今仍然放不下來。

婚事趣聞錄

家庭由婚姻開始，社會由家庭組合，婚姻制度在一定程度上反映出社會的文明和進步。

我在僑鄉渡過了十餘年。當年甚少自由戀愛，即使有，可免去「相睇」（相親）一關，仍須家長同意，然後通過文定、擇吉、過禮，迎娶、拜堂、洞房等連串手續，才算完婚。

我吃過無數次喜酒，有兩次非常特別，至今記憶猶新。

頭一次在新娘拜過堂後一個多月才見到新郎，因為結婚那天他還在菲律賓，未能趕回來；但黃道吉日已擇定，不可更改，嫁娶之事必須在吉時、吉日之內完成。那怎麼辦呢？除了「洞房」無可替代之外，其餘一概事宜，皆由一隻公雞一力承擔，連拜堂也是由「媽姐」抱著牠，和新娘一同叩頭的。

第二次同樣沒有新郎。他倒是從新加坡趕回來了，也「相睇」了，可是一點也不喜歡對方。那又怎麼辦呢？還是照辦。因為當時仍是半封建社會，婚姻大事須聽從父母之命、媒妁之言。老人家算過八字，確知門當戶對，是頭好姻緣，於是隨即拍板。豈料新郎受過新教育，自有主張，結果在洞房花燭夜突然失蹤，從此新娘望穿秋水，始終未能盼得愛郎歸。

說他們門當戶對，是因為男女雙方都是當地的財主。男家當晚的喜宴，炮龍烹鳳，大事鋪張，自不待言；而女方嫁女也不含糊，除了四人大轎和豐厚的嫁妝外，還出動民兵隊伍，一路鳴炮助威，可謂驚天動地。

新娘子美不美，眾說紛紜；但滿身珠光寶氣，則無不嘖嘖稱羨，尤其是那條粗重的金項煉，長及腰間，最是耀眼。

「嘩！這麼長。」有人讚歎。

「不算最長，阿冬伯娘那一條，長至拖地呢！」有人插嘴說。

阿冬就是我。伯娘的金項鍊有多長我沒見過，只知道我爺爺確曾富過一陣子。不過到我父親結婚時，已家道中落，只能給母親一隻鑲貓眼石的白金戒指了。這戒指如今在我手上，我太太一點也不喜歡。

一直以來，人們都以金飾為結婚信物，表示情比金堅；尤其是黃金，金燦燦的，既華麗又象徵富貴，確是不錯。

但自從北上之後，我再也沒有見過金飾了。同學和同事們結婚，都是先去婚姻註冊處領份證書，然後買幾斤糖果，開個茶會便了，既無信物，也不擺喜酒。因為黃金全歸國家所有，市面沒有買賣，大家也不想鋪張浪費。因此問人家何時結婚，不是問何時請飲，而是問何時請吃糖。

我的堂兄更簡單，自己踩輛自行車去數十里外把新娘接回家，就算成親了。

六〇年代初我南回香港，所見的婚禮則多為中西合璧，既上教堂或註冊處登記，又穿裙掛與禮服婚紗，然後大排筵席，廣宴親朋。

不久我也結婚了。母親思想保守，繁文縟節忒多，除了依足應有的古例之外，還參照香港的習俗，加添了不少新花樣。如不用花轎而改用花車，新娘不是抬過來，而是帶齊人馬（伴郎）上女家去接回來；還唯恐旁人不知，擺酒的酒家要在門外懸掛醒目大花牌，大書××聯婚宴客，開席前更燃放大串炮仗，砰砰碰碰好不熱鬧。

不用說，信物一定是金戒指和大堆金飾了。不過這可能是末班車了，因為自此之後，香港發展神速，年輕人懂得追求時尚，尤其經過De beers鑽石集團不遺餘力的宣傳，讓每一個女子都知道「鑽石才足以代表永恆」。故此所有未婚男子，都要為那顆會閃光的小石頭而拼搏賣命了。

漸漸地，結婚的形式也變得多姿多彩。一名電視台的新聞主播用直升機接新娘，並由該台現場轉播，轟動了全城。

但從七〇年代起，變化最大的，倒不是婚禮的形式，而是結婚的程序。從前只要兩情相悅、拍拖成熟即可註冊成婚，現在可不成，你必須先行求婚，哄得女朋友讓你把訂婚戒指戴上，才有機會商談下一步的事。也就是說，鑽戒得有一套而不是一個，通常是結婚的要大過訂婚的。

為了鄭重其事，博取女朋友的歡心，求婚者無不挖空心思。有人租用小型飛機，機尾拖塊廣告牌，上面寫著「××我愛你」，在空中飛來飛去。有人用飛機噴出的彩色氣體，勾勒出兩個大大的心形，然後讓邱必特的情箭一射而過，把兩顆心串連起來，末了還有句「我愛××」，和一個男人的名字。如此大手筆，女朋友還能不一頭倒進他懷裡！

我的二子求婚時，也是租用直升機，在香港維多利亞港的上空盤旋進行，加上鑽戒、鮮花和懇切的誓言，當然抱得美人歸了。

婚姻是件一輩子的大事，條件許可的話，鋪張一點也不為過，最緊要是長長久久，白頭偕老。

卷二
天職

餐館女人

寫餐館，豈可不寫餐館女人！

早前寫過一篇《兄弟鬩牆》，文中對女性似乎有所不恭，覺得老闆們讓女人回餐館做工，可能造成股東不和，同事不滿，是成事不足，敗事有餘。

我有個朋友開餐館，只許妻女們去吃飯，而不許到廚房指指點點。也許因為這個緣故，餐館一向和和氣氣，少有爭執；但肯定也是因為這個緣故，他沒有發達，餐館不久就關門。後來終於明白，他的決定是個盲目的偏見，大大的錯誤。女人，在我們的中餐行業中，確實撐起了半邊天！您看哪一位成功的餐館大亨，背後沒有一位能幹的女人？

中國社會的傳統習慣，向來是男主外，女主內。可是在中國餐館裡，由於需求不同，以及男女有別，大多是女主外，男主內。

女性天生溫婉體貼，又善於文墨計算，是打理餐館樓面的好人才。她們笑臉迎人，周旋於樓面與廚房之間，一方面應酬客人，招呼茶水，一方面向廚房發號施令，下達菜單。不知道有多少大小中餐館，真是一天也少不得企檯女與事頭婆老闆娘！而男人生就一副牛命，在廚房裡做其廚房牛，也是理所當然。

不過，廚房並非女人的禁地，廚房牛也並非男人的專利。女人除了擅長做樓面，也能套上白圍裙，戴上白帽子，拼搏於刀劏與灶頭之間。

例如波士頓最大的中餐館「唯綠」，就有位女士鎮守一方。她身手俐索，反應靈敏，不少昂藏六尺的男子漢，都只能靠邊站。

在越南餐館業中，更有一名來自西貢的女廚師，廚藝之了得，同行中無人不知，人人都想高價挖角，哪怕請來當個掛名顧問，都引以為榮。

我有位親戚，尤勝鬚眉。十多年前由開餐館的姊姊申請，隻身來美，從打雜開始，很快就能獨當一面，炸肉、炒大鑊飯、炒餐無所不能。

親戚如今已屆花甲之齡，理當坐享清福了，誰知她還開餐館，並親任廚房主政。她自稱命苦，我們卻不能不欽佩她刻苦勤勞的秉性。

近朱者赤，近墨者黑，女士們整天與廚牛為伍，多少總會沾上點牛脾氣吧？會不會從此變成「母老虎」、「男人婆」呢？

其實能夠入得廚房的人，本來就屬豪邁硬朗之輩，巾幗亦有鬚眉的氣概。本來嘛，男人能做的，她為什麼就不能呢？他既然可以出口成章，她也不怕問候令壽堂了。

但是，當她摘下白帽，褪下白袍，在言笑晏晏之間，仍難掩女性特有的嫵媚，以及脂粉的芳香。

餐館女人既能「出得廳堂」，也能「入得廚房」，讓餐館男人口服心服！

阿嬌和阿林

阿嬌的名字改得真不錯，個子嬌小玲瓏，模樣甜美俏麗，真是個人見人愛的嬌嬌女。

阿嬌的丈夫有家小餐館，名字就叫林記小館。阿嬌來到美國的時候，餐館剛巧走了位「企檯女」（女侍者），丈夫叫她試試看，她就大著膽子試試。

初時只能做午餐。午餐的餐名就叫ＡＢＣＤ很簡單。

阿婆要Ａ，她懂。阿婆「怒梳」，她知道不吃鹽。可是阿婆「怒挖他扯死你」，卻嚇了她一跳。從餐廳走向廚房，一路口中喃喃有詞：「怒挖他扯死你，怒挖他扯死你……」

「挖你老公好了，千萬不要扯死我！」負責收銀和帶位的阿富調侃她說。

「挖你個頭，都嚇死我了！什麼叫做『挖他扯死你』？」

「瞧瞧你自己——黑皮白肉圓嘟嘟，桂林清水小馬蹄！」

莫笑阿嬌出洋相，其實不少同胞的英語都是這樣學來的。但是士別三日，現在你來看看她，伶牙俐齒，對答如流，嘴角好像抹過油。

阿嬌看似柔弱無骨，卻不是好惹的，有誰對她心懷不軌，準定要他難看。

最近有個客人常來，但總是嬉皮笑臉，一派邪氣，一看就知不是好東西。果然，他忽然捉住阿嬌的手，涎皮賴臉的說：

「你真漂亮！想死我了，今晚請你去喝酒！」

「謝謝你！」阿嬌連忙掙脫他，正色道：「告訴我你想吃什麼！」

「吃你！甜心，真的想吃你！」

「我有丈夫了，請尊重點！」阿嬌更嚴肅了：「你的阿打——」

這傢伙不得要領，不高興了，罵完粗口後，再加句「CHINK！」

小妹可欺，中國人豈可侮！阿嬌勃然大怒：「你再說一遍！」

沒料到來得這麼兇，他有點膽怯了，還是死雞撐飯蓋：「CHINK！」

「啪！」纖纖的玉掌，刮下一記響亮的耳光。

女人打男人，也許有，侍者打顧客，可就聞所未聞了。對於一個傲慢成性的美國人來說，這簡直是奇恥大辱。只見他吱哩呱啦又吵又鬧又說要告官，好像非要把餐館砸了不可似的。

吵鬧聲驚動了廚房裡的阿林，趕忙跑來看究竟。

「請你出去！」他知道原委後下逐客令。那傢伙反而得理不饒人：

「什麼？要趕我走？你有權嗎？你這裡是什麼地方？」他一步一句把阿林逼近牆角：「看著你們就覺得不順眼！什麼李小龍，我就不相信中國功夫真有那麼好打。有種的，跟我比試比試看！」

其時正值李小龍熱，原來有人看不慣，心裡滿不是滋味，要來挑戰中國功夫了。

「走，到外面去！」阿林招一招手，帶頭走向停車場。

聽說要比武，所有客人都湧出去。阿富攔住門口要他們先結帳，阿林擺擺手說：「讓他們來，今天我請客！」

停車場一下子聚集了許多人。

比起那老美，阿林顯得太瘦小，不禁令人懷疑，他能否受得起對手一拳。但看他一副吊兒啷噹的樣子，似乎根本不當一回事。老美更加憤怒了，忍不住一拳就揮過來。

阿林不動聲色，微微一閃，拳風剛好從耳邊掠過。但由於用力過猛，老美反而打了個踉蹌。

這下不敢再怠慢，重新站穩腳步後，開始擺出拳王阿里的架勢，就地慢跑。

觀眾開始鼓噪，為雙方吶喊打氣。

老美吐了口唾沫，冷不防又是一拳。阿林還是輕輕一閃，不過順勢加了一腳。老美料不到有此一著，但聞「叭」的一聲，竟然跌了個狗吃屎，登時引發暴雷般的掌聲。

老美老羞成怒，不理三七二十一，一躍而起，躬著腰一頭撞將過來，力度之猛，如果阿林閃避不及，怕要被截成兩段。

說時遲，那時快，阿林仍舊一閃，但是沒有起腳，卻用雙手輕輕一撥，用武林的話來說就叫四兩撥千斤，可憐我們的美國朋友，好久也未能從地上爬起來。

出乎意料之外，掌聲過後，沒有一個客人溜走，反而帶了不少看熱鬧的觀眾進來，使餐廳整晚爆滿。

「林小龍」的大名從此不脛而走，餐館多了不少慕名而來的貴客，令「林記小館」旺足三年。

難做

平心而論，做伙計幾時都比做老闆輕鬆。除非遇到一名蠻橫無理、尖酸刻薄的老傢伙，整天在你面前挑骨頭，否則做一天和尚撞一天鐘，有朝一日老子不高興，拍拍屁股就走，該是多麼瀟灑！反觀那些小老闆，有生意也愁，無生意也愁，忙完外頭忙裡頭，簡直有時間死，沒有時間病，真是何苦來由哉！

不要以為古冬又在扮阿Q，老闆確有老闆的苦衷。

「洗濕個頭」，進退兩難，以致泥足深陷，苦之一也；帳目不清，股東不和，各不相讓，苦之二也；生意不展，銀根短緊，周轉不靈，苦之三也；同業紛爭，伙計背向，裡擾外攘，苦之四也；錢賺得多，招人生妒，官府起疑，苦之五也……

人人有本難唸的經啦！

你是未入這個門，不知門裡的苦。尤其是一些小老闆，當真有苦自己知。有空請到那些治安黑點去瞧瞧，與其說是做生意，不如說是在賭命。

紐約皇后區有家中餐館，為了對付白吃客，拍了他們的照片貼在門前示眾，以儆效尤，誠屬一絕。但假如餐館開在哈林區，你敢這樣做？只怕趕不到第二天，餐館的招牌已給倒轉來掛了。

走單還算給面子，擺正車馬，明火打劫，也是常有的事。

波士頓有家小型外賣店，開張不夠一個月，老闆突然被槍殺，至今仍為懸案。有人說可能拒劫致命，有人說由於阻止一名路人搗毀他的新張花籃，因而引發仇恨。不管是哪個原因，都是一件可怕的事情。

較好的地方，自知不是人家的對手，也沒有那個本錢。而某一些地區，姦、劫、搶、殺無日無之，卻可能是個龍口福地。小老闆並不是白痴，也不是勇敢過人，明知山有虎，偏向虎山行，只不過為了兩餐一宿，橫下心來，博它一博而已。

一堆蓉蛋，一缽雜碎，一鑊炒飯，就可以做買賣。「餐館」弄得像監倉，擔驚受怕，朝不保晚的你以為好玩！

在積彩，在芝加哥和紐約的哈林，每天攞著手槍返工放工的大有人在。命大的，博它個三年五載衣錦榮歸返唐山，命薄的，「砰」然一聲一命嗚呼乘鶴西去。

做餐館呀，一個字——難！

養廚如養兵

企𡏟王忽然氣急敗壞的跑進來，嚷嚷道：「不得了，經濟復甦了，你們快來看看，萬福樓爆滿了！」

什麼事情這麼嚴重？美國什麼時候經濟復甦了？萬福樓又為何突然爆滿了？頭廚陳走過去隔著門縫朝餐房瞧了瞧，原來幾個企𡏟正忙得不可開交，櫃𡏟前面還排著長龍，果然是生意好的不得了，全堂爆滿了。

「呀！哪裡忽然冒出這麼多人來，是不是放監了！」他馬上回位指揮，一邊卻罵著髒話：「鋪打媽！沒有生意，萬福樓遲早完蛋，突然爆滿了，立刻就完蛋！——阿米哥，快加滿碼櫃，各就各位！」

不一會，黃老闆也興沖沖地跑進來，見到頭廚陳在嘀咕，哭笑不得的對他說：「好啦，終於盼到你罵我啦！罵吧！我也不知道是怎麼搞的，聽說是公園那邊有個遊園會，現在散了，可能大家餓扁了，饑不擇食，就跑到萬福樓醫肚來了！」

「養兵千日，用在一時，誰叫我們打你的工呢！——兄弟們，上啦！」頭廚陳七手八腳忙開了。

「老兄，你這話不對！」黃老闆忙糾正他說，「美國兩百多年沒有敵人敢打進來，是因為她養得起大兵。可是我這個餐館仔，莫說千日，一個月沒有生意就完蛋，誰來養我們？」

廚房佬平日習慣了開玩笑，常常嬉笑怒罵一齊來，誰也不會見怪。可是黃老闆這回說得頗認真，也蠻有道理。試問哪一個生意人願意拿錢出來倒貼呢？就是因為生意不好，最近走了個炒鍋，沒有再請。不過有時很忙，見大家做得辛苦，他也有點過意不去，像剛才說的那樣，真希望你來罵他一頓，彷彿這樣便拉平了，不再欠你什麼，心裡會好過一些。

現在的生意是時有時無，通常是淡三天旺四天，星期一、二、三真是拍烏蠅。剛才大家還聊過，像這樣的光景，莫說有三個廚，就是一個也嫌多。可是到了星期四、五、六、日，卻是忙到雞飛狗跳，就算加兩個工人，也不濟事。這樣的生意你說怎麼做下去？

「老闆，醬鴨只剩一隻了，告訴企檯先到先得啦！」抓碼余大聲說。接著又補充一句：「肉類蔬菜也不夠用，一輪衝鋒之後，再來就只有獨沽一味豉油炒飯了。」

不光是人手問題，材料雜貨的儲備也是個難題。蔬菜肉類是不耐存放的，切了幾天賣不去就會壞掉，因此禮拜頭通常不會預備太多。今天是星期二，驟然門庭若市，教人如何應付？

「哎呀阿余，這回真是鈴鈴喳喳都丟了！要補充些什麼東西你快說，看能不能派人去買。」黃老闆拍著腦袋在廚房團團轉。正想回餐廳，卻與一位迎面而來的企檯女撞個滿懷，於是順勢捉住她的手，哭喪著臉道：「難，無也難，有也難！不如我們對掉，你來做老闆，我來當你的不二之臣好不好？」

這個時候還來開這樣的玩笑，可說是黃蓮樹下彈琵琶，苦中作樂了！

仇同敵國

自古同行如敵國。雖說中國人重禮義，比較能忍讓，但真有丞相肚皮的人，到底少之又少。尤其是自己的老伙計「反骨」來搶飯碗，是可忍孰不可忍！

某地有家叫「九洞天」大餐館，老闆姓馬，開張沒幾年就賺到盤滿砵滿，不覺夜郎自大，以為自己本事過人，在社區裡氣焰逼人，一副不可一世的樣子。

這一帶能與「九洞天」一較高下的，唯有老字號「麒麟閣」。生意一向不錯，不過自從開了「九洞天」，聲勢就大不如前。老闆有心歸隱，不想戀戰，私下將生意轉讓給「九洞天」的大廚仇老二。大家不動聲色，直至仇老二率領眾廚師向馬老闆請辭，一直被蒙在鼓裡的他才大吃一驚。

臨走時仇老二放下一份當天報紙，上面刊著整頁廣告，大字標題「麒麟閣」將由「九洞天」原頭廚接辦，不日重整旗鼓，擴充營業。馬老闆不禁暴跳如雷，拍桌吼道：

「去把它買下來，趕他們出境！」

趕人出境自然是氣頭話，連總統都沒有這項特權。於是雙方勢同水火，恨不得一口把對方吞下肚。

但老闆與老闆之間的瓜葛，與伙計無關。兩家餐館的員工還是竹戰依舊，互有往來。

當地人最愛打藍球，廚師們也常常三三兩兩到免費球場去玩。有人提議，「九洞天」和「麒麟閣」不如來場友誼賽，賭餐飯吃。

一提到賭，人人眉飛色舞，當下就約定時間開戰。

消息傳到兩位老闆耳裡，誰也不甘示弱。加上多事之徒的慫恿，把這場比賽形容為強弱的對決，如同雙雄決戰沙場，勝負攸關榮辱，千萬不可退縮。淺薄的馬老闆一聽，即時拍板：

「好，一意打敗它！」

「那麼，假如我們贏了呢？如果賭餐飯，又算不算和頭酒呢？」深思熟慮的仇老二傳來連串問號，倒把馬老闆難倒了。

「不吃飯，賭錢好了！」有個伙計乘機提議。

結果決定賭一千元。

消息傳出，雙方的廚工無不磨拳擦掌。

比賽下來，「麒麟閣」以七十比六十六小勝「九洞天」。馬老闆氣得呱呱叫，硬說輸得沒道理。那邊的仇老二馬上回話：「不服氣再來一場！」馬老闆當然不示弱：「來就來，我老馬怕你唄！」

這回可大陣仗了，除了把籌碼加大一倍，還上報當地華人組織，要求他們派出公證人。華人會的人滿心歡喜，以為自己多年來努力提倡的聯誼康樂活動，終於得到了兩家大餐館的支持。他們不僅答應派出球證，還主動出面洽租場地，發動當地華人大力捧場。

雙方一開始就採取貼身緊釘的戰術。仇家班的人馬尤其勇不可擋。大家竟然來真的，愈打愈勁，愈打愈兇，直像戰場上的肉搏戰，拳腳亂舞，粗口齊飛，嚇得華人會的人一個個傻了眼，友誼球賽哪有這麼搏命的！

還是仇家班贏球。末了仇老二丟下一句話：「賭什麼都奉陪！」華人會的人聽了，不禁為之氣結：原來還是賭！

老細波

美國鄉村小鎮地廣人稀，居住在那裡的華人，人數既少，分佈得又散，幾乎是舉目無親。偶爾在購物中心碰到中國同胞，不知多麼高興，談得來的，還會交換地址電話，從此結為莫逆之交。

華人人口雖然有限，中國餐館倒不少，三、五里內總有一家。廚工們每天忙足十多小時，交朋友的機會不多，可以湊在一起玩玩的，不外四方城中幾個嗜好竹戰的同行。

賭，差不多是廚子們唯一的娛樂了。他們收工之後，不是張家園就是好彩樓，每晚竹戰十數圈，不分勝負不罷休。

有個時期餐館人手短缺，一些聰明的老闆為了博取員工的好感，會有意無意間鼓勵他們打衝鋒（預支上期糧），或不時請他們吃夜宵，並把附近的同行都請來，大家吣吣啪啪打麻將熱鬧通宵。

於是呼么喝六之聲四起，賭博幾成風氣。有人袋袋平安逍遙快活去，有人為避賭債逃之夭夭，弄巧成拙餐館反而無人開工了。

多虧這裡有家大餐館，讓我們多了個好去處。

這家餐館位於密西根州，從積彩沿九十四號公路往西走，方圓數百里無人不識。老闆姓吳名阿波，大家都直呼他做「老細波」。因為他和別的老闆不一樣，所以深得同行的羨慕和廚師們的尊敬。

老細波為人精明能幹，隨和大方。生意做得很大，但熱情好客，毫無架子。最喜歡餐敘，不時借題搞幾桌夜宵，把附近的同行和他們的眷屬都請來，讓大家有個交流的機會，因此被譽為現代孟嘗君。

難得的是，老細波打破常規，請客不設賭局，頂多打個小麻將，目的主要是讓大家聚聚，輕輕鬆鬆聊聊天。

一九八二至八七年之間，是股票的全盛期，大小投資人皆有所斬獲。老細波是大贏家，但獨樂樂不如眾樂樂，他見大家沉迷於賭博，提議不如把精力拿來炒股票。本來就有人心癢癢想出手而苦無門路，於是一呼百應，很快組成發財投資公司。參與者包括多家餐館的老闆和廚師共二十多人，老細波是大股東，議定投資額不論多寡，賺了錢一律按比例分帳。自此每週例會一次，儼如大企業的董事局，淺斟低酌依舊，但談的卻是道瓊指數，價位走勢，竹戰僅是偶一為之，大家的感情反而親如兄弟。

他們除了買股票，還買債券，人人都賺了錢。一位目不識丁的鄉巴佬，根本一竅不通，就憑老細波的指點，投資股票居然頭頭是道，幾成小富。

出人意表的是，老細波忽然大排筵席，不為別的，只為他的頭廚要自立門戶，做老闆去了。新餐館就在附近，老細波非但沒有因為多了隻香爐而心生妒恨，反而盛情歡送，祝願老伙計馬到成功。

老細波的為人和「仇同敵國」裡的馬老闆多麼不同！

我是老細波無數夜宵中的常客，也躬逢其盛炒點股票，特記之並致謝忱。

可是可惜，不久前他已把生意出讓，搬離密州作寓公去了。我們希望他只是「獲利回吐」，不日東山再起，讓大家又有機會聽他談股說吃。

金錢與親情

阿程受過良好教育，在香港有份朝九晚五的好工，和一個寧淨舒適的安樂窩，過著優悠自在的小康生活。但是為了讓孩子們有個較好的成長環境，他毅然拋下這一切，移民美國，一頭扎進餐館裡。

老闆是阿程的親戚，有間大屋，於是一家暫時就在他那裡安頓來下。不過家裡有孩子，他很快就決定租屋。老闆即鼓其如簧之舌，說租屋不如買屋。想想也對，租金交了出去就沒有了，反正在香港賣了屋才來，能買回一間自然最好。可是自己一介書生，手無縛雞之力，萬一不受餐館歡迎，買了屋豈不等於劃地為牢，到時如何是好？

他們經過反覆商量，終於以破釜沉舟的決心，買下一幢小屋，認為這樣負擔較輕，也不致因為捱得辛苦而跑回香港去。

洗盤碗是阿程的第一份餐館工。名為洗盤碗，其實是打雜，一概雜務包括洗廁所都要做。「這樣也好，萬丈高樓從地起，基礎最重要。」阿程這樣對自己說。

同事們大都是莊稼人，有的還做過三行，一個個孔武有力，相形之下，文質彬彬的阿程，簡直就如一頭跛腳騾，老闆一看心裡就有氣。可是有什麼法子呢？

「自己問心無愧，就對得住天地良心了。」阿程這樣安慰自己。

已經站立了好幾個小時，腰酸了，腿麻了，前面還有個豬油桶要清理，阿程多麼想坐下來歇一下。

「來，學著切個菜啦。」二廚沒有讀過多少書，對書生下廚深表同情，因而處處扶他一把，常鼓勵他既然來了，就要找機會上位，好好的幹一場。相較於大廚的冷漠與排拒，這種雪中送炭的情誼份外令人感動。阿程馬上拿起菜刀，腰不酸了，腿也不痛了，起勁的操練起來。

除了勤學廚藝，阿程還託人從香港買來不少美食菜譜，盡可能地吸取點烹調的知識。偶爾為大家開餐飯，居然也能做出幾道色香味俱全的佳餚，連老闆吃了都讚賞。

廚房是個大熔爐，經過兩年多的淬煉，這個「文弱書生」終於成為一頭粗壯的「廚牛」。

一切似乎向著好的方向進展，阿程也幹得愈來愈起勁。不料有次炸甜酸肉時，不慎被滾油灼傷了手。因為藥物不宜接觸食物，醫生要他休息數天。他拿著醫生開的證明去請假，老闆不能不同意，可是態度極冷漠，顯然十分不滿意，令他那股一心向上、奮力拼搏的衝勁，一下子冷卻了半截。

與此同時，他老婆阿芳也出了岔子。她在餐樓當帶位和收盤碗，日薪三元，外加小費三至五元。一向相安無事，一天在購物商場遇到另一家餐館的老闆娘，聊起她的工作和收入，老闆娘驚詫道：「怎麼這麼少！這種工每個月至少拿到七八百。來替我做啦，包你九百！」。

萬萬想不到相差這麼多，阿芳覺得被欺騙被侮辱了，氣鼓鼓地馬上去找老闆娘理論。因為糧是她出的，小費也是經她收集後分發的。

老闆娘一聽也氣紅了臉，半天才說：「小費是看表現分的，你就值這麼多！」

阿芳有理不饒人：「我表現不好嗎？我哪點不好你有跟我說過嗎？」

「不滿意就不要做好了，我現在就把這個月的糧出給你！」老闆娘一下子把話說絕了。

此時兒女們都上了大學，開支不菲，而且又是由老闆申請來美，他們有恩在先，不能冒然一走了之。一家人商量了又商量，最終得出一個字：「忍！」。

阿芳停工之後，阿程照樣任勞任怨。不過話說少了，臉上的笑容也少見了。以前放假愛陪妻子逛公司，現在就喜歡到附近的餐館去走走，聊聊天，希望能為她找份工。不料給老闆知道了，罵他吃裡扒外，因為他犯了大忌，到他大老爺的死對頭那兒去了。

彼此的關係愈來愈惡劣。

因為走動得多，消息就靈通了。於是又大吃一驚，原來他和阿芳一樣，工做得最多，而工錢卻比別人少拿了大半截！

但因為有過阿芳的教訓，還是不敢輕舉妄動，仍然要忍！

如是者又過了兩年多，廚師換了一批又一批，阿程實際上已接替了頭廚的職務，然而工資僅象徵式加了一點點。他終於憋不住，要向老闆討個公道了。

「我知道世事不可能絕對合理，但總希望能夠比較合理……」他盡量把態度放得和顏悅色一點。

老闆一聽跳了起來：「我辦你們來，沒有功勞也有苦勞，賺多一點點你說合理不合理？我是出於同情才收留你們，否則像你們這麼嬌貴，能找到工作嗎？」

阿程傻了眼，完全無話可說。其實現在的他，早已毛長翼硬，已非吳下阿蒙，要不是因為那一點剪不斷理還亂的親戚情緣，他早就遠走高飛了。

「好罷，等到你認為賺夠的時候，請告訴我！」阿程還是忍下去。

幾個月後，不知何故，一連幾個星期生意都很糟。阿程開車去兜過幾個圈子，其他餐館同樣冷清。

他們哪裡知道，這是八十年代末美加經濟步入瀟條的前奏。可是老闆一口咬定是阿程搗的鬼，因為他昨晚又到他的仇家那裡去了（其實是去女兒學校路經那裡）。於是拿了個糧包來對他說：

「我們養不起你了，請另謀高就啦！」

這一天終於來了！阿程有點難過，同時又鬆了一口氣。跨出一步，海闊天空，他從此可以無愧地去闖他的天下了！

千里奔婚

上世紀七十年代來了大量中國移民，這批生力軍為美國的中餐業帶來了空前的繁榮，也為自己創造了幸福的人生。他們年富力強，工作勤奮，收入穩定，生活簡樸，幾年下來就脫胎換骨，有的出人頭地做了老闆，有的成家立室組織了小家庭，成為僑社中一個龐大的群體。

要做老闆沒有足夠的財力，可以找人合夥，問題不大。想結婚到哪兒去找對象，找怎樣的對象，倒成為一個有趣的話題。

有個新詞兒，叫做「涉外婚姻」，意思就是與外國人通婚。但不是搞同居或一夜情，而是註冊結為合法夫妻，行不行呢？看情形吧，不可以一概而論。

有位餐館小開娶了個「老番妹」，當初幾乎無人看好，都說不到三個月一定拆伙。但是很快便證明，原來竟是天造地設的一對。

他們本來就有家小餐館，由於經營有方，不久又開了家雜貨店。這個「老番妹」喜歡回餐館吃飯，有時還親自動手，弄一盤鹹魚蒸肉餅或豬手炆南乳，連大廚都吃得津津有味。

她不僅是丈夫的好助手，簡直是丈夫另一邊腦袋。她有本事獨自開著大卡車去上貨。如果懷疑客戶有意見或遲遲未見新「阿打」，就催促丈夫打電話去詢問。他也真行，居然很大方地在電話中對客人說：

「對不起，如果有服務不周的地方，我老婆要我向您道歉啦！」你說如此一對好夫妻、好拍檔，還能不發達！

當然，個別例子不足以證明什麼。因為語言、文化、生活習慣等各方面的確存在著嚴重差異，絕大多數的華人，為了天長地久，也為了子孫後代，還是希望能娶個同聲同氣的中國人。可是你叫他們到哪兒去找呢？

漂洋過海走天涯，到底是男子漢的事，女兒家還是留在家鄉為多。而讀過幾年番書的小妹妹，即使願意嫁入牛房做牛婆，也是僧多粥少，搶都搶不到。

那如何是好呢？

踏破鐵蹄無覓處，千里姻緣一票連，買張飛機票，回故鄉去找唄！

原來世界變了，現在故鄉的女兒也想遠走高飛，多渴望嫁個「金山客」做「金山婆」。經過「相親」，兩情相悅，查過八字，擇吉拜堂，一段美好的姻緣，得來毫不費工夫。

一男一女的結合，真是一件萬分奇妙的事。馬拉松式的戀愛，不見得就永不分離，而一段閃電式的姻緣，因為雙方都有心理準備，懂得互相遷就，倒可能天長地久，白頭偕老。

不要過多渲染過埠新娘與異地婚姻的不幸。充闊騙婚，或嫁人只為來美私會舊情郎的新聞，僅是個別事件而已，誠心娶個好老婆、嫁個好郎君的，始終是絕大的多數。

紅地毯的盡頭，是一個幸福快樂的家園。但願天下有情人終成眷屬，彼此攜手合作，共創未來！

接新娘

牛郎們回大陸或香港結了婚，渡過了甜美的蜜月，又要返回花旗捱過世界。快則六個月，遲則兩年，新婚太太就會飛來美國團聚。一切從頭開始，儲錢、租屋、買家具……自由自在的王老五生活從此拜拜，甘心情願聽從閫令，做一名二十四孝的老婆奴。

電報打來，太太將於星期日下午五時抵達芝加哥機場。大哥明大喜過望，馬上向餐館請了幾天假，並把好消息告知所有好朋友。

從住處去機場需三個多小時車程。大哥明好不緊張，打早就整拾停當，火速開動那輛早已打理得乾淨光溜的小房車，直奔芝城而去。

雖然來美多年，因為一直居住小鎮，等於從一個鄉下來到另一個鄉下，始終是大鄉里一名。獨自長途駕駛，又是破天荒頭一次。本來就驚喜參半，加上急中帶慌，腳力不由自主加重了點，豈料馬上就有一輛警車閃著紅藍燈追趕上來，嚇得他急忙剎車，差點沒有讓後面的車輛撞上來。警察除了告他超速，還加開一條不小心駕駛罪。若在平日，他一定要罵人，不過今天心情忒好，除了乖乖簽名，還「阿蛇」連聲。

真是小別勝新婚。儘管新娘子不堪勞累和睡眠不足，顏容憔悴，大哥明還是不勝愛憐，如果不是要趕路，恨不得現在就抱著她親親。

兩個大鄉里進城，站在偌大的停車場，老半天還辨不出方向，不知自己的車子停在何處。好容易才摸上公路，又覺得縱橫交錯，條條大道通羅馬，不知道哪一條才是正確的歸途。

終於上了九十四號高速公路，可是走了三個多鐘頭，尚不見那幾個熟悉的路標。莫不是走錯路了？大哥明不禁有點懷疑。睡了又醒、醒了又睡的老婆實在太疲累，也不由嘀咕起來：

「還有多遠呀？都走了好幾個鐘頭啦！」

「快了，快了。」他騙老婆，也是騙自己。

「周圍黑壓壓的，這裡安全嗎？我帶了許多首飾來呢！」老婆有點擔心了。

「安全，除非走進×人區。」其實大哥明比她更焦慮。

見到前面有個加油站，想進去問一下。恰好有個×人從裡面走出來，嚇得老婆彈了起來，摟著老公直打哆嗦。

大哥明一看，倒像得到了救星，安慰她說：「不要怕，他是警察，我去問他怎麼走。」

他以有限的英語，加上手勢，指指畫畫，警察終於明白他的意思，索性把他們帶上公路。

此時已是深晚。二人沉默不語，人稱久別勝新婚，他們卻一見面就討了個沒趣。

其實這算不了什麼，不過是走錯路而已，比他們更糟的還有。

此人是大哥明的師傅，去芝加哥堪稱識途老馬。也許就是因為太「老定」，粗心大意，以致鑄成大錯。就在不久前，也是接新娘。見到闊別兩年的嬌妻，一時樂極忘形，急不可待要進華埠開香檳慶祝，完全忘記了停車場是個有名的賊窩。及至酒飽飯足，飄飄然返回座駕時，豈料車門半掩，老婆千里迢迢帶來的嫁粧和行李，全部不翼而飛，一件不留。

望著空無一物的車廂，新娘子成了個木頭人。

糊塗帳

賭博是災害，女人是禍水。但廚子們明知故犯，硬是一頭扎進去。

每天在廚房捱足十多個小時，收工後除了回牛房睡大覺，就沒有別的娛樂，你要他們做什麼？

小鄉鎮和大埠頭不同，沒有足夠人手，初來到的嬸嫂們又不諳英語，樓面的工作如收銀和企檯（侍應），都要請當地的「鬼妹」來做。

「鬼妹」並非貶詞，而是代名詞，由來已久，不含歧視的成分。不過她們熱情奔放，性事開放，倒是我們的女人難以望其背項。而廚房裡的牛狗們，又都百無聊賴，血氣方剛，於是有如乾柴烈火，很容易就燃燒起來。

鬼妹們喜歡和中國廚師交往，還因為他們闊綽豪爽，一擲千金面不改容，不像和鬼仔們約會，連飲杯咖啡都要分帳。

露茜是個無酒不歡、無男人不能入睡的奇女子。阿王和她上過幾次酒吧，便如糖黐豆。

阿王要搬出去和她同居，工友們都不贊同。到底是非我族類，既不同種又不同文，逢場作戲不要緊，太認真就會有後患。

「我要跟她學英文。」阿王說。不久阿王的洋徑賓英語果然有進步。於是牛狗們爭相效尤，人人身旁都有個鬼妹仔。

一天，阿王突然哭喪著臉跑回牛房，向好朋友們吐苦水：

「露茜搬走了，還把我的東西都帶走了！」

原來他被露茜掏空了——口袋掏空了，身子也掏空了，本來良禽要擇木而棲，所以飛走了，怪得了誰！

這種事見怪不怪，阿王很快就把它忘掉。

陳光與朱迪的一段情，倒有言情小說的跌宕起伏。

他被她弄得神魂顛倒，每晚收工就駕著他的小跑車和她去喝酒，終於樂極生悲，小跑車與大卡車相撞，陳光幾乎沒命。但就在他住院療傷的時候，朱迪和另一個也是開小跑車的小開拍拖去了。

也許這是陳光的造化，來自越南的企檯女阿妙，對他情有獨鍾，朱迪走後，她接踵而至，悉心照顧著他。

阿妙的柔情蜜意打動了陳光的心，兩人迅速墜入愛河。不久阿妙身懷六甲，於是註冊結婚，並在他們打工的餐館大排筵席，宴請親朋。

正當觥籌交錯之際，朱迪抱著個混血小囡來找陳光，要他認女。陳光莫名其妙，不知自己何時做了父親。朱迪就是怕他不認帳，早就準備了醫生證明。一場喜氣洋洋的婚宴，就這樣不歡而散。後來還告上官府，陳光被判每月支付二百多元贍養費。

老林也差不多，玩夠了，已買了飛機票，正想認認真真地回鄉娶個老婆，從前的相好卻扯他的後腿，告票一張張寄來。他也弄不清楚自己何時犯了天條，總之有傳票就要上堂去。

一次愛倫說失業了，再也無力撫養女兒，要把小傢伙交還給他。他簡直一頭霧水，壓根兒就不知何時和她生過孩子，只承認和她睡過覺。這場官司還沒有了結，羅娜又來找他，要把兒子交還給他。他只知道她曾經懷孕，後來她走了，以為就此了結了，誰知她又摸上門來了！

如今他還是光棍一條，卻已是三個孩子的父親了！

賈寶玉說得對，男人是泥做的，女人是水做的，所以天下間就有這麼多水媾泥的糊塗帳！

汽車與假期

不知為什麼，做廚的十居八九都要買輛好車。小鄉鎮無車等於無腳，當然要買，大城市交通便利，車子成了負累，還是要擁有一輛才夠面子。

房子買不起，妻子養不起，買輛汽車比較容易。

你買小跑車，我買大房車。

今次日本車，下次德國車。

並非要晒身價，只是希望出門時體面一點，於是傾盡所有，以一償心願。

賺了錢的人不必說。芝加哥華埠有多輛藍保堅尼，波士頓有位中餐老闆同時擁有法拉利和勞斯萊斯。這是身價的象徵，他也玩得起，旁人只有羨慕的份兒。倒是有些老華僑，對這些新鄉里乾瞪眼，阿叔捱了幾十年都沒有開過新車，你們連肚子裡的番薯都沒有屙乾淨，就把幾萬甚至幾十萬擺在馬路邊！

老外也是既羨慕又嫉妒，你們CHINESE怎麼一個個這麼有錢？買美國車還好，若賺了美國人的錢去買外國車，他們就更加不高興，趁著無人留意的時候，說不準會拿鑰匙嚓嚓地劃兩下，壓壓你的威風。

說也奇怪，有些人買車好像並非為了需要，大好一輛新車隨意在路邊一停，任它由黑色變白色，白色變灰色，裡面是垃圾堆，打開車門臭氣熏天，簡直是暴殄天物。

不過這種人最爽快，汽車僅是他們的工具，要用時「嘟——」的一聲，油門踏盡，衝鋒陷陣。車子髒點不要緊，能開動就行。車行的經紀見到他們就開心，又要換新車了，那輛才兩年的車子已成老殘。

當然，愛車如命的還是大多數。自己病了未必看醫生，汽車稍有點異樣就非入廠不可。閒來無事就拿部車子來撫弄，如果家有妻兒，假日全體總動員，務要把它弄得一塵不染，閃爍光亮。平時三日一小洗，七日一大洗，已經列入時間表。萬一不小心弄花了一點，等於要他的命。他們自知是車奴，但甘之如飴，樂此不疲。

不過說實話，做廚房的真需要有部好車子，因為語言不通，車子壞了不知怎麼辦，沒有車用的日子更是寸步難行。

早期的老華僑工資低，一毛不拔節儉成性，連每年一個星期的有薪假期都要返工折現。新來的小伙子可沒這麼傻，假期都要開工，就算加倍人工都不幹！有的還嫌假期短，一個星期怎夠用，乾脆就來兩個星期甚至一個月，去AAA取張地圖，駕著嶄新的車子，天南地北任君遊，不知多麼暢快！

老華僑也漸漸看慣了，見怪不怪。經濟稍好的還跟著買輛新車子，有空就載著老伴遊玩去。

為稻粱謀，作者抵美後，一家四口四年內買了四輛車。第一輛為美國車格蘭披治（右），第二輛為林肯，第三輛為野馬，第四輛為日產Maxima；然後是德國車奧的、平治……

過節

餐館人一年忙足三百六十五天，他們怎樣過節呢？

同樣是過節，城鄉大不同。

都市人口稠密，品流複雜，各存戒心，加上終日勞碌，生活緊張，因而「雞犬之聲相聞，老死不相往來」。等到節日迫近，才分頭湧進超市和燒臘店，把貨物搶購一空，然後各自回家，關起門來一家子對飲一杯。不然就相約親朋，齊上酒樓，對酒當歌，熱鬧一番。

不過，都市裡的廚牛們可能連這點福分都沒有，節日裡特別忙碌，一天下來經已力盡筋疲，回到家裡倒頭便睡，管你什麼節日不節日！

埠仔就不同，由於居住環境相對單純，大家比較重視睦鄰。遇到大節日，如聖誕節和感恩節，家家戶戶都把屋子佈置得漂漂亮亮，互相邀請，互相送禮，你來我往。那種節日的氣氛，勝似家鄉人過中秋和過新年。

僑胞們此時也格外親密，不論相識與否，見到面總會互相祝賀一番。餐館老闆更加大排筵席，像上海人吃年夜飯，或香港人吃春茗和大團拜，把親朋好友統統請來，大家共聚一堂，飲酒談天，歡快地渡過一個難忘的節日。

這段日子，中國餐館的生意也比較清淡，廚師們可以抽空陪家人逛逛公司，把老婆兒女裝扮一番。新衣裳，脂粉香，把節日點綴得更為熱鬧歡暢。

幾年下來，無形中成了規矩，今天龍園請客，明天好彩樓開派對……由感恩節一路排下去。唯聖誕節例外，因為這晚老闆要把他的員工及其家屬們請到家裡去，一同守夜，共渡聖誕。

這是一年中最快樂的一天，大家圍在聖誕樹下喝酒聊天，待鐘聲一響，一齊拍手歡呼，然後每人獲贈禮物一份。孩子們得到禮物比新年得到紅包還要開心。

不過有些人太計較禮物的實質，而忽略了禮物的趣味性。香港來的小朋友尤其勢利，喜歡拿禮物來比較，令人尷尬。

如此一來，對送禮的人便成了一種考驗，既考他的智慧，又考他的量度。如果他有十多名廚師，連同他們的家屬，以及其他親朋好友，起碼有四、五十人，買禮物就夠他頭痛的了。

遺憾的是，我們樂意為他人的節日錦上添花，卻常常忘記了自己也要過節。由於終日忙碌於水與火之間，只記得出糧和放假的日子，手邊也沒有陰曆日曆可看，要過節，還需商家提點。

如果住在大域市，見到店家張燈結綵，櫥櫃裡擺滿各式各樣的月餅，就知道中秋節快到了。可是我們鄉鎮卻沒有月餅賣！

冬大過年，我們根本就不知道何日是冬至，何日是新年。滾燙熱辣的湯圓令人懷念，早就託人從芝加哥買來幾包糯米粉，趁著下雪天煮它一大鍋，每人舀一碗圍爐共嘗，吃得熱呼呼大叫過癮，就算過冬了。

那天我換好衣服準備上班，老婆忽然想起今天是大年初一，可是既無三牲雞公，又無銀寶香燭，匆匆忙忙從冰箱找出幾個紅橙蘋果，向著白雪飄飄的天空許個平安願，祈求來年吉祥如意，做了老闆就買金豬還神！

這就是我們的節日！

阿泰煲湯

「阿泰煲湯——加水」是一句流行於東岸中餐館的歇後語。阿泰確有其人，他們餐館每天那一鍋湯，總是由他負責。由於太忙，或者記性也不大好，常常開了火就忘記了這回事。

誰看見湯鍋乾了水，總會大叫一聲：「泰哥加水！」一鍋湯往往要加多次水。有些愛開玩笑的人，無論鍋裡有沒有水，差不多時候就大聲叫泰哥加水，倒為繁忙單調的廚房，平添幾分生氣和熱鬧。

中餐館分廣東幫（多為四邑人與越南華僑）和台灣幫（多為大秦人，現在多了大陸北方人）。大家壁壘分明，內行人一看便了然。

分別最大就是一鍋湯。

對外的，雜碎館一律以蛋花湯奉客。此湯何人何時發明無從考證，總之「師傅教落」，所有雜碎館每日例必燒一大鍋蛋花湯。

北方餐館也有湯，大多是走了樣的酸辣湯。那些南北混合餐館，可能兩湯俱備，或僅擇其一。

而對內的，即伙計們自己喝的湯，北方館一律欠奉。雜碎館則恰恰相反，無湯不歡，而且總是一大鍋，任由伙計由朝喝到晚。大概像阿泰那樣專門負責煲湯的人一定為數不少，全國各地說不定同時加水之聲四起。加上當時廚師的流動性極大，這句歇後語很快便流傳開去，後來有些人跟別人討價還價時，也愛來一句：「阿泰煲湯——加水啦！」

同為雜碎館，湯的做法可謂五花八門。

有人說，廣東湯水的特色就是一個「清」字。某些人煲出來的湯，果真是清如開水。有個老闆曾為此大動肝火，端來一碗清水，灑上鹽巴和味精，對廚師說：「真要喝清湯，不如乾脆這樣做！」他老兄凡煲湯必先煎幾隻雞蛋墊底，說他們鄉下都是這樣做的。

另一位大佬卻不以為然。此君煲湯另有一手，即使鮑魚煲雞，都要下一大把八爪魚乾。結果不論煲什麼湯，喝起來都是一個味道。要是少了這味材料，他就說沒有味道。

近年有人引進了蘇浙和福建的湯料，廚房裡那鍋湯更見豐富多樣了。

廣東人的確很重視喝湯，尤其重視頭啖湯。做生意捷足先登賺頭一輪錢，叫做「喝頭啖湯」，與處女第一次交歡，當然也是「喝頭啖湯」。而對餐館裡那一鍋湯，更是非喝頭啖不可。於是人手一碗，舀完了就加水。於是後來者抗議：「怎麼水還沒有燒開，湯渣都煲爛了呢？」其實他明白，別人早已喝了頭啖湯，鍋裡的是加了水的尾湯啦！

閒時多錯

常言道：忙中有錯，大忙大錯，小忙小錯，不忙不錯。

餐館的情形恰恰相反：大忙不錯，小忙少錯，不忙多錯。

儘管不是每一位同行都認同自己叫廚房牛，可是愈忙愈起勁，愈有精神，工作起來愈有板有眼，是我們的特色，也正是牛的脾性。相信廚房的大佬們看見這篇短文，一定不會罵我，反而相視苦笑：牛命唄！

無它，精神集中嘛！

閒下來又不同。正所謂十隻手指有長短，十個人頭十條心，既然無事可做無博可賭，唯有各想各的心事。阿陳正想著老婆快要生了，可是沒有買保險，醫院那筆費用不知如何籌措。阿李卻在盤算，前天見過那份工去不去好呢？換個新環境，不知穩不穩；但留下來也是吉凶未卜……企檯張本來是個大快活，就是念念不忘昨晚給小黃截了鋪滿貫。「媽的！一隻角子都看得比油鍋大，雞糊都搶著碰——勞駕公保雞！」

菜單上寫的分明是公保蝦，他叫錯了！

抓碼阿何一邊揀出壞掉的西芹粒，一邊捉摸著今晚要不要約會美寶。這妞近來有點不對勁，會不會……宮保雞的配料是蔥丁、荀丁和椒丁，由於思緒一時未能兜回來，隨手抓了一把白菜丁。阿余正與阿壽拗著該不該出二仔打阿陸的印士，見菜碼來了就下鍋，也沒有發覺阿何搞錯了，於是一錯到底。

閒來喜垂釣

顧客可是不含糊，不是自己點的菜哪裡肯罷休？老闆走過來一瞧，哎喲原來錯成這個樣子！怪不得生意愈來愈清淡了，不禁無名火起三丈高，端起盤子就往廚房衝：「你們看你們看，這樣還能不完蛋！整個餐期才做了三張檯，也錯得這麼離譜，教我怎樣向客人交代？」

其實並非故意搗蛋，完全是無心之失，閒作怪也。

廚師吃什麼

餐館好比醫院，廚師好比醫生和藥劑師，都是為別人「醫」肚皮。可是廚師不能自醫。他們每天施展渾身解數為客人炮製美食，自己的兩餐卻是絞盡腦汁，也未能弄得像樣一點。

一般來說，雜碎館的伙食尚算強差人意。因為老闆都是廣東人，對吃的要求比較高，偶爾會買點唐餚或雜貨。一些有規模的餐館，甚至聘請專門廚師負責伙計的兩餐。而外省人所經營的川、湘館，廚師們恐怕就沒有這種口福了。

不過，價錢較貴的東西如魚蝦蟹等，是不許吃的。那麼吃什麼呢？最好吃雞。揀一隻往水鍋裡一泡，至開飯時掄起大刀一斬，問題就解決了大半。尤其是週末，大家忙得要命，哪裡還有工夫讓你去張羅吃的，事先浸好一隻鹽水雞，既省事又保證有貨交，否則至開飯時才如夢初覺，手忙腳亂，豈不糟糕！

然而餐餐吃雞，胃口都給敗壞盡了，輪到你開飯人人大搖其頭，你好意思嗎？但是不吃雞又吃什麼呢？豬肉太油膩，牛肉又有股難聞的梳打味。有人負氣地說：「都吃西北風好了！」

老闆卻不以為然。

「生意難做，不吃這些吃什麼？」那是等於對你說，你既然這麼嬌貴，又何苦出來打工呢？

有個老闆甚至倒過來，怪罪伙計不會做菜。餐館本來就是專門供應飲食的，餐餐有這麼多人捧著肚子走出去，怎麼輪到自己吃的就毫無辦法了，你還好意思說是做廚的？因此你有沒有菜吃是你的事，他倒天天大魚大肉，每頓飯都吩咐頭廚為他特別炮製。頭廚心裡不高興，暗地裡給他起了個花名叫病號餐。有次實在看不過眼，還特地開了盒大蝦，加料烹調給大家吃，並大聲說：「大家多吃點，不吃就是不給我面子！」氣得老闆敢怒不敢言。

有人為此唸了首打油詩：

「瞧他那邊鮑參翅肚搞豪門宴何等闊氣；

看咱這兒腐乳白粥吃庵堂菜多麼寒愴！」

可是秀才遇著自私的老闆，徒增酸味而已。趕明兒開飯時，還是你吃你的青菜豆腐，他吃他的珍饈海味。

幸好還有老墨阿米哥，他們弄了個雜菜雞骨湯，舀兩杓子來弄個鹹泡飯，在無菜可吃的時候，也算和味兼飽肚。

當然，好心腸的老闆並非沒有。他們見到伙計們吃不好，心裡也不好受。心想最好是有酒大家飲，有工大家做，需要捱番薯的時候也一齊捱。所以大都樂意與伙計同甘共苦，平起平坐，同吃一桌飯菜。偶爾生意好，還會加菜斬料，大家齊齊歡飲一杯。

分工合作

和別的行業一樣，餐館也講分工，上至老闆經理，下至學徒打雜，都是各司其職，責無旁貸。抓碼、油鍋、炒手各就各位；肉碼、菜碼、醬料由誰管誰就得負責到底，到時無貨供應唯他是問。

不過一間只有兩三個伙計的小店，要講的恐怕是合作，而不是分工了。反正整個廚房就由你們哥倆包起來，一個人偷懶，等於「搵」了另一個人的「笨」，翻臉都有之。

通常是餐館愈大分工愈細。某店請來一位新師傅，原是大埠某名店的二鑊，大家對他不由肅然起敬，好像鄉下忽然來了個城裡人。可是不出兩天便發覺，此人原來五穀不分，比我們大鄉里還要大鄉里——竟連最簡單的春卷都不會做！

「以前那家餐館不賣春卷嗎？」

「有哇！」

「那你怎麼不會包？」

「我是老二，又不是老墨，有空不會歇一會，幹嗎要搶人家的飯碗呢！」

原來炒鑊的就管炒鑊，做點心另有點心師傅或老墨，你只要守緊自己的爐頭就夠了。因此做了多年二廚，就僅懂得炒鍋而已。

有些老闆就喜歡找這些出自名店的老師傅，以為他們總會有一兩手看家本領，或特殊手藝。有些老闆卻不以為然，覺得這些大佬太難侍候。正所謂小廟容不下大神，還是不如小店出身的，習慣了一腳踢肯幹肯搏。這是因為要求不同，觀點有別，總之各花入各眼就是了。

其實餐館又不是火箭製造廠，分工並不需要太仔細，尤其是忙起來時，乒乒乓乓亂作一團，但求有貨交就好，哪裡還計較得那麼多。因此多數人主張有工大家做，無工大家賭，合力把活幹完，齊齊來擺鋪同花順，好過不緊不慢磨洋工。

不過話是這麼說，做人還是「醒目」點為妙。因為分工不仔細，不少瑣瑣碎碎的雜活，你若假作好人沾上手，以後這份苦差，說不定就歸你的了。

好比包餛飩，向來是趁著閒暇時大家一齊動手，好快快把它做好。你初來乍到，以為多做一點好給人留下個好印象，不聲不響自己拿來做了，豈知幾次下來，連老墨都「縮骨」，站在一邊瞧著，評頭論足，就是不動手，待什麼時候餛飩賣完了，卻告訴你：「阿叔，餛飩賣完了！」，那是等於說，你快包啦！

原來餐館有個不成文的規矩，那些未有專人負責的工作，誰做開了，以後就歸誰管了。因此對待這種「眾人門樓」，不妨以「眾人之事」視之，不要自己隻手包攬起來。如果一定要做時，可以大聲說：「阿壽，沒有餛飩了，拍硬檔你剁肉，我來切皮，快手快腳做完它齊齊坐！」旁邊的阿尊不好意思袖手旁觀，也來加把手。於是人多好辦事，片刻就把餛飩包完，然後擺開陣勢，實行「無工大家賭」，你看是不是比你獨自埋頭苦幹好！

一棵芹菜

四眼王在東岸多家雜碎館打了近十年工，以為手中的鑊剷勝似孫猴子的金鋼棒，扛著它可以打遍天下。誰知來到洛杉磯，才知道雜碎館早已式微，鑊剷成了廢物。於是等如士兵被繳了械，全無用武之地。原來華人餐館分多種。大都市裡多為廣式酒家，而散佈於廣大鄉村小鎮的，則幾乎全為雜碎館。後來西岸的雜碎館逐漸被川式菜館所取替，於是又分成雜碎館與川湘館兩大菜系；再不久，雜碎館就幾乎完全被淘汰。

川湘菜館所用的鍋子比較小，而爐火則比較旺盛，師傅們左手握著鍋柄，右手拿著杓子，不時舉起鍋子挫一兩下，把鍋中的東西拋起來，同時順勢用杓子輕輕一推，使之在空中翻個觔斗，這樣重複又重複，故稱之為拋鑊。而雜碎館則用大鍋，並且要擺得平穩；師傅炒菜時一手拿鑊剷，一手拿杓子，不停地交叉飛舞，故叫雙飛。餐館請人時通常會問你做雙飛還是做拋鑊。不過南加州早已由拋鑊一統天下，故一般就不再多此一問了。

「你真的做過十年廚房嗎？」同事們都以為四眼王吹牛皮，不大相信他確有這麼長的年資。四眼王一肚子無奈，想當年在積彩一帶，誰不曉得「頭廚王」是個手勤眼快的高手！如今虎落平川，唯有徒呼負負！

按理，不同的工種有不同的做法，像學土木的去做太空，不懂就不懂，何奇之有？可是假如連一條簡單方程式都解不開，像四眼王這樣連最起碼幾道板斧都耍不出來，可就不好交代了。

現在四眼王只能管油鍋，實際上大師傅視他為學徒，日常的瑣碎雜活都派給他做。

「去替我切點西芹絲。」大師傅吩咐說。

這還不容易！四眼王二話不說，拿起一棵西芹就啄啄兩刀，先除去根部的髒物，然後從頭部數上去約四寸處，又來一刀。大師傅一看瞪大眼，喝道：「住手！西芹是這樣切的嗎？」

大師傅拿起另一棵西芹，把頭部去掉少許，讓整棵菜散開來，然後揀出其中一條，擺平，斜斜地一刀刀剁成薄片，跟著順手疊起，再快刀切之成絲。末了「啪」一聲把刀擱下，掉頭就走。

東岸的人切西芹絲是不用頭部的，這兒卻整棵都要，倒是不說不知道。

如法炮製了一會，有位師傅走過來，怪親昵的壓低嗓門說：「這樣切太慢了，我來教你！」接著抓起一棵芹菜，啄、啄、啄、啄，就跟平時切片一樣，只是擺的方法不同，最後也是攏起來再切成絲。四眼王看著覺得又可氣又可笑，心裡想：「自認灣仔為大佛，廚房佬的通病！」

不久第三位又走過來，一臉不屑的斜了剛才那位一眼，稍聲說：「三分顏色當大紅。我來幫你！」也是西芹一棵，切法果然與眾不同，先是由上而下，把它一開為二，然後隨便取出一枝擺平，再由下而上，破成三片，末了再疊回原形，斜斜地一刀接一刀……

「這種切法最好！」四眼王由衷地說，心情頓時開朗起來，手中的大刀飛快地啄、啄、啄……

一棵芹菜，原來隱含著這麼多學問！這個故事告訴我們，做到老，學到老，一山還比一山高。

廚工三怕

餐館佬有三怕：一怕燙傷，二怕刀傷，三怕燒傷。

先說燙傷。入過廚房的人都知道，鍋子燒得通紅，一杓子生油倒下去，要是油裡滲了水，「喳」的一聲，立刻嗶嗶剝剝炸開，廚大哥不被命中者幾稀。

尤其是負責炸甜酸肉的大佬，每天面對的，簡直就是但丁筆下那個煉獄的油鍋，四十多寸大，由朝炸到晚，一個不留神，肉塊從指縫掉下，滾油四濺，彈落身上任何一個地方，都會皮焦肉爛。所以但凡做過廚房的人，沒有一個不是戰跡斑斑的。

能不能預防呢？當然能。有人事先戴上袖套，或在手背塗上一層厚厚的炸粉。不過最好是不做這份工。餐館人有所謂前進六部曲，即打雜、炒大鑊飯、油鍋、炒鍋、大廚、老闆。從油鍋到炒鍋，僅一步之遙而已，努力啦！

再說刀傷。這也是無可避免。甚至有人說，沒有挨過刀子，不能成為名廚。而挨刀最多的自然是初哥了。沒有辦法，終日戰戰兢兢，就是怕白刃進紅刃出。偏偏愈小心，愈容易出事，刀鋒不知怎麼一歪，「雪」地就來一下子。好在刀口快，割得還算俐落，止了血就沒有事，不然好像鋸牛排，刀刀入心入肺，可就慘了。所以千萬別讓刀子鈍了。

不要以為老師傅就不會割手。藝高人膽大，以為自己刀法如神，掉以輕心，誰知不是老貓不燒鬚，刀子不識人。倒是不上不下的二不綆，處處避重就輕，不會硬來，反而掛彩的比率可以降至最低。

還有怕燒傷。俗話中有「火燒眼眉」、「險過剃眉」、「剃人眼眉」之說；或者遇到萬分急迫的事，非要向人借貸不可時，又有句「濟燃眉之急」。試想一張臉被燒去了眉毛，會變成什麼樣子？由此可見眼眉於我們是多麼重要了。而廚師們最容易給燒掉的，恰恰就是眼眉毛。

中國文字之奧妙，真是不由得你不拍案叫絕。你道這「燃眉之急」到底有多急？我這枝禿筆不靈光，得借助「電光火石」、「迅雷不及掩耳」來形容。因為就在千鈞一髮之間，只聞「轟」的一聲，一頭油亮的黑髮、兩道英武的濃眉，立刻就化為烏有。

這能怪誰呢？爐頭是餐館最基本的設備，也是最重要的生財工具，可是肯在這方面多花點錢的老闆實在不多。雖然近年已將部分爐眼從峰巢式改為噴射式，還是以人工點火的為多，自動開關的甚少。長期以來，大家為了方便，收工時總是留個火種，免得每次開爐都要點火。不過火種有時是會自動熄滅的，此時你就得揭開鍋子，劃著火柴，伸手進爐裡把它重新點燃。豈料匆忙間忘了關手掣，燃料依然不斷噴出，並因為受到鍋子和爐框的阻擋，大量積聚在爐子裡，遇到火柴即燃燒爆炸，火焰噴湧而出，點火之人根本措手不及，瞬間便焦頭爛額，收工回家可能連妻兒都認不出來了。

在往後好長一段日子裡，他得戴上鴨舌帽，猶抱琵琶半遮面，完全喪失了往昔的瀟灑與軒昂。

臭架子

大官、大老闆擺架子，無可厚非。因為他們地位超凡，即使自己沒架子，旁人也會為他們搭架子。對這種人我們只會說兩個字：厲害！

芝麻綠豆般的小官、小經理也擺架子，不可一世，我們就嗤之以鼻：「不知所謂的東西！」

我們餐館就有兩個這樣「不知所謂的東西」。

那個嗜賭成性的日本人若高，因為是頭廚，除了老闆和經理之外，他最大，所以架子不小。

他想找什麼東西，可以望著天花板拉長聲音說：「××在哪裡呀？」你就得替他找來。

他炒完餐後可以不洗鍋，扔下杓子，就溜到後門打盹去了。

廚房已經小得可以，他居然蹲在通道中央調他的醬料，礙手礙腳，調好了又不收拾，要你來跟他的「手尾」。

有人說這是「學壞手勢」，但若你照樣用完斬板不清洗，他不罵你才怪。

不過一物治一物，老闆可能精通管理之道，深知不能讓他獨大，於是找了個韓國人當二廚，處處和他作對，成了他的「頂心杉」。

韓國人不諱言，他的祖宗可能是山東人，因此長得比日本人足足大了一碼，而且是「炮仗頸」，好勇鬥狠，兩句不合就拳腳相向。這個他也有解釋，說是韓國給日本人統治了幾十年，人人忍氣吞聲，都憋壞了，以致遺害後代，如果要怪罪，就怪罪日本人好了。因而自他來了之後，若高就沒敢再橫行霸道了。

第一次交手，若高就無招架之力。他吩咐韓國佬調甜酸醬，韓國佬從命。但他嚐了嚐味，也不哼聲，就把甜酸醬倒了。韓國佬質問為什麼倒了，若高依舊耍官腔：「味道不行，再調過點啦！」韓國佬二話不說，一揚手就賞了他一巴掌，打完了才教訓道：「這是我的做法，我就喜歡這味道！告訴你別在我面前擺架子，否則夠你受的！」說罷還在他面前揮了揮拳頭。

當年日本人打韓國，靠的是強權和武力，如今韓國佬就以牙還牙。若高遇上了如此橫蠻的對手，他的架子再也搭不起來了。

但滅了日本人的威風，不等於餐館從此太平無事。我們的經理孔先生，搭起架子來，可以自成一台戲，比若高威風多了。

一家才二十來個員工的小餐館，本來由老闆坐鎮，根本無需請經理的。後來老闆另有發展，無暇兼顧，剛好有位做過餐館的朋友要找工，便請他來幫忙，於是就有了這位經理孔先生。

孔先生雖姓孔，卻沒有一點孔聖的遺風，倒學足他爺爺的派頭，整天擺著張撲克臉，不了解他的人，很容易給他嚇倒。

聽說他爺爺生前官階很高，架子不小，即使待在家裡，也是道貌岸然。因此小孔自小就崇拜爺爺，希望將來也能像爺爺一樣威風凜凜。

經理算不算官職呢？至少是一人之下，十數人之上，擺起款來，還是蠻有看頭的。你看他整天鼻孔朝天，不苟言笑，可是一開口，不是吭吱，就是唔哦，真是比他爺爺還要威嚴幾分。

其實他並不很懂餐館的事務，餐館裡實在也沒有什麼了不起的事。一來生意早就做開了，而且廚房有頭廚，餐房有領班，只要不失火，不發生食物中毒的事，他這經理就可以交差了。所以他可做的，只是收錢吧了。不過收錢這活到了他手上，就變得複雜起來。因為他每天要做三盤數——一盤給自己看，一盤給老闆看，還有一盤給會計看。因此大半時間是把自己關在小小的「經理室」裡，埋頭「做」他的帳去了。

他要是想知道點什麼，會朝你勾勾手指，示意你到他的經理室去。不過他常會神出鬼沒，不知什麼時候已站在你背後，無意中嚇你一跳。但就是站著而已，也不知在看什麼、想什麼。滿意的話，一會兒就消失；若然粗暴地罵一聲：「FUCK！」那是表示不高興了，可是你一輩子也搞不清楚，他為何會不高興。

最近走了個幫廚，急於找人補替。小李帶了個朋友阿張來見工，經理見他一表人才，又是熟人介紹，就把指手一勾，要他到經理室去，說要單獨和他談談。原來凡有新人來，頭一件事就是要他知道，經理有無上權威，乃一店之尊。他莊重嚴肅地清了清喉嚨，訓示道：

「我不知道你的背景如何，也不想知道，現在你要找工，我要找人，我們就是有緣了。我不講廢話，但必須三口六面講清楚：你的工錢是這麼多，你在乎也好，不在乎也好，既然接受了，以後就要聽我的，就要好好的幹……」

後來有人問阿張：「他有沒有告訴你，做得好是這麼多，做不好也是這麼多？」

阿張笑道：「我從來沒有見過餐館經理這麼嚴肅、這麼一本正經的，臉上的皮肉一動不動，所說的每一句話，都是很費勁地逐個字逐個字吐出來的……」

我想，「動者恆動、靜者恆靜」這個物理學原理，已在孔經理身上發生作用，使他變成植物人了。

吃飯的時候理應是一天中最輕鬆的時光，他卻木無表情地正襟危坐，活像七月半「搶衣」場上的「監齋」，把氣氛弄得緊張兮兮的。大家都覺得沒趣，寧願少吃一點，也不想食不甘味，紛紛爭先恐後，隨便夾點菜就溜走，到廚房與墨西哥雜工們「同甘共苦」去了。所以，整桌飯菜好像專為經理個人而設似的。可是他非但未能反省，反而沾沾自喜，以為自己果然了得，把伙計們都給唬住了。

本來熱熱鬧鬧的餐館，來了這位經理之後就變得死氣沉沉。有次頭廚若高看見他笑了，不禁大喜過望，連忙跑回廚房宣布：「各位各位，我看見黑面神笑了，我們有希望了！來來來，每人出兩塊錢，合夥買份六合彩，中了一齊遊埠去！」

其實經理並非對他笑，而是對著電話笑。說起來，小李也曾見他笑過，是嬉皮笑臉那種笑。可能是一時大意，沒有把門關牢就打電話，言笑間瞥見一個人影掠過，忙「碰」一聲把門踢上，嚇得小李跳了起來，因而記憶猶新。

「假道學，一天到晚關著門，拿餐館的電話跟女人調情！」

大家正聊得高興，冷太防後面響起裂帛似的嘶叫：「殺鴨！小李，我炒了你了！」

人人面面相覷，只有阿張氣定神閒，不慌不忙的走到他跟前，問道：「你憑什麼炒小李？依我看，最好先把你自己炒了！」

本來黑色的臉，忽然變紅了，然後又變青了，唇上的肌肉抽動了好幾下，才吃力地說：「你、你是什麼人，膽、膽敢這樣跟我說話？」

「我姓張名揚。要知道更多一點，去問你的老闆啦！」

眾人不由又是一驚。——阿張這傢伙，到底是何方神仙啦？

這個問題，連帶他進來的小李都不清楚。事前他接到老闆的電話，說有個青年想找工，要他認做朋友，帶去餐館見經理，錄不錄用由經理決定。如此看來，老闆可能是另有安排啦。

一夕無話。第二天，經理靜靜地把張揚請進經理室，完全放下經理的尊嚴，非常客氣地對他說：「我們都是老闆的好朋友，即是說，你我也是好朋友，以後在大家面前，請給我留點面子好不好？——就那麼一點點兒、一點點兒……」

和若高一樣出乎意料，辛辛苦苦搭起來的架子，竟把自己壓倒了。

卷三
雜燴

別有用心

華盛頓有個研究部門說宮保雞的含脂量過高，立即一雷天下響，轟動全國。一些報刊更大字標題，說中國餐並非如大家所想像的那麼衛生可靠，好像一位惡貫滿盈的公敵終於被逮住，大有置之死地而後快之勢。

中國餐真是那麼可怕嗎？不知道這些人對中國菜有多少認識，會不會是狹隘的民族意識與排外心理在作祟了？中國餐館業在美國日益興旺，確實令一些人眼紅和不快。

其實，中國菜之所以廣受歡迎，絕對不是偶然一兩種因素造成的，而是美國人經過長期的品嚐和比較，逐漸建立起信心，而至深深地愛上它的。

無疑，在某一些地區，比如南加州，宮保雞的確相當有名氣，有些人想吃中國菜，可能首先就想到它。但是事實上，中國菜何止千百種，宮保雞只能算滄海一粟而已。我想，如果有人來編纂一部中國食譜大全，那將是世上最有份量的巨著，其時大家想了解中國菜就比較容易了。

說出來不怕別人見笑，其實我們做餐館的，都未能對中國菜有一個概略的認識哩。中國幅員遼闊，每一個地方都有它獨特的菜色，不像美國這樣走到盡頭都是麥當奴、家鄉雞；況且初期的廚師大多並非專業人士，廚藝有限，大家能吃得到的，不過是他們自以為最拿手的幾道中西合璧的小菜而已。後來由於需求與競爭日增，才開始摸索求變，並在不斷的實踐中加以改良、更新和補充，才漸漸形成今日這樣包羅萬有，從而成就一股強大的經濟實力的。

尤其自從尼克遜總統訪問過北京之後，中美兩國人民交往日多，僑胞們回國觀光絡繹不絕，真正的中國菜為更多人認識，加上台灣人所經營的川、湘菜迅速為美國人接受，台山阿伯們不得不奮起直追，盡量使自己的餐館也能趕得上潮流，於是南北兩大餐系，開始以前所未有的勢頭和速度，向美國的飲食領域擴展，為顧客們提供各種各樣的中國美食。

除此之外，還有不少支流，如以上海菜為主的蘇錫、寧紹名吃，如令人垂涎的廣式海鮮與飲茶，和具有廣、越不同風味的中式西餐、粉麵、粥品，乃至以養生為主的佛門素菜、豆類製品，也都紛紛登場應市，真正做到炸、爆、燒、烤、煨、燜、溜、炖、蒸與甜、酸、苦、辣、鹹、鮮、清等等，任君選擇。不論你是哪種膚色、人種，健康狀況如何，走進中國餐館，總會有幾樣菜色適合你吃的。

請問那些報刊主編，請問華盛頓那個研究所的主管，你們可曾吃過蘭豆馬蹄、蒜茸波菜、紅燒豆腐、羅漢齋？有沒有研究過《紐約時報》介紹的「「青椒炒肉」」？有沒有……

正如業者們所說的，一些別有用心的人在找中國菜的碴，如此而已！

西化與老化

華人餐館似乎正朝著西化與老化兩端發展。

拙作《牛狗篇》、《異同集》與《瓦碗集》於一九九一年至九四年相繼發表，文中曾多次提到華人餐館業之不易為，老闆們相見總是那句話：「怎麼辨？」。並非作者無病呻吟，誇大其說，事實上當時美國的經濟已開始衰退，加上華人餐館發展過快，分佈得又不平均，當社會消費力下降，生意下跌是必然的事。美國人習慣計劃開支，現在連起碼的生活都成問題了，誰還有能力和興致上館子呢？

因此不時有人吁嘆：「從前愈做愈興，如今愈做愈靜！」。這「興」就是興旺、紅火、爆滿的意思。而「靜」，就是水靜河飛那個靜，大家都閒著，你眼望我眼，連小蒼蠅飛過都聽得見嗡嗡聲，只怕遲早連心臟的跳動都會靜下來！

那麼美國的經濟何時才有轉機呢？其實，由於華人餐館開得比銀行和教堂還要多，幾已成為美國經濟的寒暑表，大家不難從它的起落與盛衰中看到點徵兆。比如，當大師傅抓著塊肉顛來倒去遲遲下不了刀，當企檯縮到一角把桌子抹完又抹，而老闆鎮日黑口黑臉挑三剔四，好像什麼都看不順眼時，不用問，底達律的車隊一定死了火。相反，當廚房的鍋子被敲得叮噹直響，當企檯阿姊上氣不接下氣跑個不停，而老闆總是笑口常開猛拍膊頭哥前哥後，那麼毫無疑問，一定是人人荷包腫脹，宫保雞吃掉了漢堡包，讓李錦記蠔油天天陪伴著你，經濟起飛了。

但也因為這種相輔相成的關係，華人餐館業實質上已成為美國經濟的一部分，所以必須跟隨大局的發展，隨時作自我調整。過去曾經遭逢過多次低潮，這次來得最為慘烈，被淘汰出局的餐館可能最多。

然而，由於多數新僑是來自中國大陸的紅衛兵，除了做餐館再無更好的出路，因而一家餐館倒閉了，不久又有人換個招牌，擇吉重開。他們本來就是廚師，因為失業了，於是夥同幾位兄弟集資創業，賭一賭，博一博，不圖發達，但求有個賴以糊口的棲身之所。豈料這麼一來，餐館愈開愈多，以致形成惡性競爭，不少人連最後的一注賭本都輸掉。

由於沒有大本錢，這些餐館大多比較老舊，比較簡陋，只能量力而為，能省的就省，能用的就用，能維持下去就謝天謝地。

同樣景況的，還有不少老華僑所經營的老餐館。面對著低迷的市道和激烈的競爭，仍然不甘罷休，就憑藉堅韌的毅力和微薄的入息，險中求生，希望能撐多久就多久。果然日復一日，年復一年，儘管一切都顯得暮氣沉沉，了無生氣，但終究還能開門迎客，並沒有歇業的意思。

孟老闆的餐館是其中之一。從前請過五個伙計，最紅火的時候月入過十萬。但現在呢，除了夫妻倆加上兒子，外人就只有開國功臣王老師傅了。上個月的生意還不到兩萬，僅夠交租和貨銀，看來遲早變成家天下，「兩仔爺」包辦算了！

「時勢不好哪！」老孟常常這樣安慰自已和老王。不知不覺間人就老了，餐館也更陳舊了。餐牌上的菜色近十年沒有更新，櫃台上的塑膠花由新張擺到現在，頭頂上的大燈籠由紅色變成灰黑色；尤其是孟老闆本人，款式老舊的西服一穿多年，帶位時左手屈到背後、右手高舉餐牌的動作雖然還能堅持，可是腰板怎麼也直不起來了。終於他不得不吁嘆：「歲月不饒人哪，真是不行啦！」但是他顯然還要守下去，並未打算退隱歸田。

我恨不得對他說：「乾脆關了算啦！」

幸而，在一些大都市如洛杉磯，一群有勇有謀的同業，在積累了相當財力與經驗之後，逆勢而上，以較大的規模和較新穎的設計，為中餐業殺出了一條血路。

橙縣的「快樂宮」可算個中的表表者。她完全擺脫了紅牆綠瓦、雕龍刻鳳的舊框框，不論裝潢、格局與氣派，無不極盡西化與美化——高而寬敞的廳堂，閃閃生煇的水晶吊燈，精緻亮麗的銀質餐具，古樸典雅的琴豎……當西服畢挺的侍應恭敬地為你拉開椅子時，恍惚之間，可能以為正置身於VERS AILLES皇宮，與王公貴族們共進晚餐呢！

在百業蕭條的今日，這種反傳統的做法會不會太危險呢？見仁見智吧。有人認為，美國人吃東西不重內涵，不懂得玩賞品味，只講究表面功夫，因而這些大膽嘗試，說不定正是險中求勝的高招。

最重要的是，這些餐館的經營者多為年輕人，他們積極有活力，除了敢於創新和嘗試外，並處處為客人著想，唯恐待客不周，所以深受老、中、青三代顧客的歡迎。

誰做東道主

「有空來我家坐」或「我到府上去拜候你」之類的應酬話，香港人幾乎不敢說，取而代之的是「改天飲茶」或「××酒家見」，大家都把酒樓茶室當客廳。居住的環境太狹小，早已習以為常。有趣的是，由於事先沒有講明由誰做東道主，至曲終人散時，便出現搶單鬧劇，「我來！我來！」之聲四起，大家搶著付帳，好不熱鬧。如何來破解這僵局，就有待侍者的機靈和經驗。通常，他會看準全桌哪個人說話最多，風頭最勁，待帳單傳到他手上時，立即眼明手快，一聲多謝，接過遞過來的錢，由他來為這場戰爭畫上句號。這種情形在僑社偶爾也可見到，故勿論是真心誠意也好，虛偽作狀也好，至少表達了一份友善和情意，是廣式茶樓酒家裡獨有的景觀，也是一份不錯的集體記憶，值得繼續下去。

當然不是所有飲食場面都有這種「戰」事。像老闆找伙計吃飯，上司同下屬飲茶，早就約定俗成，理所當然由位高者會帳。同樣，基於尊老的緣故，有些地方如日本，也有個不成文的規矩，哪怕你多麼富有，如有長者同坐，那就一定由他老人家做東，否則他會懷疑你對他不恭，甚至侮辱他了。

我常去日本，多少受到這種風習的影響，但和孩子們外膳，卻愛讓他們付帳，這是出於信任和尊重，證明他們長大了，有能力回饋父母了。不過要是有孫兒們在坐，我就搶著請客，好讓小孩子們開心，以表達長者對晚輩的關愛。

不知大家有沒有留意，每逢周末假日，許多華僑家庭拖男帶女，到茶樓飲茶，共享天倫。這是最溫馨、最幸福的聚會，付帳的也多為老人。

美國流行ＡＡ制，我覺得很好。像年輕人聚會，大家都沒有足夠的經濟能力，那麼各付各的帳，就最適合。又如小團體聚會，每每選擇在小酒家舉行，不論大宴小酌均好，到時平均攤分，也很合理。有時不想去酒家，而是選擇在某位會員家裡，每人做一個菜帶來，則既熱鬧，又能展示廚藝，同時也不致令主人過於勞累和破費，可謂一舉多得。當然最省事莫如買便當，交換也好，分享也好，真是「便當」得可以。不過有些看似是夫妻，上館子竟要ＡＡ制，各自付帳，就令人感到有點冷漠和疏離了。

美國僑胞的居所多比較寬敞，不少人喜歡在家聚會，一來節省開支，二來也比較安靜和方便。像我內子，常愛邀約三五好友到舍下來「雅聚」，我也樂意奉倍。多半先到附近的小餐館吃個廉價午餐，然後拉隊回家，煮壺咖啡，東拉西扯，一個愉快的下午很容易便打發掉了！有人覺得老由一兩個人請客不大好，應輪番做東才公平，我倒不以為然。友誼是無價的，一頓午餐所費無幾，何必斤斤計較呢！

浸油菜心

美國加州得天獨厚，適宜種植，一年四季都有新鮮蔬菜供應。現在正是吃油菜心的好季節，逛超市的主婦們總不忘捎上兩把。

怎樣才是好的油菜心呢？事實上，加州出產的蔬菜都不錯，油菜心尤為清甜，而且品種繁多，只要不是因為擺放得過久而空心（變老）了，皆可盡情享用。

當然，如果有選擇，則長不過半尺、粗不過六分、油亮鮮綠並略帶坑紋的，當為上品。

油菜心堪稱菜中百搭。煮餛飩麵時下三、四條，綠油油的份外搶眼，會令人胃口大開。而菜心牛肉、菜心斑球等，幾乎是餐館常備的菜色了。

要是不想讓油菜心淪為配角，那麼炮、灼、炒、蒸、燉等，皆可獨當一面。其中以「蒸」最為時髦，據說既可保持原汁原味，又不流失養分，為新派主婦所力倡。不過據我所知，吃過的人一定不回頭，因為色、香、味一無是處，吃完口淡淡，了無胃口。

炒是最常見的做法，油與鹽是主要味料，但說易不易，說難不難，關鍵在於時間的拿捏，因為火候直接影響菜心的養分和口感。而清灼，對我等「煮夫」而言，就可能比較有把握，只要先在沸水裡下點糖和油鹽，再下菜心，然後看準最鮮豔的時候就撈起來，即可啖之，至於還要不要下點調味料如蠔油之類，悉從尊意啦。

從前，油菜心就是油菜心，做得再好也只能擺在尋常百姓的飯桌上，登不得大雅之堂。現在可好了，富人們天天大魚大肉，吃出一身病痛，不得不注意飲食衛生，戒油戒膩，要吃素了，於是我們的油菜心開始走運，得以其嬌嫩之軀，堂堂正正登上華筵，成為高級會所、私人廚房的亮點。

可惜的是，要灰姑娘變成俏公主，是須美顏整妝、下大筆本錢的。因為此時的油菜心，等如退了席的魚翅，人們吃的並非它本身的味道，而是昂貴的附加材料所熬出來的蜜汁：金華火腿、雞、瑤柱、瘦肉……

聽說有個招待所為了接待一位要人，弄了一小鍋浸油菜心，用料是油菜心八兩、鮮雞兩隻——沒有錯，是鮮雞兩隻！當然貴賓是看不見雞的，他只是吃了幾根「青菜」而已。但就是幾條，已足夠招待所的老闆和大廚受寵若驚了。

我想說的是，大人物哪怕吃幾條青菜，還是要燒錢。不知是出於誰的主意，反正主廚必須做到：油菜心清而不淡，淡而不寡，「上頭」起碼要吃上五、六條才算合格。

其實這樣的小火鍋我們早就做過，材料是：兩碗水、半斤油菜心、兩茶匙雞粉（或半罐雞湯）、一點糖和油鹽、幾條火腿絲與紅椒絲，合共不超過三塊美元，不及招待所的十份之一，「咕嘟、咕嘟」滾幾分鐘，一樣令人食指大動。

筷子與牙籤

根據不同食材、烹調方法與飲食習慣，採用不同的餐具，是很自然的事。西方人喜歡吃烤肉，並且總是大塊大塊地，每人一份，各自獨嚼，所以用刀叉最為適合。而中國菜恰恰相反，一定是先把東西切好，再經烹製，然後一盤盤地擺滿一桌，大家熱熱鬧鬧，共同分享，所以用筷子來夾，就最靈活方便，可說是絕配。有點怪異的是，我們並不覺得人家用刀叉進食有何不好，反而有時見到自己同胞使用筷子的架勢，會不禁毛髮聳然。因為筷子不斷在各人嘴裡進進出出，沾滿口沫，就像從試管裡拔出來的棉花棒子，直接就向盤子伸去，挑挑撥撥，不但有失觀瞻，而且多麼不衛生！有人出於無奈，出門時自備了「旅行筷子」，也往往礙於禮儀，難以「獨善其身」。我們為什麼就不能為別人設想一下，用筷子時放輕手一點，或先瞄準了獵物，然後才下箸呢？

近年來香港的飲食業者進行了「靜默的革命」，每逢開席，均主動在桌上擺放幾套公筷，並以不同的顏色加以識別，免得貴客吃得興起時誤把「馮京作馬涼」。反而特別會吃的祖國同胞，經過三十多年改革開放之後，仍能容忍那些「咻、咻」之聲在耳畔爭鳴。日前到廣州開會，有幸出席了幾場「官宴」，竟也無一例外。後來同桌幾位來自海外來朋友，不約而同的，搶先在「起筷」之前，請侍應給我們幾雙公筷。見大家都用公筷，大陸同胞也不好意思用自己的筷子夾菜了，可見問題並不在於筷子本身。可是奇怪，如此簡單的一件事，怎麼長久以來居然無人留意呢？

除了筷子之外，國內的餐館還特別體貼，一定為貴客提供牙籤，而且都包裝得十分精美，有的還有薄荷或巧克力味道，勝似從前旅遊場所給人收藏的火柴盒。因為我們習慣飯後用牙籤清潔牙齒。於是一落一起，筷子才離手，牙籤即亮相。多數人會用手掌略加遮掩，但是不知趣的，就當眾呲牙裂嘴，專心在牙縫間做工夫，末了甚至將穢物舉在眼前，凝視一番，然後用手指輕輕彈去。對面有位小姐模樣不錯，尤其那張櫻桃小嘴動人極了，不料給她的牙籤一挑剔，美好的印象馬上被打了折。難為旁邊的先生還為她加上個響嗝，彷彿在宣布，他們已經完成了任務，很滿意這場又豐富又過癮的盛宴焉！

海外的餐館已不大見到牙籤的影子，相信終有一天，比如二十年之後，一如火柴盒一般，這怪物也會悄悄從我們的餐桌上消失。

吃的花巧

講到吃，人人都說中國第一，法國第二。其實美國也有第一的。

哪一樣吃是美國第一的呢？

冰淇淋，或者叫雪糕。

冰淇淋各國都有，唯美國品種最多。

「冰」即ICE，「淇淋」即CREAM。還是廣東話最形象化，最傳神，叫雪糕。說著說著就流口水，但覺得甜滋滋軟綿綿，舌頭都不禁舔出嘴巴來了。

在我們這一代還是孩子的時候，好像尚無雪糕，只有冰棒（也叫雪條）和冰沙。直至十多歲，我才有機會品嘗冰磚與雪糕三文治。但到我們有了孩子之後，雪糕就成為夏令最暢銷的佳品，種類五花八門，令人見了饞涎欲滴。

香港甄沾記的椰子雪糕最香，菲律賓來的芒果雪糕也不錯。但牛奶公司的雪糕餐廳，大概是向美國人學來的吧？

據說，美國的雪糕有四百多種。超級市場數十尺長的大冰箱，盛滿了雪糕產品，每天吃一款，整年都吃不完。連雪糕餐廳的餐牌，都有好幾頁紙。我最愛吃花生醬雪糕、炸雪糕，還有在雪糕裡加點酒，真是嗒嗒有味。

美國的沙律（或叫沙拉）也堪稱一絕，有型有格，而且用料豐富，醬汁多樣。中國的涼拌食品，有點相似。如涼拌黃瓜、涼拌粉皮、涼拌海蜇、涼拌雞絲麵……到底是誰偷了誰的師，可就不得而知了。

美國的糕點也不少，而且多數女人都會自己做。超級市場有大量半成品，買回來加點奶和水，用焗爐焗一會即成。中國鄉村的婦女也會做糕點，唯缺蝦餃燒賣，所以茶樓極受男士們歡迎。

美國人比較重視美觀，或者說比較浮誇也可以，不但糕點弄得花花綠綠，連餐桌上幾道小菜，都綴滿裝飾品，像節日裡的禮物，外表往往重要過內涵。不過美麗的東西總能令人感到愉快，所以本來不怎麼好吃的食物，看著覺得賞心悅目就變得好味道了。這一點與我們老中講求實際、只要真材實料而不太重視美觀有點南轅北轍。不過色、香、味、美，不也是中華美食所努力追求的嗎！

還有美國的牛奶產品，也是豐富多樣。美國的孩子所喝的奶，可能比我們喝的水還要多。香港的瘦弱小移民，來到美國後都會變得白白胖胖，就是因為這裡的牛奶又多又好又便宜，大家都當水來喝了。此外還有雞蛋、牛油和早餐吃的穀物，都是既可口又有益。我們有句老話叫食得是福，可惜美國人飲食無度，吃什麼都不離牛油和雞蛋，結果吃出了無數大胖子、心臟病和高血壓，這就不叫「福份」了。

現在日本人興吃花，美國人還不會，我們則只會喝花茶。花也能吃，改天說不定還能吃草，到那個時候就真是世界大同，各國都不用去打仗搶掠了。

還有，有些美國人連吃香蕉都懶剝皮，只是不停地喝果汁，甚或吃果當餐，一個梨子，一隻蘋果，就能解決半天食糧。可見美國人對於吃，並不怎樣重視食材和口感。

我們可不行。不少新鄉里，每天早上一定要煮飯吃飽才返工。「錢做膽，飯做力」，沒有兩碗飯在肚底，總覺得饑腸轆轆，做什麼都不來勁。

牛扒與骨頭

美國人最愛吃烤肉，不明白他們見到燒豬烤鴨為何會那麼大驚失色，好像遇見鬼魅似的。

埠仔有位親戚過生日，特地從芝加哥訂來一頭大燒豬，掛紅簪花擺在大堂中央，好讓大家先睹為快。誰知非但無人喝彩，反而引來老外一陣陣驚呼聲，只好趕忙叫師傅搬進廚房，把它斬件上桌了事。

美國人像小孩一樣，最怕見到死動物的頭與腳。超級市場出售的雞鴨，都是光禿禿的無頭無爪，故叫光雞或光鴨。一隻有頭有腳的死雞，能把一個大姑娘嚇個半死。若拿一隻活生生的雞要他宰殺，不如要他宰了自己更容易。因此打獵場附近有屠房，專門替獵人砍去鹿頭和鹿腳。而大湖碼頭則有劏魚檔，專門代客斬魚頭。於是有門檻精的鄉里，夏天收魚頭，冬天收鹿頭和鹿腳，飽餐後還有一大籮拿去餐館賣，大做其無本生意。

在我們眼中，鹿是冬季最好的補品。鹿頭和鹿腳對廚房佬最有益，下點藥材炖上半天，吃了最補腳力和手力。

可是老美甚至連骨頭都怕。燒雞當然可以吃，但得像野人那樣，用手拿著大口大口地嚼，砍件的如白斬雞、豉椒炒雞就不行了。至於帶骨的魚，可要比刺蝟更可怕，一根根的骨頭就像一枝枝利針一樣嚇死人，因此只能吃魚排。

這又便宜了我們餐館佬，來個砂鍋魚頭或紅燒魚頭，不正是故鄉無以上之的美味麼！美國的家庭主婦也受惠不淺，買回來的東西多已處理好，既乾淨又衛生，怪不得她們下廚時都穿著得整整齊齊了。

有人歸咎於美國工業過於發達，把人寵壞了。想想也對。你看他們連吃個橙都不會剝皮，只會喝果汁，捧著瓶子咕嘟咕嘟地像喝自來水。因此家裡滿眼是搾汁機、攪拌機、開罐機、咖啡機……我剛才就買了杯自動咖啡，把兩個硬幣塞進機器裡，要哪種口味，加不加糖或奶，僅動了兩下手指頭，不到半分鐘即自動斟滿一杯。看來遲早有一天，連穿衣吃飯都會自動化，到時只須伸手張口即可。不過恐怕未到那個程度，我們自己先已退化，好像孩童一樣，只會吃漿糊一樣的BABY FOOD了！

記得小兒曾請過兩位美國同學回家吃飯，因為知道其中一位喜歡吃蝦，內子特地做了個茄汁蝦。他見我們把蝦一隻隻的往嘴裡送，嚇得老半天不敢動手。原本他無法像我們這樣吃，所以寧願不吃。

另一位更可笑。只見他的嘴巴老像水牛吃草似的磨來磨去，久久不下箸，問他怎麼回事，才知道嘴裡含著幾塊排骨頭，吞吐兩難，有如骨鯁在喉！

有次另一位同學隨我們參加一個宴會，他除了開頭吃了點冷盤，和末了吃了點蛋糕，中間的精華所在，一點也沒有碰過。飯後返回家裡，可能餓壞了，要找麵包吃。幸好帶回一盒吃剩的蛋糕，足有兩磅重，他居然狼吞虎嚥一口氣吃光。

原來這些美國人除了上過雜碎館，還沒有吃過正宗的中國餐。正如我們許多新鄉里，從未吃過正宗西餐一樣，見到盤中那塊血淋淋的肉，好像剛從動物身上割下來似的，又沒有白飯和筷子，教他如何下嚥？

大鄉里就是大鄉里，管你什麼法國大師、義大意名廚，折騰了半天，還不如返華埠吃碗餛飩麵飽肚！

其實呢，不過是五步笑十步而已，走進外國人的餐廳就無從下手，不都是大鄉里！

碗的聯想

我們鄉下有個俗例：老人家做大壽，需回贈親友壽碗一套，以表謝忱，並藉此祝願大家長命百歲，好福好壽。日昨有位朋友六十華誕，能幹的世姪女，一手承攬了有關壽筵的一概事宜。選購壽碗，自然包括在內。不料買回來的一批日本碗，給她母親一看，連呼大吉利是，要她馬上退貨。

日本碗有何不妥呢？老實說，做為禮品，無論式樣與包裝，都要比我們景德鎮的出品體面得多。毛病在於碗的件數，每套五隻，「唔、唔」聲（廣東話，不、不的意思），語欠吉祥。

可能由於我們長期被欺負，走過來不容易，就像見過鬼的人怕黑一樣，最忌單身隻影，而總希望身邊有個伴，有所依傍。特別是身邊的親人，最好永遠成雙成對，於是無形中對單數有一份莫名的抗拒，大有聞之色變、避之唯恐不及的惶悚之感。因此在某些節日裡，總想藉著某一類形式，或通過某一種手段，尋求一些精神上的慰藉與蔭庇。

壽宴即其中之一。我們不惜炊金饌玉，大事鋪張，無非想討個吉利，求個心安。因而在從事這些活動時，務求做到十全十美，起碼形式上要完滿無誤。有錢有面的人，固可炮龍烹鳳，極盡奢華；而手頭拮据者，則聊備一格，就那麼意思意思也無不可，要緊的是湊足八大盤兩大碗，每桌也剛好坐滿十人，於是深感寬慰，以為已經很對得住自己，也對得住賓客與鬼神了。

由是作為嘉賓的人，淺飲低酌、言笑晏晏的有之，豪情萬丈、當酒高唱歌的有之，反正意不在酒，大夥兒有機會湊在一起，熱鬧一下，瞎扯一通，已經十分滿足。及至杯盤狼藉，曲終人散的時候，在依依惜別之餘，又難免慌裡慌張，各自急忙找個伴兒，速速歸去，以防夜深人靜，橫遭不測。結果，我們變得愈來愈膽小，愈來愈脆弱，前怕狼後怕虎，沒有人陪著就不敢出門了。

日本人可全然不是這麼回事。他們追求的永遠是單數，像世姪女買回來的碗，是每套五隻而不是十隻。一份講究的日本料理，也不是十盤，而是七大樣共十一份。

我們習慣以「色、香、味、型」四大標準來衡量廚師的水準，他們卻以五味、五色、五感作為料理的要訣。

但是弄得再好，多半也是單斟獨酌，一個人默默地鯨吞，莫說大排筵席，連闔家老幼溫溫馨馨地一享天倫之樂，也不多見。這恐怕與習性有關。日本人——尤其是日本的男人，愛以自我為中心，喜歡單槍匹馬、孤軍作戰，哪怕討了個多麼嬌美的老婆，也只當多買了件家具，放在那間小小的新房裡，還可能是個累贅。他們寧願到外頭去拼搏，累了就飲個酩酊大醉，然後躑躅街頭，糊裏糊塗地浪擲一宿，也不想返回家裡，享受一下妻子的溫存。而難得的是，為人妻者，並未因此而感到孤獨寂寞，反而樂意享享清福。

在東京城裡，看上去好像滿眼怨婦；其實不然，她們不慌不忙，抽煙、購物、扮靚、飲酒、上最好的餐廳，正自得其樂呢！

中、日只是一水之隔，民風習俗何以會有天壤之別呢？實在費解。

吃蛋罵蛋

誰還沒有吃過番茄炒蛋呢？

記得初到北京的時候，普通話說得不靈光，曾經有位調皮的同學，指著桌上那盤番茄炒蛋要我跟著他唸：「西紅柿，炒雞子，炒好吃。」西紅柿與雞子算普通話還是土談暫且不說，也不談番茄炒蛋該學南方人尖著舌頭「切」，還是如北方佬倦著舌頭「嗤」，這道家常小菜尋常之至，實在也無啥可說。倒是番茄炒蛋那個蛋，很值得單獨一談。

一提到蛋，連小孩子都會大聲說：「價錢便宜，營養豐富！」可不是嘛，一塊幾毛就能買到一打，早上來它兩隻，加上一杯牛奶，便能給你足夠的精力開展一天的生涯了。

蛋的種類不少，常見的有雞蛋、鴨蛋、鳥蛋……我們形容美人的樣貌，往往先給她來一句「有一張鵝蛋形的臉蛋……」可見蛋多為橢圓形，尖尖長長挺可愛的樣子。不過有一種名叫康力的蛋，卻是滾圓滾圓的，十足一個特大的乒乓球，看著你就不敢相信那是蛋。

世上什麼樣的奇蹟都有可能發生，唯獨人生蛋的事一定不會有。要是哪個女人不生孩子而痾了一隻蛋，人們還不把天都嘈崩了！蛋肯定只能是動物生的，而人類連動物都吃，當然不會放過牠們的蛋了。

大家愛吃蛋，除了貪它便宜和營養價值較高之外，比較易弄也是原因之一。一個大學生，飯可以不會做，但燒熱一個煎盤，「啪」一下打個蛋下去，不一會也能煎出一隻蠻像樣的荷包蛋。蛋本來就有一股香味，再撒上點細鹽或胡椒，便是一份美味可口的早餐了。

蛋的吃法很多，除了煎蛋，還有蒸蛋、炒蛋、燉蛋、窩蛋……不但可以佐餐，還能製成點心，如五香蛋、茶葉蛋、酸薑伴皮蛋……若然有機會去上海玩，皮蛋與鹼蛋是不可不買的。真是戲法人人會變，各有巧妙不同，上海人炮製的皮蛋，透明晶瑩，剝開來攤在盤子上，真像顆黑寶石。鹹蛋尤佳，蛋黃紅彤彤地流著油，還沒有入口，已猜想得到何等鬆化甘香了。

從前在香港寫字樓畫贏了鬼腳，總愛來阿華田加蛋一杯，火腿蛋三文治一份。就算不吃這兩樣，也是離不開蛋，如蛋糕、蛋球、蛋卷……一萬個人中，相信也揀不出一個不吃蛋的。在酒樓食肆享受佳餚美點，見不到蛋，其實裡面還是少不了蛋。豬、牛、雞、蝦等主要食材，沒有用雞蛋漿過是不會爽滑的。一切油炸的東西更是無蛋不成。也許因此有人以為蛋成不了氣候，算不上角色，只能充當陪襯品。那你可能是善忘了，鵪鶉蛋在華筵盛宴中，一直以來不是挺光彩的嗎？只因為近年不知誰說了多吃無益，才忽然被人冷落了。

蛋真不幸，而且太不公平了！絕非自今日始，也決不是為了健康問題，其實早在人們懂得吃蛋那一天起，它已經是被人奚落和詛咒的對象了。也不知是因為我們的語彙太豐富，抑或嘴巴太厲害了，一隻蛋而已，罵將起來，竟是成串成籮，而且一句比一句難聽，一句比一句狠毒，好像有什麼血海深仇，在哪一個年代給蛋窩了他似的，非要罵個夠本不可。

大將軍吃著難得一見的黃埔炒蛋，竟突然想起有個屬下犯了軍紀，一時怒火衝天，猛拍桌子吼道：

「他媽的王八蛋，快去給我斃了他！」

王八就是烏龜。烏龜蛋有何不妥？說法頗多，其一是指此蛋來歷不明，大有蹺蹊。辭源也說：烏龜，喻以妻女供人淫辱者。那麼其蛋還不是不言而喻了！而以此話來罵人，豈不是把人家上下兩代統統都罵了！

幾個人談著說著，冷不防有人「爆肚」：「他媽這雞巴蛋——」雞巴，雞屁股也。雖然不是王八的屁股，但生的蛋還是蛋。不用說，口出此言的人一定是個粗蛋，否則不會把屁股掛在嘴皮上的。

「蠢蛋！」、「笨蛋！」懵懂加上粗枝大葉，經常摸錯廁所的人，被人罵幾句是罪有應得。不過如果改罵一聲「糊塗蛋」，自尊心未致那麼嚴重挫傷，倒似乎比較容易受落。

「混蛋」則與「混帳東西」同義，只是罵得更具體更形象化了。

對於壞男人，如佔了女人的便宜還到處說風涼話的下流胚，罵他一聲「壞蛋」是最恰當不過了。有破壞無建設，或專門在背後搞些小動作的人，準是「小搗蛋」無疑了。

阿福平日讀書不用功，考試得了個「零雞蛋」，氣得他的老子吹鬍子瞪眼：「再這樣下去，你的前途就完蛋了！」

罵人也有多種，比蛋還複雜。有深惡痛絕仇恨交加聲淚齊出的痛罵，有疼惜關切愛恨參半亦責亦慰的假罵，有打牛射馬指桑罵槐不痛不癢的謾罵，有打情罵俏大灌迷湯以罵取樂的淫罵，有……好比同是一句「你這個壞蛋」，仇人相遇悖然色變破口大罵，跟小情人欲迎還拒嬌羞萬狀柔聲嗔罵，簡直有如炮彈與冰花燉蛋，完全是兩碼子的事。不過不管你是哪個罵法，吃蛋之人動輒罵蛋，總讓人覺得有吃碗面翻碗底之嫌。你要罵人就罵好了，蛋與你何尤，又沒有吃壞你的肚皮，幹嘛非要扯它上陣不可呢？

再罵下去，古冬恐怕要被人擲臭蛋了，還是走為上著，早點「滾蛋」為妙。

三十年來洛城中餐的盛與衰

從上世紀八十年代始，三地兩岸的留學生大量歸化美國，大大提高了華僑的素質，而中國在世界舞台的崛起，更令海外遊子吐氣揚眉。可是，僑社中有好大好大一群人，他們自謔為「廚牛」，終年以爐火燃燒生命，化腐朽為神奇，並供養著數十萬僑胞，為華人經濟創造繁榮，可說是我們真正的「衣食父母」，我們又有沒有為他們說過一句好話呢？

早期的旅美華僑，幹的都是人棄我取的粗活，生活十分艱辛，直至有了自己的洗衣館和餐館，才漸漸得到改善。記得在上世紀七十年代初，即三十多年前，尼克遜總統突然出現北京城樓，並品嘗了我們的名釀和佳餚，讓世人知道「鐵幕」裡原來也有好酒好菜，中國人原來挺會吃，華僑才開始被另眼相看。我們立即把握這難得的機會，緊隨著李小龍的拳風，把炒雜碎、芙蓉蛋、蘑菇雞片這些國人並不以為然的「中餐」，變成「老美」爭相嘗試的「美食」。連正為自動洗衣店的興起而愁眉的傳統華人洗衣業者，也趕忙把老舊的洗衣館改建成雜碎館，搭上順風車。而與此同時，美國又放寬移民政策，讓凡是由大陸逃到香港未滿七年的人，都可以在美國找家餐館做擔保，申請來美。結果在天時、地利、人和多重利好因素的保育下，中餐業得如雨後春筍，欣欣向榮，華僑社會也自此漸漸興旺起來。

洛杉磯是最多華僑聚居的三大華埠之一，中餐業向來比較發達。不過由於受到食材與廚藝的限制，即使到了七十年代末葉，大家所能提供的，也不外一些簡單的「雜碎」而已。當時的業者大都為廣東四邑人，其中不少還是尼克遜總統放進來的紅衛兵。他們由外行很快變為內行，很不容易。

大約到了八十年代中葉，以台灣人為主，少數中國大陸移民跟進，把台式的湘、川名饌加以改良融合，做成另類中國菜，而令不少老美包括老僑在內眼界大開之後，人們才意識到，中國菜原來可以這麼美味和豐富。不久，以四邑人為主一統天下的「雜碎」幾乎全然被顛覆，而以「宮保雞」為代表的新式「中國餐」不僅大放異彩，並儼然以中華文化尖兵的姿態，直驅攻向美國人的脾胃。

爾後，由於交通愈來愈便利，人口遷徙愈來愈頻密，「吃」這個字眼也變得愈來愈複雜。弄吃固然不失為一門求生之道，其實也是人類生活中一種嚮往和追求。於是港、台、魯、京、川、湘、閩、江、浙各菜系爭相登場，圖在這興旺又有限的市場中一顯身手。自此，連中國人都吃得津津有味的中國菜，才真正在此開花結果。特別是東區的哈崗與羅蘭崗，從三十年前的一片荒涼，到如今的五步一樓、十步一閣，簡直成了兩個截然不同的世界。

不過在幾個僑胞聚居的大市鎮，論排場與規模，始終未有其他菜系足以媲美廣式的飲宴。如金龍、漢宮、富臨、海運、翠亨邨、半島、海港、海珍、泮溪魚邨等大酒家，都是頗有歷史地位與市場價值的老字號。

個人印象較深，覺得應該在這裡介紹一下的，也為數不少。如蒙市「美麗華」酒家的老闆李華先生，是第一個把廣式飲茶「推車仔」介紹到洛杉磯來的老行尊。如喜瑞多市的海鮮閣、聖蓋博市的叙香園等，乃由醫生、藝人或其他外行人士投資經營，並非科班出身，而居然做得頭頭是道的名店。至於勇於創新，率先以歐陸風格取替傳統式裝潢，把酒家弄得格外華貴典雅的，則非喜瑞多市的樂宮樓莫屬。特別是位於環球片場附近的楓林小館，敢教達官貴人、縉紳巨賈專程坐飛機來吃它一頓，其名氣之大，可說是一時無兩。

然而，花無百日紅，隨著高度集中與空前繁榮而來的，是惡性的競爭和可怕的蕭條。於是就有「豆腐般價錢、帝皇般亨受」的惡果，以及一個鋪位，一年內更換四塊招牌的怪象。而且，中餐的衛生問題、味精問題、油脂問題……總像鬼魂似的圍繞著中餐館轉。

據專業人士統計，洛杉磯華人餐飲業，在過去三十多年來的變遷中，至少經歷了如下幾個大起大落的回合：

一、七十年代末期，基辛格訪問中國之後，中餐館遍地開花。

二、八十年代中期，一份消費者報告顯示中餐食物油脂過高，有害健康，中餐生意即一落千丈。

三、九〇至九一年，美國經濟大蕭條，中餐業度日艱難。

四、九五至九七年，香港回歸前，大批以食為天的香港人移居美國，中餐又見興旺。

五、九九年，由一家電視台引發的餐館衛生風波，令餐館人談衛生色變，生意大受影響。

六、二〇〇〇年起，美國經濟空前繁榮，人們忙於炒股，懶得來炒菜了，因而生意好做、工人難請的局勢持續了三四年之久。

七、二〇〇一年，美國終結了歷時十年的繁榮期，股市開始下瀉，經濟再次陷入低潮。繼而又有九一一恐怖攻擊、二〇〇八金融海嘯、二〇一一股市狂瀉……我們不禁慼然環顧，是否又有大批中餐館熄火收爐了?!

九不做——致黃君

在報上看到老朋友黃君的大作「又見古兄」，不由感慨萬端。黃君本是我們文社的元老之一，由於不滿組織長期被少數人操控，在一次他認為不合情理的選舉之後，拂袖而去，從此再沒有露過臉，甚至連文友的電話都不接聽，可見他對文社之灰心和死心。

同樣被氣走的，還有好幾位名宿。後來有人要革命，有人要另起爐灶，終於把文社弄至四分五裂，既貽笑於僑界，又遺臭於文壇，更難為了文友！

這些丟臉的事，以為過去了就算，偏偏古冬才當上「社長」，就糊裡糊塗搞了個什麼「正名會」。待給記者的鎂光燈閃醒，才大吃一驚：兄弟拆伙，又不是嫁女，要正什麼名來著？當務之急，該是如何溝通、交流和合作，而不是再掀波瀾！羞疚之餘，把牙關一咬，下定決心做個真正的社長。

日前加入一個老人會，無獨有偶，也在鬧分裂，原因是有兩幫人馬爭做會長，當堂給嚇了一跳。有人笑我大驚小怪，甚至懷疑我故作姿態，不相信我的「社長」不是爭來的。多可悲！好像除了廟堂之外，再也找不到一個稍微清靜一點、乾淨一點的處所了。

不久前有幾位文人辦了個新會，把幾個作家協會的人都請了去。主人之一的某先生，快人快語，大聲說之所以有這麼多會，是因為人人要當會長，要出風頭，令我這個並不愛出風頭的「社長」聽了，感覺像給他打了一巴掌。

更出人意表的是，他們的首場活動，尚未正式開始，已為他人作了嫁衣，被一名真正愛出風頭的「會長」鑽了個空子，利用在場的記者，搞了個個人記者招待會，喧賓奪主，搶盡了鏡頭。這恐怕是某先生所始料不及的。

多麼可笑復可悲！我翻來覆去想了又想，覺得社團多、會長多未必是壞事，但如果社團裡有如下人物或現象存在的話，便一定多事。

一、強出頭。為了當首長，不擇手段，拼命討好人、拉攏人、利用人。哪怕是死對頭，只要幫得上忙的，都可以結盟。等到機關算盡，仍然無人賣帳，就來個琵琶獨抱，自彈自唱。

二、獨斷專橫。把社團當私產，視會長為家長，狂妄自大，一手遮天，聽不進一點不同的聲音。

三、手腳不乾淨。不容他人插手，財務庶務一把抓，帳目一塌糊塗，予取予求。

四、做太上皇。早已不在其位，仍要緊握權柄。不聽指揮的，就是大逆不義，不敬他三分的，就是目中無人，一定扭盡六壬，諸多留難，非要把你搞垮不可。

五、山頭處處。你不能走中間路線，否則就成無主孤魂，被孤立，被輕忽。可是一旦靠攏一方，便即是非纏身，成為另一方的敵人。

六、搬弄是非。人人皆是長舌頭、大耳朵，不是人說你，就是你說人，永無寧日。

七、斤斤計較。親近他，怕你安心不良，疏遠他，怪你傲慢無禮。你只讚甲的文章寫得好，乙聽了滿不是滋味。

八、亂搞男女關係。吃女人的豆腐，討女人的便宜，還沾沾自喜是萬人迷。等到有一天被撕破臉皮，風流變成下流，社團的聲譽早已給他敗壞殆盡。

九、招兵買馬。為湊足人頭，擴充實力，四下拉夫，連鄰居師奶、姘頭孌妾都成了座上賓。若然文社也如法炮製，會成何體統！

老古既老且鈍，好在不愧不怍，無欲無求，敢在上述九條前面加個「不」字。

就拿這「九不做」，答謝吾友黃君的關愛。願共勉之。

好人上了天堂

二〇一三年四月八日上午十時三十分，螢屏上出現一條發自「藍屋」、來於雲端的短訊——

古冬會長：

大作收到，上個禮拜因為趕辦H-1B的一批案子，忙得不可開交，因而沒有回覆，真抱歉。

大作一向是高水平的，這篇也是。我從來就懶得理髮，覺得是浪費時間的事……

您負責的小說審閱不知收到幾篇？我這裡可一篇都沒有收到。如果收到一定轉給您審閱。

志宏

作協北美總會將出版會員文集，陳會長責成周愚會長和我分別擔任散文和小說來稿的初審工作，最後再請譽志宏律師整合付郵。我把自己的應徵稿「理髮過年」傳給他，請他指教，他的回信著實令我高興了好一陣子。可是不旋踵，我敬愛的導師竟然跟隨電波的光纖，飛上了天堂，到那兒定居去了！看見嗎？房子還是藍色的調子，主人還是那麼從容不迫、優雅淡定的在給我們說話：「大作一向是高水平的！」

好人營志宏律師與文友。前排左起：岑霞、古冬夫人、古冬、文光華、尹浩鏐、尹浩鏐夫人、逢丹；後排：營志宏。

我們昵稱的「營大哥」，雄才大略，在法律界馳騁了數十年，百忙中並兼任作協的法律顧問。他閒時醉心文學，由於學問淵博，談時論政見解高超。我和他踫面大都在作協活動的場合，此時他又是個循循善誘的導師，說話溫言細語，喜歡讚美同好，由於態度謙和誠懇，讓聽者窩心。例如見到我總不忘說聲：「大作一向是高水平的！」讓我受用之餘，也深深受到鼓舞，期盼作品能更上一層樓。

一句語帶鼓勵的美言，讓人感受到他的友善和關愛，這就是營律師深得我們愛戴的原因。

「大作一向是高水平的！」他不僅對我這麼說，對其他文友也會這麼說的。他深諳讚美讓人進步、批評讓人畏縮的道理，就像我們哄女人一樣：「你真漂亮！」先讓她樂一樂，下面的話就比較容易聽得進去了。

導師已駕鶴西歸，他善意的誘導和苦心的鞭策常在我心中激盪。這種在言笑中給人動力、導人向上的待人之道，不也值得我們學習的嗎！

美女效應

作家出書，總要在索然無味、碑文一般的作者簡介上面，貼張小照片。又不是大明星，須靠賣相，要來何用呢？萬一弄巧成拙，壞了招牌，反而糟糕。比方同樣寫情愛小說，一個是嬌媚可人的甜妹妹，一個是尊範不堪承受如古冬者，你想人家會買誰的書呢？

有這麼個不大有趣的故事——

「小青」既是乳名，也是學名；高中畢業那年，學著給雜誌投稿，又拿來做筆名。四十年過去，「文藝青年」早已成為名作家，還是小青、小青的學著，便感到有點彆扭。尤其是籌劃出書時，幾次想揀張近照，可是擺到「小」字上面一比對，心裡就起雞皮疙瘩。也不是有心騙人，反正讀者又不知作者貴庚，後來就在老與小之間取個平衡，揀了幀少婦時代所拍的舊照。不料在新書發表會那天，一位前輩隨手翻開來，竟然瞪大眼睛說：「唷！這麼美，看了她，可定不下神去看裡面的東西了！」羞得她連脖子都紅了。

這種自我介紹的方法，一些做房地產買賣的人也常用。「千萬經紀」×小姐最誇張，幾乎在整條街每個巴士站的椅子上，都貼上她的醒目彩照：大大的眼睛，高高的鼻子，小小的嘴巴，甜美地衝著行人微笑。可惜候車的老粗們，全然不懂得憐香惜玉，屁股還沒有坐穩，便往後一靠，不怕把那張漂亮的臉蛋給壓扁了！

不過「美女效應」倒不錯，我的朋友買房子，第一時間就找她。
約好到她的辦事處相會，我作陪。半小時後，一位似曾相識的老婦人笑臉相迎。
她是誰？我的腦子還在打轉，她已熱情的伸出手來：「是張先生和王先生吧，兩位好！」
「您是×小姐的母親嗎？」我脫口而出問。
老婦人略顯尷尬的笑了笑：「先生真幽默，我還沒有那麼老吧！」
原來是美人遲暮！
她的落落大方，益顯我的糊塗孟浪。賠過不是後，就老老實實坐上她的車子，看房子去也。
車輛在紅燈前停下。無意中朝巴士站一看，不禁失笑，椅背上那張俏麗的人像，竟被缺德鬼塗鴉，蹩腳地在她臉上加上一對粗框黑眼鏡，兩撇翹尾八字鬍，變成一副不男不女、不老不小的怪模樣。
「不會是熟人幹的吧？」我暗忖。老王連忙碰了我一下，唯恐她看見我們神經過敏的反應。

誘人的書名

無意中看到，十多年前出版的拙著《鮮河豚與松阪牛》仍然保留在天空部落格上。不過這個發現並沒有給我帶來歡欣，反而令我愧疚不已。一位讀者在微博中懊惱的說，他不喜歡這本書，深悔自己失察，一時衝動郵購了它。因為他買書的目的，只為「看看作者如何用文字來品味佳餚」，誰知「作者對此書所定的旨趣本不在於『吃』這件事」，於是大呼「被書名騙了，弄得賠了心情又損了荷包。」萬萬想不到，在讀者心目中，我竟然是個騙子！還多虧先生厚道，先禮而後兵，一開始就美言「內文並不差，作者文筆也不賴」，否則我真要找個窟窿去躲了！

但是話說回來，我們究竟有沒有欺騙讀者呢？我想，誤導或有，欺騙就不至。書市不振，特別是文學作品，乏人問津，而出版商也是商，書籍一旦被擺放在書架上，就成了商品，商人為了避免血本無歸，不得不想方設法，對這些「商品」作些必要的處理，以激盪讀者的感官，誘發他們的好奇心和購買欲。或悉心包裝，竭力把書編印得華麗奪目一些，或語不驚人死不休，務要給新出品起個別出心裁的名字，都是常見的做法。其實，《鮮河豚與松阪牛》這個書名我也不喜歡，但出版社多次勞師動眾，老遠從北加跑到南加，在瀏覽了不少名家大作之後，偏偏相中我這個小冊子，做為他們創業的產品之一，我高興都來不及，哪裡還敢對書名提出異議呢？

作者三本封面與書名均具特色的文集

我與吹打（Trader）堅合著的新書《首位縱橫華爾街的華人核子博士：我在所羅門兄弟的歲月》，也不例外。出版商為凸顯主人公是「首位華人核子博士」，結果書名給弄成布疋般長，主賓不分，不知哪一句才是正題，甚至連上網都不容易查到它的蹤跡。彷佛尋找失蹤的孩子似的，導題、副題、全名都找過了，俱不見書影，後來輸入《我在所羅門兄弟的歲月》，才跳出來。

怎樣才算一個好書名呢？原以為，有含義，有概括力、張力和吸引力，不論故弄玄虛也好，一語道破也好，都能起個畫龍點睛或錦上添花作用的，便已不錯。誰知遠遠不夠，你還必須有生意眼，懂得標新立異，會煽情……

除了內容和書名之外，書商同樣重視封面的設計。年前出版的拙著散文集《百味紛陳》，說的是人生百味，此名理無不當，不料封面給繪上一盤誘人的豆腐，和一顆鮮綠的白菜，粗心的人驟眼一看，多以為是本食譜。我理解出版社的苦心，因為當今流行飲食文化，提起吃就令人眉飛色舞，講吃的書籍自然最受歡迎。然而這麼一來，不就有魚目混珠之嫌了嗎？我提出意見，老編的解釋無可辯駁：這個封面曾引起出版社一些同事的好奇，詢問裡面寫些什麼，要是換個文藝性的設計，恐怕他們就沒有這份興致了！

為了救市，盡量在書名和封面上淡化文學色彩甚至去文學，好給人一個較易接近的錯覺，相信也是書商手中最後一帖單方了。

搞出版社，在字裏行間討生活，真難！而被夾在讀者、編輯與出版商之間的小作家，活像包子裡的菜餡，要出人頭地，更難！

新僑的必修課

移民美國的華裔愈來愈多。不管是手執天書（護照）昂首闊步踏上這個國土，還是藏頭縮腳輾轉再三「屈蛇」入境，除了那些少不更事扯著母親的衣角進來的孩童之外，新僑大致不離三類，套句現成話就是老、中、青。而移民的目的，相信也不外三個，恰恰也是人生的三大階段，即求學、謀生與養老。

如果你快將進入大學，或者已經考取名校，那麼古冬這廂有禮了！你前程無限，會是牛頓的挑戰者，諾貝爾的未來得主，當然更是僑胞們的光榮。不過在這一切成為事實之前，你得先學會一種特殊的本領——隨時隨地可以睡上一覺。

可不是開玩笑。你知道美國大學生的時間多麼寶貴，趕功課、做論文，通宵達旦是常有的事。為了自己的健康，也為了人類美好的將來，你必須盡可能利用每一個空隙、每一分鐘，好好地打一個盹。好像腦袋瓜頂有個掣，一按鈕馬上酣然入夢；而需要醒來時，一咕碌爬起身，又是「醒目仔」一名。如此你將永遠保持精力充沛，頭腦清醒，事實上已成功了一半。不然晨昏顛倒，教授在授課，你卻夢遊太虛，而應當睡覺的時候，又眼光光望著天花板數綿羊，弄得精神萎蔫，腦筋遲鈍，則莫說問鼎諾貝爾，只怕能否戴上四方帽都成問題了。

再說第二類，多為青年與中年，來美國是為了謀出路，為了掘金。如果沒有說錯，你會大失所望。

美國完全不像你先前想像的那麼美好，一腳落地，當務之急就是要解決兩餐一宿。不論你從前多麼矜嬌尊貴，來到這裡大多只能做一頭牛——聽說過沒有呢？廚房牛、企檯狗、外賣馬。這是餐館佬自封的雅號，好像不大中聽，可是想要在美國生活下去，捨此別無他途，除非你是二世子，不愁餓肚子。

請勿怪罪人家太刻薄，太豈有此理。先問問自己，你的英語靈不靈光？有何文憑技能？恐怕連汽車都不會開吧？初來乍到簡直是集聾、啞、跛於一身，完全是換了人間，甚至連買個麵包充饑都摸不到門路，不做餐館做什麼？

最初你會後悔，不該來這種鬼地方。不過既來之則安之，斷然不會一氣之下捲鋪蓋返唐山。於是日子有功，不久也就安定下來，覺得做個廚牛也不賴。因為工作安定，收入不錯，單身的話，吃喝拉撒穿著住都在餐館解決，花費不多，捱上三年五載，大可以風風光光回鄉娶個嬌嬌娘。莫說我們這些鄉巴佬，人家來留學的，滿肚子文墨，英語勒勒響，課餘也來餐館當企檯，托盤碗，對客人鞠躬盡禮，服侍周全，也不過圖個蠅頭之利吧了。

還有那些踩腳踏車，或駕著僅值五百元的「情七」，在風雪交加的寒夜，在烈日當頭的炎夏，穿梭於大街小巷的送貨郎，不少都是學有專長的交換學者咧。你除了吃驚於迫人的生活壓力外，還不得不對同胞們勤奮務實的作風肅然起敬。

不過說真話，華僑可以從事的行業確是太偏太狹了，除了餐館和少數雜貨店，實在沒有多少地方容得下我們。而且，即使是餐館，在美國經濟大衰退的惡劣環境下，市面日見蕭條，新僑們即使樂意做牛馬，怕也不容易找到安身之處了。

至於第三類，千里迢迢跑來異鄉，大半會有個冠冕堂皇的理由：與兒孫們團聚，安享晚年。

問題就出於「晚年」。有句老話：美國是少年人的快樂園，中年人的戰場，老年人的墳墓。是不是這樣，不必爭論，依我看，想好好地安度最後幾年，要學習的東西太多了！

這豈不是要阿伯臨老學吹打？正是！你年輕時轉工，都要先看一遍新公司的章程，打聽一下有何特別規矩，何況移民異鄉！此即所謂入鄉隨俗，入國問禁也。最好先與兒女們溝通一下，看他們家到底有何禁忌。要知道現在當家作主的不再是你，也不是你兒女，而是你的兒媳婦或女婿哩。

於是第一，唯彼之命是從，準錯不了。第二，要學會奏潮州音樂——自顧自。餓了自己弄飯吃，渴了自己找水喝。他們餓了會弄自己那一份，卻別指望會順便多弄一份給你，倒不是他們不孝，而是他們根本就沒有讀過這「孝」字。第三，須知老人成「細蚊」，小孫子可能是你的指揮官，甚至是你的導師。因為你連最簡單的水喉、電視機都不會開，甚麼都要從頭學起。第四，切記美式的住宅不同鄉下的農舍，要時刻注意清潔衛生，小心別成為神壇貓屎，神憎鬼厭。第五，學會忍受寂寞。尤其是住在埠仔的，冬天到了，窗外不是皚皚的白雪，就是刺骨的寒風，你連離開家門一步的本事都沒有。而且與洋人為鄰，彼此雞同鴨講，後輩又都早出晚歸，你可能終年被關在小屋裡，孤零零一個人跟坐在牢籠無異。

不過與別的國家相比，美國的老人算是幸福了。住上若干年後，你有權得到起碼的生活保障，甚至可以伸請入住廉價的老人公寓。如果地點靠近華埠，鄰居全是同聲同氣的老鄉，那時你非但不再是兒女的負累，自己也自由了、活了。不過此時又有新的課題要學習：合群與埋堆。不能依舊孤芳自賞，否則還是寂寞的。

正所謂在家千日好，出門一時難。雖然此處也有你的家，但此家不同彼家，畢竟你是一名寄人籬下的二等公民哩！

初見僑胞

從前甚少遇見外國人，到了北京之後，就常常有機會見到外國人。而第一次直接面對兩個外國人，是出來工作的第二天。

這兩個外國人都是蘇聯專家，他們作報告，我做記錄。那時候中國百廢待興，請了許多蘇聯專家來支援。

「專家」這個稱呼很能唬人。是否卓爾不得而知，不群卻是必然的。大家都把他們當神供奉，他們也相信自己是上帝派來的使者，高視寬步，自命不凡。反正當時我們什麼都不懂，能出主意的就是學者專家了。

後來還來了名記者，據說也是專家，到處去演講示範，誑言一分鐘內就能擬就一條新聞稿，結果出盡了洋相。

香港有更多的洋人。因為有了成見，我對他們一律敬而遠之。他們當中大都是英國政府派來管治香港的大官，因此多以強者自居，趾高氣揚。另一半是來香港渡假的美國水兵，一個個喝得酩酊大醉，隨街調戲婦女。聽曾經到過旅順、大連的長輩說，從前駐守那兒的蘇聯大兵，差不多也是這個樣子。

自從揭發洋警署葛柏是個貪贓枉法、無惡不作的大壞蛋之後，香港人才知道，這位一人之上、四百萬人之下的官老爺，原來竟是倫敦街頭一名小流氓、小混混，後來不知結識了什麼人，被政府糊里糊塗「流放」到殖民地來當官的。從此之後，大家對洋人就「刮目相看」了。

有鑒於此，香港人把所有洋人統統稱為鬼，男的叫鬼佬鬼仔，女的叫鬼婆鬼妹。

不用說，移民美國之後，簡直就像掉進了汪洋，自己倒成了「老外」，成了滄海一粟。尤其是我們居住的小區，聽說總共只有三戶東方人，真的是與「鬼」為鄰了。

第二天早上，一來想熟悉一下環境，二來想找點吃的，與妻大著膽子走出家門。

一輛小汽車從一所洋房的車庫駛出來。開車的洋小姐見到我們，把車停在路旁，笑盈盈的走過來。

「哈囉，你們好！新搬來吧？我叫瑪麗，很幸運能做兩位的鄰居！想去哪裡？需要我幫忙送一程嗎？」

完全出乎意料之外，簡直不敢置信。這是我們在異鄉遇到的第一位洋人。可是我們怎麼敢冒然鑽進她的車廂呢？

行行重行行，我們足足走了半小時，除了洋房、樹木、花草、雀鳥，找不到一個人影，更莫說商店了。初到貴境，有許多東西需要買，沒想到住宅區真的只有住宅，遠離市廛，真不方便。

意外地見到一位好像是同胞的男子，從前面一幢房子開車出來。喜出望外，趕忙一邊招手，一邊奔上前去：

「先生，先生！」

趕到時，他的汽車剛好從車道拐出來。

「先生您好！請問附近有商店嗎？」

他一邊加油一邊指一指前面：「往前走，第二個街口右轉然後再左轉。」汽車旋即捲起一陣白煙，絕塵而去。

不知是因為我們高聲呼喚有失大體，還是因為不識好歹耽誤了他的寶貴時間？他甚至不屑正面瞅我們一眼！

這是我們在異鄉見到的第一位同胞！

西班牙印象

今年的假期原想回大陸，結果卻在英國、法國及西班牙渡過。英、法是舊地重遊，西班牙才是主要目的地。

想像中的西班牙，應該是個弦樂處處，溫馨浪漫，被包圍在橄欖樹中，有高山的庇蔭，又受海浪的衝擊，既保留了阿拉伯人的神秘感，更承襲了羅馬文明、文藝復興及後現代藝術的魅力，令人神怡又迷茫的奇異之國。但出乎意料之外，西班牙與美國的南加州何其相似！當敞篷小汽車奔馳在逶迤的山腰間，當和煦的海風夾著鹹腥味迎面撲來，或者，當你躺在柔軟舒適的海灘上，讓粉嫩細滑的白沙摩挲著疲憊的軀體時，恍惚間，可能以為正在聖地亞哥的灣畔驅車乘涼，在新港海灘或杭廷頓海灘消磨一個炎夏的假日。一樣是長長港灣，高高的棕櫚樹，黃黃的山崗，紅瓦粉牆的房舍，以及湛藍無涯天水一色的大海。不知是造物者黔驢技窮，再無創意，只能以西班牙的模式套在南加州，還是南加州與西班牙本來就是一對孿生姊妹，是無情的海浪迫使她們天涯異處？

不過西班牙是不能和南加州媲美的，正如她未能與鄰近的工業強國相比一樣。但她也有過光輝的一頁，西班牙人曾經以航海建立過不朽的功跡。五百年前的一四九二年，新王朝在結束了阿拉伯君主幾個世紀的統治後，慨然資助滿懷壯志的哥倫布出海探索，從而發現了新大陸，對現代歐洲與新世界的形成起了

1882年開工興建至今尚未完成的巴塞羅那La Sagrada Familia Pan大教堂

極其重大的作用。講歷史，她比南加州光榮得多了！

不幸新王朝並未能解救西班牙人。在封建專制、獨裁狂暴、內外紛爭之中，他們咬著牙根熬過了慘澹的五百年。不過那也是奮鬥的五百年。皇天不負有心人，到了一九九二年，她終於又站起來，再次成為歐洲的新焦點。在巴塞羅那舉行的奧運會，和在塞維爾舉辦的萬國博覽會，把西班牙裝扮成一個舉世矚目的巨人。

為了奧運會，巴塞羅那忙碌了整整十年，除了以八千三百萬美元建造了一座超級運動場外，許多新型的建築物也一座座拔地而起。一座酷似香港滙豐銀行的高樓，令香港來的遊客倍感親切。一位法國銀行家斷言，如此浩大的投資，至少為這個城市帶來十年的繁榮。

但儘管如此，西班牙還是比許多先進國家落後得多。有人把巴塞羅那比作十年前的香港，或二十年前的上海。然而，西班牙是個既開放又保守的國家，有人主張改革，主張歐化和企業化，而另外一些人，卻堅持本土化，農村化，力圖保護原有的東西，阻止改革的潮流。因此在往後的十年裡，中國大陸的發展，豈止西班牙的十倍！

何無疑問，那個辛苦籌備了十年的奧運會，除了要顯示一下西班牙人的實力之外，還想多吸引些遊客、多賺點外滙。旅遊業本來就是西班牙經濟的支柱。可是不知何故，既然化得起那麼多錢，為什麼不在基礎建設上多下一點功夫呢？須知一個普通遊客，如果不是跟隨旅行團集體行動的話，是隨時會給弄得窘迫不堪的。

我們幾個人租了一輛小汽車，一上路就給嚇出一身冷汗。交通標誌全部隱藏在建築物後面，根本看不見。馬路中間有條白線，以為是單程路，豈料迎面突然飛來兩輛摩托車，這才驚覺，原來白線等於美國的黃線，是雙向行車的。

最沒趣常常被西班牙人認作日本人。無論警察或酒店侍應，乃至世運村賣紀念品的小姐，除了一句「阿里阿作」，一律只講自己的語言，而且一點也不客氣，甚至有點不屑。因此在你吃完晚餐或給酒店結帳時，休想有人給你說聲多謝。

連最高級的餐廳，餐牌上都沒有一句英文。原來西班牙僅通用兩種文字，其一當然是西班牙文，其次是CATALUNYA文。後者乃省名，原為大羅馬時代一個獨立小國。閣下如果有意到西班牙一遊，最好先學會幾句西班牙話，至少學會兩款餐名，免得到時雞同鴨講，叫著豬髀當牛尾。

但最難適應的，還是西班牙人的生活習慣，他們每天起床就做工，至中午二時才吃早餐，然後就去睡覺。餐館在晚上八時以前是不會開門的，起碼到了十點以後客人才逐漸多起來，似乎此時才是他們一天的起點。這樣的生活你會喜歡嗎？

肯雅點滴

本來六月份要到肯雅旅行，可惜俗務羈身，未能成行。家人倒輕輕鬆鬆的去玩了一回。可能由於我未能參與的緣故，他們拍攝了許多錄像帶帶回，並加上詳細解說。現在我無事一身輕，倒可以安坐家中，沏一壺濃茶，慢慢細賞。雖然不是親歷其境，總要比看一套紀錄片詳盡得多，所以還可以寫點感想，與讀者諸君分享分享。

一、想起香港

肯雅本來也是英國的殖民地，不過比香港早三十多年獨立了。香港的繁榮進步，是近數十年的事。數十年前的香港，同數十年前的肯雅不相伯仲，不過數十年後的肯雅，若要與今天的香港相比，則恐怕有如肯雅的驕陽與豪兩，反差太大了。

英國人還算有良心，也比較有辦法，數十年前已把耐羅比與蒙巴莎建設成為一個初具規模的商港，同香港這個國際大商港當年的情景頗為相似。香港在回歸之前，仍不斷在發展；但肯雅自從獨立那一天起，便一切都停頓下來。還不僅是停頓，而是不進則退。好比首都耐羅比，當年只有十萬人，而現在是三百多萬了，然而地面上所見的，還是數十年前的街道，數十年前的建築物；而地下所使用的，也是數十年前的水管，數十年前的渠道與電路，沒有增加，甚至不作維修。有些路燈連燈泡都給人偷走了，也無人理會。一場大雨，大城頓成澤國，暗渠也隨即爆滿，溢出滿街糞便。

五星級的大酒店，堪稱美侖美奐，卻不料忽然烏燈黑火，漆黑一片——斷電了，每天總要發生數次，一些建築物不得不自行發電。

卸下行裝，想洗個澡，才濕了身，一身塵土變成一身泥漿，不料水喉突然涓滴全無——斷水了，比數十年前香港鬧水荒還要惱人。

百分之四十的捐稅到哪兒去了呢？只有幾個新聞工作者在孤獨地嘟噥，肯雅的百姓可不來管這些。他們只愛靜坐，路邊樹下，一群群的，並不是在等待什麼，好像也不需要什麼。時間似乎是多出來的，生命也是多出來的，就這樣讓它們無聲無息的溜走，讓它們在風中枯萎好了。

六月一日是肯雅的獨立紀念日。但沒有人搞慶祝，只是多數人放假一天。過一個月，輪到香港人慶祝回歸了，那可是大鑼大一鼓，舉島歡騰，和這裡完全不一樣。

肯雅人是否把獨立自主的意義給曲解了呢？同樣是把英國人趕走，我們慶幸香港與肯雅截然不同。香港有個受市民監督效率奇高的政府，有數百萬無須督促也會發憤自強的市民！

二、弱肉強食

無獨有偶，肯雅的獅子，與香港的獅子銀行同樣聞名天下。

獅子乃萬獸之王，尤其是雄獅，威猛極了。

一頭雄獅把一個地方的雄獅打敗了，立刻就是這個地方的皇上皇。雄獅的兇猛是自小養成的。小雄獅長大了就被父母趕走，要牠獨自出去闖天下。由於天賦異，加上飽經磨煉，力大無比，漸漸就成為動物中的霸權主義者與侵略者。

大群的禿鷹虎視眈眈，整隊的狐狸引頸以待，一同盯著一個目標，恰如殖民主義者倚裝待發。原來有頭獅子在享用晚餐，撕齧著一隻羚羊。

王者確然有王者的風範。牠慢條斯理，不慌不忙，直至吃飽了，睡足了，這才懶洋洋的走開。最大的禿鷹一撲而下，其他的禿鷹依然眈眈而視，狐狸們也只好繼續等待。現在是改朝換代，獅大王下台了，輪到大禿鷹當上土皇帝，而台下的孽子蟻民，還是只能俯首稱臣。

大禿鷹也吃飽了，於是群獸迫不及待，一擁而上，活像列強瓜分一個小國。

三、獅子與大象

肯雅最壯麗的景觀，應該是一望無際的鹽湖，以及數以百萬計的天堂鳥，就像荷蘭漫山遍野的鬱金香，把大地染成一片嫣紅。不過這裡做為號召的，還是五大動物，即獅子、大象、犀牛、豹和水牛。尤其是獅子與大象。

獅子本喜群居，只有未能稱霸的散兵遊勇，或被驅逐出境的落難雌獅，才會像個無主遊魂，孤獨的在荒野間躑躅，茫茫然到處尋找食物。

鏡頭前面便有一頭頹敗的母獅，骨瘦如柴，遍體鱗傷，疲憊的走著。牠顯然是不容於群體，或因長久未有獵獲，不為同伴所接受，經過一番惡鬥後，終於寡不敵眾而被攆走的。

原來雄獅在成為獅王之後，會有無上權威。牠霸佔了地盤，也霸佔了地盤中所有的雌獅，然後把以前留下來的小獅統統殺死，再生過一批完全屬於自己的小獅，此後就可以什麼也不做，吃飽了就睡大覺，成為真正的獨裁者，唯一的責任是保護牠的雌獅與地盤。

雌獅從來就是奴隸與工具，獵得的食物，要完整的搬回家去，先孝敬獅王，待牠吃飽了，輪到小獅，小獅也吃飽了，才到卑微的母獅們自己。

但即使是獅王，有一天老了，體弱了，被另一頭雄獅趕走，也會像前面那隻衰敗的母獅一樣，終有一天會無力地自己倒下來，立即成為狐狼與禿鷹的饗宴。

與獅子相比較，大象顯得善良多了，也可愛多了。牠們尤愛群居，總是一家一家的，從這兒逛到那兒，從不畏強權，也不惹禍，只有對好像戴了假面具似的異族同類的犀牛，最為反感，彷彿有不共戴天之仇，遇上了就非得討之伐之不可。

犀牛有大象一般的皮膚，但是樣貌奇醜，遇到大象也總是擺出一副不可一世的傲慢姿態。小象害怕了，母親連忙護著牠，同時挑戰地向犀牛豎起牠的大鼻子。但等到局面稍微平靜，又把小象推出去，不讓牠在強敵面前退縮，以訓練牠抗敵的鬥志與本領。當然一面仍然十分謹慎的提防著，不讓孩子受到任何的傷害。

馬賽族人在表演民族舞

無聲地對峙了一會，犀牛終於灰溜溜的走了，大象的一家於是繼續牠們的旅程。小象乖巧極了，總是緊緊的貼著母親的腿，亦步亦趨，寸步不離。

在此我們既可以看到動物與生俱來的本性，也可以看到牠們感人的舐犢之情。

四、值得一遊

許多人以為非洲炎熱，不宜在盛夏前去旅遊。誰知地處赤道，位於高原的肯雅，經過印度洋的西風吹拂，溫度實際上是在十餘至二十餘度之間，如不帶備較厚的衣裳，還可能著涼呢。

乍地看上去，你會以為到了印尼或泰國。

無可否認，肯雅是美麗的，古意盎然的蒙巴莎海灣，萬蹄齊奔的野生動物園奇景，令人驚訝又舒適的原始湖泊，陽光普照與暴雨如傾的兩極對比……

肯雅還應該說是富饒的。取之不盡的水產，肥得出油的紅土，甜如蜂蜜的瓜果，豔得欲滴香得醉人的鮮花

肯雅人的牛糞屋

與咖啡……

但不幸肯雅同時是落後的，貧窮的。千百年來，兩個主要民族始終是男人放牧，女人蓋屋，用牛糞與樹枝搭起來的小屋，一直以來是大多數肯雅人的居所。除了少數人從事旅遊與種花工作之外，靜坐與趕路幾乎是他們生活的全部了。

路上偶爾也有一輛「豪華小巴」駛過，但擁擠得要人把屁股伸出窗外。肯雅人身上不多的衣裳，大多是從義大利人那裡買來的二手貨。

令人難以置信的是，全肯雅好像找不到一枝筆。路邊擺賣的小販，無端殺出來要求募捐的仁人君子，飛快地追趕上來的小孩，無論他們要求你做什麼，結果如何，末了總會做出同樣一個小動作：「能不能給我一枝筆？」酒店裡不乏信紙與明信片，就是沒有筆。連借用都不容易，管房的想了半天，最後居然問：「什麼時候可以歸還呢？」一枝原子筆而已，竟要刻上主人的名字，怕人拿走！

旅遊業本是肯雅經濟的支柱，去年也被掌了三十多

遊客坐這個氣球去觀看野生動物

年大權的總統一輪槍炮轟倒了。而肯雅人的貪婪與懶散，也令遊客望而卻步。每人每天五、六百美元的所謂「超級豪華專團」，第一天就貨不對辦，團員在酒店大堂枯候了幾個鐘頭，也沒有人來接頭。待找到旅行社的人，已經是晚飯的時候了，卻連飯店都給搞錯，並不是事前訂明有表演那家，而是被帶到一個擺賣自助餐的地方去了，而且沒有訂座呢！

最特別的安排，是坐汽球觀看動物。但也貴得驚人，每人收四百多美元，歷時僅一小時而已。並非真有這個價值，聽說有一半的錢，是給貪官中飽私囊了。

然則肯雅值不值得一遊呢？值得！落後也許正是她最大的優點，你可以遠離都市的塵囂，讓時光倒流，把自己帶回到遠古的年代，去聽聽昆蟲舞動的節拍，看看動物奔馳的英姿，感受一下原始森林最原始的氣息……

卷四
鼓掌

豐盛的魚宴——序賣魚郎新書《從飛行員到賣魚郎》

我和賣魚郎兄相識未久，聞其名已有數年，能為他的書寫序是件十分榮幸的事。乍一看，覺得這個名字有點怪。但我喜歡，因為我的名字也有點怪。

說實話，起一個有趣、好記的筆名，對著作離等身尚遠的作者來說，會有用的。我和賣魚郎在這方面心靈相通，都懂得利用名字這個符號來加強與讀者的溝通。

不錯，作者要得到讀者的喜愛，必須有好作品；同樣，讀者想了解作者，先得看他的書。我收到賣魚郎傳來的文稿後，即秉燭夜讀。原來我兄名副其實，真的是渾身魚腥——一邊買魚、一邊賣魚、一邊吃魚，並以魚為畢生事業。現在事業有成了，在繁忙的買、賣、吃之餘，又來寫魚，把他寶貴的經驗訴諸文字，讓我們有機會來分享這份天下間最美味、最健康的「海上鮮」的秘竅。

並非誇張，現代人實在吃得太多、太好，都吃出了毛病，有點怕死了。於是醫學界提出忠告，要長命就不能再吃有腳的東西，尤其是有四隻腳的東西了。計兩隻腳的有雞、鴨、雀、鳥，四隻腳的有豬、狗、牛、羊，也就是說現在我們唯有吃無腳的魚了。

其實古人早就提醒我們，要多吃魚，所以一直以來都是無魚不成筵席，無論大宴小酌，壓軸的總是一尾肥美的大魚。

不僅僅為了健康，魚從來就是一道鮮美無比、老少皆宜的佳餚。賣魚郎的書出得正合時，也正合我心意；我最愛吃魚，常常到處去找魚吃，並不止一次寫文章談吃說魚，現在有幸與同好相遇，看他大談吃魚經，真是「腥」味相投，大有相逢恨晚之感。

就因為這緣份，幸得賣魚郎兄抬舉，讓我寫下這篇蕪文。

老實說我有點自慚形穢，怕有人拿來和他相比。他是位商家，有義氣有承擔，所以很成功。他又是位有才華的作家，文筆流暢，看似嘻笑怒罵，其實在給我們講文史哲理。

例如他講黃花魚，從來源到豐產，到滅絕性濫捕，到從頭來過育苗再殖，娓娓道來，中間沒有流露出一點激越的情緒，只有痛心和惋惜，就像畫家留白，給我們留下不少反省和思索的空間。這就叫功力。拖泥帶水的文章易寫，簡潔明快的文章難求，賣魚郎兄無疑是個中高手，恰如他的本名楊錦文，字字珠璣，篇篇錦繡。

而我呢？只知道紅燒大黃花和酥炸小黃花鮮美可口，其餘的就一概欠奉。

又如講東京築地魚市場，講吞拿魚，俱以無可辯駁的數據，闡述世界第三大經濟大國的衰敗與其子民的無奈；講香港的資本家為博取彩頭，不惜以重資標投被譽為「日本一」的吞拿魚王，卻要拖欠工人的工資等等，都只是就事論事，並無幸災樂禍的心理或過多責貶之詞。這就是厚道，也是作家應有的涵養。

慚愧的是，我也去過築地，見過市場拍賣官的怪動作和「鴨鴨鴨」的怪叫聲，但看見水牛般大的吞拿魚只會高呼：「嘩！」，吃到剛割下來的吞拿魚只會讚歎：「好鮮！」別的就說不出來了。

當然，這本書不僅寫魚而已，就像一席酒筵不可能獨沽一味一樣。不過就算只看寫魚部分，也不會覺得單調，一如您眼前那碗魚翅，豈止魚翅而已，濃湯中的鮮雞、火腿、瘦肉、瑤柱……才是精華所在，敢謂百味雜陳。

而我這篇小序，就等如用餐前的一盤開胃小菜，或一杯清涼梅酒，更精彩的還在後頭。

請慢用！

向將軍致敬——序何森巨著《何世禮將軍的傳奇一生》

序文的主要作用，是為新書點睛。以我的識見，實在沒有這個資格，倒是有點義務與責任，為朋友和文學盡點綿力。於是義不容辭，大膽接受好友的抬舉，寫下此序。

俗話說：文人多大話。但何森兄不獨是文人，還是教授和工程師，素有務實的精神。在僅僅十餘年中，他寫了八本書，堪稱多產和快產的作家，可你就是很難從他的書中找到一句多餘的廢話。他寫祖母和自己的身世，使人讀來不勝欷歔；寫旅遊和觀光，美景彷彿就在眼前，令人驚歎又受用無窮。現在他為前輩立傳，也是站在歷史的高位，實事求是、公平公正地，寫下他的一字一句。

如此一來，我的序就多了個內容，除了對作者表示欽羨和祝賀，還不由自主地對書中的主人翁肅然起敬。因為何森兄所寫的並非一個尋常的故事，而是一個顯赫家族的歷史，一位非凡人物的一生。老實說我並不熟悉這位大人物，不過居港期間，我是《工商日報》的讀者，並為她的小說版寫過稿、拿過稿費，知道老闆就是大將軍何世禮先生，對他和他父親何東爵士的事跡均有所聞。如他們遍布港島的物業，與專門推銷台灣產品的「台灣民生公司」，皆與香港民生息息相關。現在藉此機會，謹向我心中的大英雄、大商家和報業前輩鞠個躬，以表崇敬之意。

一個成功人物，不能沒有抱負，與矢志奮鬥到底的決心。何世禮將軍雖然出身豪門，卻心懷壯志，身體力行，年少便負笈英、法、美研習軍事，學成更遠赴東北戰場，為國家立下不少功勳，成為抗日英雄。其後縱橫捭闔，為國民黨的外交史寫下輝煌的篇章，深為中外人士所敬仰，連遠在美國都有人為他興建紀念館。總之，他一生為國為黨，鞠躬盡瘁，殫智竭力，直至年近花甲，才辭官歸里，接掌家族生意。這些，都不是一般富家子弟所能做得到的。

何世禮將軍不僅愛黨愛國，更熱心培育後輩，關愛惠及共產黨統治下的同胞。九十三歲高齡的他，還遠涉東北，為他所捐贈的東北大學教學大樓主持開幕禮。

作為一名有份量有作為的國民黨黨員，何世禮將軍對黨對國的忠誠和熱愛，尤其是他個人的成就和對社會的貢獻，早已為國人所肯定，而他躍馬疆場的蹄印，也必定深深烙在歷史的長卷中。

讓我驚訝的是，何森兄也快八十高齡了，還是筆健如飛，洋洋灑灑二十萬言，寫來好像毫不費功夫，兩三個月前才聽他提起，一轉眼就脫稿了！我知道他兩個禮拜可以完成一本遊記，然而這是傳記呀，還有什麼文體比這更難寫的呢？而他居然寫得這麼快，又這麼好，小弟只能說聲：佩服！

眾人之姊——序小郎短篇小說集《情緣聊齋》

感謝小郎姊的抬舉，邀我為她的小說集寫序。

我樂意接受這份榮耀，衷心向各位推介她和她的作品。

我們常說某作家「文如其人」或「人如其文」。那麼我們又該如何來評價小郎和她的小說呢？

熱情、爽朗、率真、不奸猾、不矯飾、心裡有話就大聲說出來，是小郎的個性。和她做朋友，你大可放心。

熱心公益、不計較得失、誠心為社會奉獻，是小郎高尚的品德。作協每次辦活動，最辛苦的一定是她，寫通知、做橫披，為了節省幾個錢，事事親力親為，寧熬夜也不肯假手他人。如果她不做秘書長，我這會長真不知能不能做下去。

小郎珍惜友情，朋友有事相求，總會全力以赴。有位文友去年仙逝了，現在提起她還流淚。

我講這些，是想說明，小郎具備了作家必要的條件——一顆悲憫的心，對生命、對社會充份認知並有勇於承擔的責任感。

除此之外，小郎還是個守正不阿、擇善固執、不喜逢迎拍馬或見風使舵的人。稍感不解的是，她為什麼不寫政論，偏偏要寫小說呢？

原來，她本人幾乎就是一部小說，有豐富的人生歷練；自身和她周邊的人，有說不完的人生故事。而世上最好的小說，所寫的不就是這些嗎？

當然，只有故事，還不算一篇完整的小說。接下來的，就要看作者的概括力、組織力、文字工夫和表達技巧了。譬如遣詞用字，好比音樂家的音符，拼湊得巧妙與否，直接影響作品的素質。因為一篇好小說，除了有個好故事，還要有趣味，要寫活人物，寫出如福克納所說的「與生命本身衝突的人心」，讓人看了有所感受，有所啟發，甚至能挑起人去思考、猜測、設想，引發聯想翩翩。

小郎沒有學院派作家的高學位，不過經過二十多年淬鍊，早已磨杵成針，足以得心應手鋪陳她的故事。誠如她在自序中所說的，作家又不需文憑和執照。但是如果一定要考牌的話，小郎必定榜上有名的。

謹藉此蕪文向我敬愛的小郎姊致賀，並望再接再厲，更上一層樓！

我愛作協——序《文情心語》

當北美洛杉磯華文作家協會二十週年紀念文集《文情心語》上架時，也就是本會第八屆正副會長以及一眾幹部準備卸任的時候。

感謝文友們對我的支持和信任。身為會長，未能做出應有的貢獻，深感愧疚。不過幹部們已經盡力，所有會務都做到合情、合理和合法。我們是由全體會員選舉出來的，大家要我們做，就該認真去做。為會員服務是我們的職責，也是權力的所在，選票就是任命令和授權書。但也絕不戀棧，會長不是家長，期滿就將所有職權和事務交出，爽快下台。經驗告訴我們，協會必須制度化，民主化，一屆歸一屆，清清楚楚，不拖泥帶水，才能成為一個正規的、純學術性的團體。在大家都為文集的出版雀躍不已，為下一屆的選舉敲鑼打鼓之際，我謹呼籲，請對這個飽經風霜的組織多加呵護，不能再讓她受到傷害！

服務固然是一種動力，但如無多方扶翼，也沒有足夠勇氣和力量挑起擔子。衷心感謝游芳憫、王逢吉、鄭惠芝、紀剛、黎錦揚五位顧問和各位理、監事的關愛和指導。特別是教育家、慈善家鄭惠芝博士，肩負重任，且遠居台灣，依然心繫作協，每次來洛城，總不忘和幹部們見個面，勉勵一番，令我們深受鼓舞。

作家是孤獨的，寂寞的，所以才參加作家協會，希望可以找個伴。加入了協會成為會員的文友，無疑都是作家。但衡量一個作家，不是看財富，看社會地位，而是看作品；再怎麼樣，也得有作品，才稱得上

作者（後排左一）與作協的元老們

作家的。因此決定出版文集，以展示我們的實力。有點像廚師端出他們的手藝，川粵湘魯，各有千秋，不能說誰比誰出色。而編輯小組的幾位成員，就如餐館的侍應，只能負責分內的工作，文責就要作者自負。通過這樣一次盛大的、以文相會的方式，加強文友之間的溝通、交流和合作，也是出版文集的目的之一。而且書籍要比期刊更具收藏價值，就當留個紀念也是不錯。

再次感謝各位！

與您同行——序《洛城作家文集》

記得在《文情心語》的序文中說過，當該文集上架時，就是我準備卸任的時候。沒有想到，為《洛城作家文集》寫序的，仍然是我。因為大多數選票還是投給我。感謝您！有您同行，讓我們愉快地渡過了團結、友好、合作的兩年又兩年！感謝您！有您的耕耘，才有如此穰穰的卷帙！

出版《洛城作家文集》是我任內最後一項重任，初期的統籌與編輯工作義不容辭由我來安排。理出個雛形後，經過編輯小組審核，就直接送至秀威出版社編輯出版。秀威是一家有水準、有信譽的公司，由她出版，既可省錢省力，又能確保出版物的素質。至於原先選出來的十多位編委，由於人數過多，難於執行具體編務，現在既有秀威，就把擔子卸給她了。

一為恪守不談政治、宗教、種族與不作商業宣傳的原則，二因受到篇幅、製作成本和出版合約的限制，個別文友的作品須作刪減或更換，內頁的個人照片也一律取消，請大家體諒。

我們何其幸運！五十多位來自中、港、台的作家，聚首洛城，五十多篇不同風格的文章，匯集成冊。好比五十多位不同菜系的大廚，炮製出五十多盤不同風味的佳餚，或五十多家不同地域的酒莊，斟滿五十多杯不同品牌的美酒，當中必定有您喜歡的。然而，佳餚一掃而光，美酒一飲而盡，唯有我們的文章，可供您慢品細味，再三咀嚼。請享用吧，朋友！

二〇〇七年七月古冬與北美洛杉磯華文作家協會全體理監事合照

特別選出兩篇新會員的作品打頭陣，期讓讀友們耳目一新。近兩年有好幾位極具才華、既能寫能編、又熱心公益的生力軍加盟我們的團隊，謹此表示熱烈歡迎！

不幸，我們敬愛的副秘書長、愛會如家的顏顒老師，和楊秀濱、牛嫂兩位會員，先後乘鶴歸去！這是作協無可彌補的損失，文友們將永遠懷念他們。

事以人為本。趁此機會，衷心向一路陪伴著我們的會友獻上謝忱和祝福！一位是顧問游芳憫教授，一位是艾玉副會長的夫婿阿諾（Arnold Werdin）先生，以及楊強理事的夫人Alice女士。作協每次辦活動，他們總是最熱心的支持者，三位的無私奉獻，令我們深深感受到大家庭的溫馨！

再次感謝您——敬愛的導師、會員朋友、理監事和顧問們，讓我們享有一段同舟共渡的美好時光！

我家嫂子——序岑霞散文集《人在美國》

展現在我們面前的，與其說是一本散文集，不如說是一本寫真集，一部高清家庭錄像集。一幅幅溫馨的天倫樂圖，一句句感人的呢喃細語，將給人留下一份美好難忘的記憶。

女人都希望得到保護，都希望能像貓似的，有個可以讓她靠傍和依偎的地方。嬌小荏弱的岑霞，尤其需要一個強而有力的臂彎，和一個溫暖寧靜的安樂窩。昂藏七尺、拳風唬唬的鐵漢張炯烈先生，無疑足以讓她放心又安心。沒想到的是，一聲「我家老爺」，形意拳立即變成醉拳，金剛棒也成了風中柳。試想一想，日夕相對數十載，竟然連一句重話都沒有說過，這樣的丈夫哪裡去找！於是嫂子不但滿足了，而且陶醉了，就像當年先生向她跪地求婚一樣，情不自禁，一揮筆，就把一肚子傾慕、崇拜、感恩與愛戀之情，毫無保留傾瀉於字裡行間，使人覺得捧著她的書，就像捧著一缸滿溢的蜂蜜，甜到漏糖。不難想像，那位柔情鐵漢，早已不知醉了幾回。

當然，女人能令男人死心塌地，一定有她的迷人之處。我看岑霞是既能幹又能懶，既能嬌又能悍，從御夫到教女，由治家至為文，無處不蘊涵著一份良苦的用心和貫徹始終的韌力。

找找看，有多少本書可容得下這麼多鍋碗瓢盆、尿布奶瓶，有多少夫妻能如此羅曼蒂克、鶼鰈情深，有多少家庭會這般融洽和諧、快樂美滿！這是竭盡了心和力，好不容易才培育出來的甘美果實啊！這果實就叫幸福。

他們一路走來，倒也平順。由手牽手的心心相通，到「左擁右抱」的親密接觸，再由「橫行霸道」的嘻笑吵鬧，到青山夕陽的踏實安詳，簡樸而充實，艱辛而甜美。這大概就是他們的人生。

岑霞能簡單明瞭概括她的幸福人生，也是一種功力。這筆下的功夫，不亞於她先生剛柔合一、拳棍融匯的真功夫。

於是我們又可以用一句老話來形容這位女作家：文如其人——清爽，利索，婉約，明快。並且同樣用情用心，因而不論造句遣詞，鋪陳承接，都做到細密精準，很有感染力。一句「時時刻刻讓我牽腸掛肚的人兒」，簡直就是愛的宣言，令人嫉妒。一聲「吃飯啦！」，馬上各就各位，開始一場時而抬扛挖苦，時而爭辯不休的家庭樂動畫展。女兒們出門升學去了，害得她「常像遊魂般在孩子們的房間轉悠」，一個慈母形象便活龍活現。最絕是患了敏感症，都可以教人陪她打噴嚏，因為「噴嚏鼻涕打定主意跟我死纏爛打周旋到底」也。甚至連遊罷包偉湖，輕輕丟下一句「我會再來」，也是落地有聲，讓人深深感受到她的筆力。

總之看完這本書，你會為這位主婦的人生喝彩，為這位作家的文筆鼓掌。

嚮往土耳其——推介何森新著《土耳其，值得一遊》

看何森兄的文章，是一種享受。還有什麼比遊山玩水好？而且是坐遊，臥玩！

幾本書讀下來，發覺我們有不少相同的地方。當然他比我強。我兄是一位淵博的學者，多產的作家，不倦的旅行家，洛杉磯文壇無出其右，小弟根本沾不上邊。不過我們確是有些相似。

我們都是廣東人，講話南腔北調。廣東話為祖國語言的重要組成部分，走筆時總不免捎上幾句。這非但無損於文字的健康，用得好，倒可為作品添毫。何兄信手拈來，俱見工力；我就常常弄巧成拙，令讀者啼笑皆非。

我也寫過一些旅遊文章，可是何兄的書一出，拙作便黯然失色。我只能談談感想，不若他的鴻著，圖文並茂，鉅細靡遺，有無窮的魅力，教人愛不釋手。

我去旅行，總像鴨子一樣，跟著大群人走。老何可不同，他是洛杉磯著名的「好介紹」，自己馬不停蹄之外，還常常義務為文友搜尋最經濟、最實惠、最好玩的路線和團隊。想出去逛逛，找何先生準錯不了！

受何兄的感召，很想去土耳其走一趟。沒有比《土耳其，值得一遊》更棒的遊記，簡是就是一本教科書和手冊，唯看完之後，大概就不必勞煩何兄帶路了。

想起一位高人——向陳楚年先生致敬

今年洛杉磯文壇流年不利，是非忒多，好幾位作家、編輯相繼捲進纏繞不清的轇轕中，不能自己。這倒使我想起一位遠方的朋友——紐約《僑報》那位立場超然，既不斥棄異己，也不阿諛所好的老編陳楚年先生，和他手中那塊仍然堪稱淨土的副刊。

在洛杉磯，我可能是《僑報》最老、最忠實的讀者與作者。剛由週報改為日報，副刊還在香港編輯時，我便僥倖爬上了報紙屁股，成為「專欄作家」。那個專欄還是《僑報》副刊第一個付費的外稿，而且稿費一直是最高的。這使我汗顏，也給了我莫大的鼓舞與鞭策。在那段日子裡，我確實十分用功，結果也幸運地得到了讀者的支持和嘉許，於是文章也就「咕咚、咕咚」地斷斷續續冒出來，作者也儼然成為「作家」了。這首先要感謝當年的編輯牟治中先生（現任《僑報》論壇版主編），如果不是得到牟先生的關愛，可能就不會有今天的「古冬」了。

大約是在九一年初夏，副刊由陳楚年先生接手主編，報紙也同時改在紐約直接排印。一份報紙辦的成功，副刊的主編功不可沒。陳先生不僅是一位淵博的學者，同時也是一位用心的編輯，副刊經過他的耕耘，立即面目一新，並且迅速凝聚了眾多作家，以致異軍突起，一躍成為北美地區兩份最有份量、最具水準的中文報紙副刊之一。但即使在百忙中，先生也未敢稍有鬆懈。長短不一、莊諧各異的文章固需細心篩選與舖排，就是如何令版面看起來更美觀悅目一點，每天至少也要化上一兩個小時，而不是隨意地畫幾個框框便了。因此擺在我們面前的報紙，就像一位品貌兼備的美女，一席百味紛陳的饗宴，既能給人驚鴻一瞥的喜悅，又經得起慢品細味的咀嚼。許是各有所好吧，據我所知，不少人買《僑報》，為的就是要看他的副刊呢！

海外鮮有純文藝雜誌，副刊益顯重要。她非但是作家的搖籃，其編者更可說是作家的保姆。而陳先生不啻是一位好保姆，他愛護作者，關心作者，最後也贏得了廣大作者的尊敬與愛戴，並與不少作家結成好朋友。大家提起他，都是景仰有加，推崇備至的。

許多文友以為陳先生來自大陸。那是個想當然的誤會。不錯，他祖籍江蘇，但成長於台灣，並畢業於台灣淡江大學中文系，然後留學法國與美國，是巴黎大學文學研究院、紐約聖約翰大學亞洲研究所的碩士。要認識一位作家，先要讀他的書，找機會看看他的舊作，如那些描寫在台灣際遇與回大陸尋根的散文，那麼對這位名副其實學貫中西的文學家，當會有所了解。

陳先生編務繁忙，不算一位多產作家，但偶然出書，均為佳作。細觀其遣詞用字之精熟洗煉，走筆行文之沉鬱放佚，你不難發現，在深厚堅實的文學根基中，還渾然滲進了玄學與科學的成份。這是博聞強志，並長期浸淫佛典，沉酣經史的結果。看他寫紐約華埠，看他那些雋永精緻的小品與小詩，誰不嘖嘖稱好！特別是，看了新近推出的鴻篇巨製「三國人物仰觀」與「關羽傳」，更可斷言，「三國」權威非君莫屬矣！

絕對不是因為他不退我的稿，感恩圖報來肉麻一番。陳先生研究文學，數十年如一日，尤其難能可貴的是，自始至今，一直未曾離開過文學崗位，這份熱誠與執著，說出來已令人欽羨不已，敬佩萬分，更何況身處紐約！正如王鼎鈞先生所說的：「大紐約市是何等處所，拜金崇洋，務新求速，都是再正經不過的生活態度，不然，戰馬（麻將牌也）斗虎（吃角子老虎機也），也是「邊緣人」安身之道，而楚年猶能涵詠唐詩宋詞，細說紅樓三國，而且居文學資訊四衝之地，關心兩岸同文的成住壞空，這些都不能給他增添收益，衣帶漸寬，只是自得……」這樣的一位高人，還在乎一個無名小卒的「吹捧」嗎？我是因為看了洛杉磯文壇一連串令人心痛的糾紛，感喟之餘，慶幸身邊還有一股冽冽清泉，在沁人心脾，還有一位心如其貌，清朗灑脫，超然於物外的高人，樂於做我們的朋友，如此而已。

【附錄一】小說

尊嚴

正是午餐的時候，白領們紛紛從大廈裡湧出來，一時間彷如搗毀了蟻窩，把皇后像廣場擠得水泄不通。

在衣著講究、步履急速的人流中，有個身穿短打、一臉頹喪的中年男子，拖著一對硬膠涼鞋，極不協調的躑躅著。不時被人碰撞一下，也不在意，讓人閃過，又「叭咑、叭咑」地施展他的八字功，大有閒庭信步的氣度。

終於被擠出人流，身子一歪，順勢就在噴池旁邊坐下來。

今天格外燠熱，火樣的陽光，投射在水泥道上，蒸得人簡直透不過氣來。但這似乎與他無關。想抽根香煙，遍找不著，這才亂了陣腳，一會兒搔頭摸耳，一會兒東張西望，不知做什麼才好。折騰了好一陣子，忽然把一張長滿老繭的手掌伸出來，用心的瞧著，好像有話跟它說似的。不過最終並沒有，只是把指節按了幾下，讓它發出幾聲單調的「得……得……得……」。

「就為了幾百塊錢嗎？人總該有點尊嚴吧，我替他不值！」

「也許他是對的，沒有錢，還有什麼尊嚴可言呢！」

路人的議論吹進鼓膜裡，一邊下意識地摸摸口袋，一邊從嘴角擠出一個冷笑，粗野地在心裡罵道：

「媽的，又是這東西！」

可不是無的放矢，就是為了幾個臭錢，和那個摸不著、搬不動的所謂「尊嚴」，在一個鐘頭前他給革職了！

也不知可氣還是可笑，老闆為了多賣幾條內褲，居然當著女顧客的面，拉下臉皮，比比劃劃，口舌便給，令在旁邊理貨的他忍俊不禁，「嗤」的笑了一聲。老闆當時不動聲色，待客人一走，即破口大罵：

「你吃誰的飯，膽敢傷害老子的尊嚴？給我滾，馬上！」

隨即給他數了一千塊錢，結束了他們一段不太長的賓主關係。

錢，他並不看得那麼重。這一千塊，差不多夠他兩個月的開銷了。至於那勞什子尊嚴不尊嚴的，他壓根兒就沒有想過，這會兒給提起來，倒感覺還不賴，至少他敢嘲笑老闆，雖炒猶榮。而老闆為了多賺幾個錢，還得狗也似的，彎腰哈背，逢迎拍馬，百般討好他的主顧哩！

他實在也沒有把這份工放在心上。苦力而已，做下去肥不起來，丟了也不見得會餓死。從小吃的就是自己的力氣，打雜、打石、挑泥、築路、碼頭伕力都做過了，不在乎再改一次行。不過想起老闆那德性……

正想得入神，忽然有個紅色的東西擦鼻而過。以為是汽球，睜眼看去，竟是一個滾圓的屁股。坐下這麼久，那呆滯的目光，第一次閃露出少有的光彩。

「嘖、嘖、嘖！」他一邊咂著舌頭，一邊搖著腦袋。原來眼前這雌兒，走起路來一扭三擺的，而且穿得又少又短，顯然有意展露她的蜂腰盛臀呢！

又想抽煙，還是沒找著，索性就讓眼睛吃吃冰淇淋。

又是半對大乳、兩條美腿！他不禁想，娘兒們愈穿愈少，難保不會有一天，會乾脆光著身子跑出，那時節……

他不是衛道士，也不愛聽那些呼天搶地、其實是貓哭耗子的大道理。女人要自作賤，除了她的父親和丈夫之外，根本誰也阻止不了，倒不如閉嘴，靜靜坐享你的眼福好了。

老實說，一個快四十歲的獨身漢，對異性的胴體實在不無幻想。他只是有點擔心，有些女人太蠢，愛把自己扮成一團火，那不僅可以燒昏男人的頭，更容易燒毀自己的前程。

想著想著，又有個女郎風擺柳似的飄過來。瘦得可憐，也有勇氣穿上露胸裝，兩塊扁削的枇杷骨，活像兩把橫架著的刀，讓人瞧著怪不舒服的。樣子本來不錯嘛，為什麼一定要自暴其醜呢！

咦！怎麼這麼面善？在哪裡見過呢？記性真壞，把頭皮搔了一地，就是想不起來。待她走近，看清楚兩道緊蹙著的彎眉，和嘴角下面那顆小黑痣，不禁喜形於色，一步蹦了上去。

「小姐，真巧，我們又見面啦！」

女郎愕然止步：「你是誰？」

他衝口而出說：「你昨晚才陪過我，這麼快忘記了！」

女郎掉頭就走。

習慣地摸摸口袋，袋裡的錢壯了他的膽子。

「我們這就上公寓去！」他追上去，輕輕碰了她一下。

女郎悖然大怒：「你想非禮？」

「非禮？」他忍不住「吱」一聲笑了出來。跟著涎著臉，討好的說：「你真會開玩笑！走，還是老地方！」

「啪！」好清脆的一巴掌，摑得他臉兒發燙，心兒發毛。傻呵呵的盯著那條遠去的柳腰，久久弄不清為何要挨揍。

莫可奈何，只好坐回原地。

「一個臭婊子，也要搭架子！」他嘟噥著。他的老闆尚且要巴結顧客，她卻反臉不認人，啥個道理？哼，哈！怎麼大家忽然都尊嚴起來了？但是她的尊嚴只值五十塊，他口袋裡的一千元，可以嫖她二十次，神氣些什麼！

「我要報復！」他忿忿地想。不過再一捉摸，還是算了！花錢去欺侮一個小妓女，算是什麼好漢？況且比起那個見錢就拜的肥老闆，她是「硬氣」多了！

本來不善思考，這火辣的一巴掌，反而把他打開了竅，一下子可以想得很多——老闆的嘴臉，妓女的肉體，自身的無奈，錢的可愛、可惡和可怕等等。甚至吃驚地發覺，在面對生活的時候，自己和妓女竟是如許的相似！漸漸地他開始諒解她、同情她、喜歡她乃至想娶她、養她、供奉她，讓生活中一切不如意之事，都由他一人去承擔。

由原先的昏頭昏腦，到開始有點門路，有點興奮，其間不知坐了多久，直至銀行門前發生騷動，人們紛紛走避，才如夢初覺，猛然間驚醒過來。

「搶劫呀！」隱約聽到有人叫喊。

這不算新聞。當人們連「尊嚴」都賣不出去時，唯有鋌而走險了。這是博取金錢和尊嚴唯一的捷徑，成功了，口袋裡麥克麥克，立即就可以威風八面；不過要是失敗了，在啷鐺入獄的當兒，也就是尊嚴完全掃地的時候了。

「咳，無聊！」他嘲笑自己。做小偷，他不屑；效法三狼擄人勒贖，或學李某人械劫銀行，又沒有那份狠心和勇氣。他是一頭牛，耙完東家的田，又去犁西家的地，想這些多餘的東西做什麼！

不是怕事，只是不喜歡這種鬧哄哄的場面，毫無目的地提起腳，那對硬膠涼鞋又「叭吋、叭吋」的響起來。

「站住！不許動！」一聲厲喝來自背後。

回過頭去看看，幾個持槍的人正朝這邊衝過來。他鄙夷地披披嘴，繼續邁他的方步。

雜亂的皮鞋聲愈來愈近。正想停下來看個究竟，冷不防被人從後面一抽，並明顯感到被槍嘴頂住了背部。

「舉手！」

「幹嘛？」

「別裝蒜！」

很快明白是怎麼回事，心裡又可笑又可惱。知道反抗無用，便不疾不徐的舉起手來，一邊說：

「勢利眼，西裝革履的不過問，就看上我這個大老粗！」

「少廢話！」

他被搜身。也活該倒楣，讓人一伸手就抓到一千元，於是有如發現新大陸，連忙掏出本子錄取口供。

另一位更下怠慢，「卡」一聲就給他扣上了手鐐。

「叫什麼名字？」

「黃提，黃腫腳的黃，不屑提的提！」他沒好氣的回答。

持槍的人一個個吹鬍子瞪眼。

「哈，這就是我的尊嚴啦！」他冷笑一聲，自顧自說。

「你說什麼？我問你，這錢是哪來的？」他的牢騷倒把人弄糊塗了。

「你現在比我的老闆還要威風，自然聽不懂，待會讓上司指著鼻子大罵廢物的時候，就知道是什麼意思了！」

「我問你錢是哪裡來的！」那人狠狠地把他按在地上。

「那你口袋裡的錢又是從哪裡來的？」他反詰。

官老爺憤怒了，使勁把他一推：「走！」

仍舊是一副吊兒郎當的樣子，仍舊是一臉冷漠的苦笑，仍舊是「叭哃、叭哃」的拖鞋聲，直至被推上警車。

突然，警車響起淒厲的「嗚嗚」，絕塵而去。

（原載一九七四年十月香港《盤古》月刊）

小牛

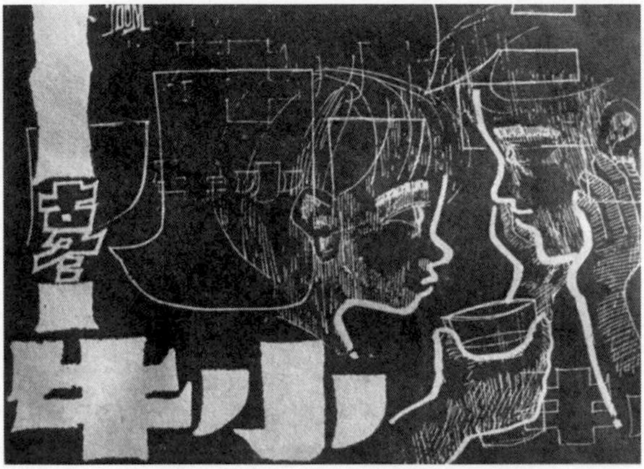

〈小牛〉原載香港《青年樂園》的標題畫

小牛的爸爸是個手停口停的碼頭工人。媽媽在家做膠花，也夠忙的。三歲的妹妹小青，從小就交給小牛照料。小牛比她大六歲，也真像個哥哥，家裡沒玩具，他就給她想辦法，或拿舊報紙摺飛機啦，或拿小木頭砌房子啦。再不然就帶她去「波地」踢球或盪鞦韆，總之不讓她感到寂寞。她也很乖，很聽話，只可惜身子太孱弱，老是長不高長不胖，三歲沒有別人兩歲那麼大。哥哥可就強壯得多了，又黑又胖又結實，名副其實像頭小肥牛。

打去年起，巷尾開了一所平民學校，小牛玩的心思就沒有那麼多了。他常拖著妹妹站在學校門旁，眼光光的瞪著那些進出學校的學生出神。有時甚至站在窗下偷看老師教書，看完一堂又一堂的課。他幻想自己有一天也能坐在裡面，哪怕最後一個座位也好。他知道爸爸也想讓他讀書。可是不行啊！他們家窮；他曾聽見爸媽談過這件事。爸爸說：「如果入息好一點，該供小牛讀書了！」媽媽聽了就嘆氣，老半天才搭上腔：「等入息好點再說吧，現在連房租都交不出呢！」入息什麼時候才會好起來呢？他不知道，也不敢問爸媽。他在課室外面看了好幾天，覺得這樣偷師也不錯。特別是老師在黑板寫字時，他更加留神，只要能看得見聽得清的，都默默地記下來。兩、三個星期過去，數了一數，居然認識了三十多個字，不禁手舞足蹈，連妹妹都給逗樂了，從此「偷師」的興趣也更濃厚了。

日積月累，記得的字愈來愈多。可是數了三次，三次的數都不同。他急了，覺得這樣下去，說不定記住新的，卻把舊的忘記了。怎麼辦呢？「有枝鉛筆和一本拍紙薄就好了，」他想。

「媽媽！」

「幹嗎？」

「我想要……一毫錢。」

「做什麼？」

「買鉛筆和拍紙薄。」

媽媽愣了一下，像給人打了一巴似的，手上的活不覺停了下來，目不轉睛的望著兒子。小牛給看得有點不好意思，連忙低下頭去。

「我知道你很想讀書。你爸爸說了，下學期就送你進學校。」媽媽說得很輕，小牛卻像過年時聽見第一響炮竹聲一樣，興奮得跳了起來，叫道：

「真的嗎？爸爸讓我讀書了？」

媽媽點點頭，眼睛卻是紅紅的，一點也不開心。小牛人粗心不粗，見媽媽的臉色不對，很快就想起她和爸爸說過那句話：「等入息好點再說吧，現在連房租都交不出咧！」幾天前二房東來收租，媽媽就交不出，可見入息還是不好。讀書要花很多錢，爸媽哪來這麼多錢呢？他有點惋惜，有點難過，但最後還是說：

「等爸爸的入息好點再說吧！我天天到巷尾的學校去偷師，只要有一枝筆和一本薄，就跟上學一樣，也能學到許多字。」

孩子太懂事了！媽媽望著他，眼圈又紅了，眼淚差一點沒有掉下來。

「孩子！」她大概不想讓孩子看見她哭，慌忙掏出一毫錢，塞在他手裡，說道：「去買吧！先這樣學著，讀不讀書到時再說吧！」

然而，隨著拍紙薄一頁一頁的掀過去，日子也一天一天的溜走，第二本拍紙薄才開了個頭，學校便放假了。小牛再也無「師」可「偷」，除了複習一下以前記下的生字，剩下來的時間，差不多都在家裡幫媽媽做膠花。這種活雖然賺不到大錢，但積少成多，到開學時，說不定也儲夠他的學費了。至於妹妹，現在已經可以自己玩，母子倆看著她一點就成了。不過為了增加她的趣味，小牛還是常常抽空找點電車票、汽水蓋什麼的給她當玩具。只是不知為什麼，好些日子過去了，不但不見她長胖，反而一天天的瘦下去，爸媽固然為她操心，就是小牛看著，也是怪不好受的，恨不得能從自己身上割幾塊肉來補在她臉上才好。

日子過得不快也不慢，不久，學校招生的告白貼出來了。小牛的情緒開始有點反常，時而喜孜孜的很開心，以為自己很快就可以揹著書包上學了；時而又有點緊張，有點擔憂，不知自己賺的錢夠不夠交學費，更不知爸爸的話算不算數。他天天數日曆。離開學的日子愈來愈近了，爸爸還是沒有一點動靜，唯有乾著急。

一天，他正對著舊拍紙薄發怔，爸爸意外地回來了。他平日很少白天回家的，回來一定是有事。果然，不等大家開口，那洪亮的聲音就響起來了：

「小牛，走，跟我報名去！」

媽媽第一個笑了起來。小牛倒傻楞了好一會，才一頭鑽進爸爸懷裡，捶著他那厚實的胸肌，開懷地叫道：「不會是哄我開心吧？爸爸你真好！」

「傻小子，爸爸什麼時候騙過你！」媽媽疼愛的瞧著父子倆，眼圈不禁又紅了。

小牛就是不明白，媽媽為什麼老愛哭？傷心的時候哭，開心的時候也哭。但他實在太開心了，當他跟著爸爸去學校時，一路上連蹦帶跳總是跑在前面，彷彿體重忽然減輕了十多磅似的，覺得從來沒有過的敏捷和輕快。

結果爸爸替他報了上午班，還聲明每天放學後，除了做功課，仍須幫媽媽做膠花，而考試的成績，卻不能有一課不及格。他完全答應了，跟爸爸去買課本和文具回來，還興致勃勃的開夜工做了幾個鐘頭膠花。

愉快的日子很容易過去，一晃眼，小牛已交了兩個月學費。這兩個月，他的成績很好，老師曾在班上當眾讚許過他。爸爸看了他的成績表，也笑眯眯的表示很滿意。可是笑完之後，臉色反而變得很深沉，很難看。小牛覺得有點古怪，但又不敢問。到晚上躺在床上，一會兒想起學校的功課，一會兒又想起爸爸的表情，怎麼也睡不著。

夜深了，爸媽以為他入睡了，低聲交談起來。

「唉！」先是爸爸一聲長嘆。

「這兩天沒有夜工開嗎？」媽媽問。

「沒有！」爸爸說：「市面很淡，白天的工夫都不夠做。再這樣下去，不但房租交不出，小牛的學費也成問題了！」

果然又是學費的事！但小牛此時才知道，爸爸近來常常很晚才回家，原來是去做夜工賺錢給他交學費。爸爸是個苦力，每一分錢都是用汗水搏回來的，早知如此，他寧願繼續去偷師，也不願去讀書了。

「有得做你也不能蠻來。瞧你這幾個月瘦多了！早知是這樣，我就不讓小牛讀書了！」媽媽喃喃著。

「不，書還是要讀的。看樣子他還是塊讀書的料呢，再辛苦我也要供他。」

小牛憋不住了，霍地坐起來，說道：

「爸爸，不讀書我也一樣能識字！」

爸媽半晌沒有開腔。隔了許久，才聽見媽媽說：

「小牛，原來你還沒有睡？」

「我在記生字。——爸爸，我不想讀書了，讓我和以前一樣去偷師吧！空下來還可以幫媽媽做膠花。」

「小孩子，要你操什麼心！快睡吧，明天早上要上學！」爸爸大聲喝止他。

從此之後，小牛雖然還是照常上學，可是坐在課堂裡，總有點心不在焉，讀書的興趣遠不如從前那麼高了。

他不能安心讀書，不僅是因為聽了爸媽那幾句話；妹妹的身體不好，尤其令他記掛。

一天，他放學回來，妹妹在發高燒，媽媽要他一道哄她去看醫生。醫生給她打過針後，對他們說：

「是感冒，沒有大礙。不過她的身體太弱，要多吃點有營養的東西。可能的話，最好長期飲鮮奶、吃雞蛋……」

媽媽謝了他，回到家裡，半天沒有說過一句話。

小牛靜靜的坐到一角做功課，不敢做聲。他曉得，房租和學費已經把媽媽攪昏了，現在又要加上營養品，教她如何是好？他自已盤算：房租不能不交，否則會被二房東趕出去。那麼營養品呢？看妹妹一眼，皮黃骨瘦的好不令人心痛，不用說，喝點鮮奶是需要的。想來想去，只有學費一樣可以省下來。可是怎樣說出來呢？媽媽做不得主，爸爸又太兇，可把他難倒了。

這一夜他睡得很不好。第二天早上，還是照常揹上書包「上學」去。可是回來時，書包裡卻多了一罐小煉奶。覷著媽媽出去買菜，他沖了一半給妹妹，又把剩下的一半小心地藏好，然後問道：

「你有沒有喝過這東西？喜歡不喜歡？」

「很喜歡！還有嗎？」小青舔舔嘴角顯然還想喝。

「還有一半留給明天喝。後天我給你買鮮奶。可是你要記住，不能告訴爸爸媽媽，不然我就不買了。」最後他提出警告。

第三天「放學」時，書包裡果然有一瓶鮮奶。可是一腳踏進門口，便聽見爸爸雷鳴似的怒吼：

「小混蛋，還回來做什麼！」

他一聽知道壞了事，嚇得腳都軟了。

「小牛，你三天沒上學，到哪裡去了？」媽媽也沒有好臉色。原來爸媽早上遇見他的班主任，知導他這幾天沒有上學，怒不可遏，連工都沒有開，就在家裡等他回來。

「我、我……」他耷拉著頭，期期艾艾的答不上話。

「爸爸一滴血一滴汗的掙錢，你……竟然還逃學！你對得起哪一個啊？」媽媽說著，竟又哭起來。

「站著幹嗎？過來！」爸爸一聲斷喝，上前把他一拉，只聽得「啪」的一聲，一瓶鮮奶從書包裡掉下，奶瓶粉碎。

「鮮奶?!」媽尖叫了一聲。

「哥哥買給我的，破了，沒得喝啦！」小青早就等著哥哥回來喝鮮奶，眼看著摔掉了，失望地哭了起來。

「你從哪裡弄來的？」媽媽問。

小牛抹著眼淚，偷看了爸爸一眼；見到爸爸炯炯的目光，趕忙垂下頭去，囁囁嚅嚅的道：

「醫生說小青需要喝牛奶，媽媽買不起，我，我就去做膠花了。」

原來小牛曾跟媽媽去花廠領過膠花，懂得一些門路，聽說妹妹要吃有營養的東西，便自己去領了些在外面做。頭一天賺了三毛錢，剛夠買罐小煉奶。昨天沒有買，和今天的加在一起，湊足了一瓶鮮奶的錢，卻不料給摔碎了。

「苦命的孩子！」媽媽忽然背轉身哭起來。爸爸大步跨上前，一把捉住小牛的手，由於太激動，聲音有點顫抖：

「孩子，爸爸怪錯了你！你疼惜妹妹，以後就跟從前一樣，愛去偷師就去偷師，愛做膠花就做膠花吧！等將來爸爸的入息好一點，一定再供你讀書！」

小牛抬起頭來。他發覺，銅鑄似的爸爸，不像在哭，也不像在笑，但卻十分慈祥，十分親切，比任何時候更像他爸爸。他笑了，滿懷喜悅地倒進他懷裡。

（原載一九六六年七月香港《青年樂園》）

歸去

晨曦中，在郊區的田野上，一列北上的火車正隆隆的奔馳著。

今天不是假期，乘客不多，在最末的一節三等車廂裡，只有一個老婦人孤獨的呆坐著。

她顯然睡眠不足，無神的眼睛茫然的望著窗外。兩顆豆大的淚珠，悄悄的從眼角爬出來，掛在滿佈皺眉的臉上。

她活了幾十歲，只坐過兩次火車。上一次，火車的方向剛好相反，她的心情也迥然大異。那是兩天前的事。

怎麼說呢？香港是她嚮往已久的福地，是許多鄉人心中的人間天堂。可是放眼望去：令人眩目的高樓，摩肩接踵的人潮，車水馬龍的大街，她只覺得新奇雜亂，並不覺得美麗可愛。

天氣很冷，風很大，站在車站門前東張西望，沒有人理會她，又不敢隨便走動。她有兩個兒子在這城裡謀生，卻沒有一個來接她，使她不禁又急又惱。

等候了半天，忽然有個女子走到她跟前，很有禮貌的對她說：

「您是余小勇的母親嗎？」

老人端詳著這個笑容可掬的姑娘：一身稱身的唐裝，襯著一頭剪得很好看的短髮，顯得又秀氣又能幹，又親切又可愛。老人頓時感到暖和了許多。

「你是小勇的女朋友吧？」她問道。

「我叫方小麗，是小勇的未婚妻。」姑娘落落大方的回答說。

「是未婚妻啦！」老太太一聽可樂了：「哦，太好了！來來來，讓我好好的看看你，好姑娘！」她熱情地執著小麗的手，自頂至踵看個沒完。真沒想到，這個乖巧伶俐的姑娘，就是自己未的來兒媳婦呢！她的大兒子大勇經已成親，聽說大媳婦也是長得蠻標致的。她笑眯了眼，剛才心裡那一股怨氣，一下子飛到九霄雲外去了。

「你怎麼認得我？」她親暱地問。

「我看過您老人的照片。」方小麗恭恭敬敬的回答道。

「小勇怎麼不來呢？」想起兒子不來接車又有點不高興了。

「他——」小麗替她揹上行李，「他正想來接您，誰知——對啦，您一定累了，我們走吧！」

「小勇不來，那麼大勇呢？我的大兒子，你認識他嗎？」余媽仍不甘心，怕大兒子來了會撲個空。

「他呀，可忙啦！——車子來了。這邊走，我扶您。」巴士剛到站，上落人很多，沒有機會讓她們多說話。

余媽無可奈何，只得隨小麗上車。

由於記掛著兒子，又經過舟車勞頓，十分疲倦，坐下不久就打瞌睡，直至巴士來到慈雲山總站，小麗說到了，才迷迷糊糊的醒過來。

和在火車站見到的相比，這裡好像是另一片天地。建築物很簡陋，窗口掛滿了衣裳。常聽人說香港怎麼怎麼好，就不見好在哪裡。

「小勇住在這裡嗎？」她微皺著眉頭，顯然有點失望。

「這是我家。請您不要介意，接您到這裡來，是想大家方便一點。」方小麗婉轉的說。

「哎喲，你怎麼不早說呢！剛來到就要打擾你們，叫我怎麼過意得去呢！」老太太感到十分為難。在鄉下，頭一次拜見親家，可隆重呢。

「伯母，都是自己人，不要客氣嘛。」

已經到了門口，老太太就是有一百個不情願，也得硬著頭皮進去了。

這就是香港的徙置大廈，廣大貧苦大眾的安身立命之所。每戶都是豆腐塊那麼大，架床疊屋的擺滿床架和雜物，侷促不堪，遠不如鄉下的古老大屋寬敞和舒適。

「伯母您隨便坐，千萬不要客氣。」小麗放好行李，找來把椅子讓老人坐下，就去為她張羅吃的。

「怎麼只見你一個人，你爸媽呢？」老人好奇地四下打量著。

「爸媽去幹活，弟妹去上學，我也是剛從工廠出來的。」小麗在煮「公仔麵」。

「噢，你們都這麼勤力！」老人由衷的稱讚。

「我們是窮苦人家，手停口停，不做不行呀。——伯母，家裡沒有什麼好吃的，先吃碗即食麵，待小勇來了出去吃午飯。」

「唷，真是的，一來到就要麻煩你！」老太太沒有吃過這種麵，也不知是姑娘的手藝好還是肚子太餓了，但覺得香氣撲鼻。急不可待嚐了一口，即讚賞道：「好吃、好吃！——你呢？來來來！你也吃，一塊兒吃！」

「您先吃，這兒還有兩碗，等小勇回來一塊吃。」小麗見未來婆婆這麼和善，心裡也高興。二人正聊得歡，外頭突然有人敲門。

「小麗，我媽來了沒有？」一個男人急促的聲音。

「小勇回來了！」小麗大喜。

門一開，一個粗筋大骨、滿頭大汗的男子一頭撲了進來。

「媽！」一聲充滿激情的呼喚，小房間裡幾乎聽得到迴響。

老人顫巍巍的捉住兒子的胳膊，一時悲喜交集，一句話也說不出來。

「媽，對不起！」兒子有一肚子話要對媽說，但是千句萬句，只有這一句最真切。

「你忙，媽不怪你。」撫摸著兒子粗壯的雙手，見到他那結實強健的體魄，她放心了，安樂了；老人不辭跋涉跑一趟，為的就是要看看這個啊。

「忙個屁！正想收工，那……」不提還好，一提就冒火。小麗不想令他母親不開心，忙拿話岔開：

「伯母剛到，快去洗個臉，大家坐下來好好的聊聊吧！」

「發生了什麼事？小勇，快告訴媽。」知子莫若母，余媽一聽就知事有蹊蹺，哪裡肯放過。

「沒什麼。買賣上遇到點小事，罪名叫阻街，都慣了，現在沒事了。」原來小勇是個無牌小販，剛好在他母親抵港前被抓了去。事情本來很簡單，罰了款就了事，可是鄉下人不知就裡，說出來會把她嚇壞。在小麗的暗示下，他知道說溜了口，忙道：「媽，你一定餓了，我們去吃飯。」

「你瞧！」母親端起那碗即食麵，疼愛的瞧了瞧小麗，笑吟吟的說：「熱騰騰的麵，好香！我正在捉摸，我兒哪生修來的福氣，能找到個這麼勤快俐落的好姑姑！」

一抹幸福的紅霞，從小麗心裡飛到她娟秀的臉上。

余小勇一個勁的衝著她傻笑。

「你們打算什麼時候結婚呢？」母親最關心的還是兒子的婚事。

沒有馬上得到回答。兩個年輕人互相交換了個眼色，神情平淡，顯然早有默契。

「過幾年再說吧。」小勇分明不想多談此事，「沒想到，你這次申請這麼快就批准了，我還沒有找到合適的房子呢。」

「是呀，伯母，您別看香港這麼多高樓大廈，我們窮人要找個安身之地可不容易呢！」小麗也幫口說：「伯母年紀大了，小勇又住得遠，有什麼事往返不方便，就請暫時委屈一下，在這裡住下再說。」

「謝謝你了小麗姑娘！聽說他大哥買了大屋，我才出來看看的。」

原來老人家胸有成竹，並不擔憂。

「你不要太樂觀，他們那裡就算給你住，你也未必能習慣。」小勇顯然另有看法。

「去看看再說吧。」母親還是滿有信心。

「待會你就帶伯母去見見他們吧，她老人家還沒有喝新抱茶呢。」小麗打趣的道。

「新時代啦，這杯新抱茶喝不喝也罷了，只要家嫂肯認我這個老太婆做奶奶，我就心滿意足了！」原來老人倒蠻開通。因為見得多了，知道年輕人有自己的想法，做長輩的不能再像從前那樣墨守成規了。不過老人仍然堅信，父母子女之間的倫理常情，是永生永世改變不了的。

待她養足了精神，就由小勇陪著，摸上大勇那座位於半山的華宅。

偌大的房子，裡面只有一個女傭，大勇夫婦都不在家。老人以為兒子還在忙，不以為意，倒像劉佬佬進了大觀園，甫進門就笑眯了眼。她活了這把年紀，做夢也沒有想到會有這麼華麗的大屋給她住！

小勇卻一肚子氣。他們明知媽媽今天來，不去接車也罷了，怎麼到這個時候還不回來！但母親可不這麼想，現在既然到了他家，等一會不就得了嘛。

盼呀盼，已是萬家燈火的時候，小勇開始不耐煩，嚷著要走了。母親自然不依。她這裡看看，那裡摸摸，多麼精緻的陳設，多麼舒適的地方！大勇真有本事啊！她愈看愈開心，愈想愈甜美，像倒了一缸子蜂蜜進肚子裡似的。

終於，大門開了，一位打扮妖冶的少婦急匆匆的跑進來。母子同時迎上去，無意中嚇了她一跳。

「哎喲！二少你——」

「我媽來了。」

「哦，是嘛。對不起，我——」她看了老人一眼，並沒有止步的意思。

「你就是大嫂啦？」余媽媽疑惑地打量著她。不知是因為光線不足看不真切，還是因為老眼昏花看走了樣，老人左看右看都覺得她有點像妖怪。

但見少婦臉上塗得紅一塊白一塊的，活像個大花面，特別是那對快要跳出來的大奶子，嘖嘖嘖，要是在鄉間遇著，要吐口水說聲大吉利是呢！

「二少，我很忙，沒有時間跟你解釋，你們最好盡快離開這裡。」摩登少婦說著就往裡面走。

老人驚呆了。若不是自己的耳朵不靈光，那肯定是她的兒媳有毛病。

她怎麼也想不到會這樣，氣得頭都昏了。

「大嫂，我媽遠道而來，你這是什麼意思？」小勇惱火了，不覺扯大了嗓門。

「我真是沒有工夫解釋，你們有興趣可以留下來！」人家就是不賣帳，話沒說完便徑直衝向臥室去。

母子倆愕然相對。小勇雖然不喜歡他大嫂，但平日相見還是客客氣氣的，怎麼母親來了就反目無情了？

「媽，我們走！」他憤怒地說。

「不！我不走，我要等大勇回來問清楚，他的老婆到底是不是我們余家的人！」老媽子氣唬唬的一屁股坐下來，大有看她能奈我何的架勢。

「媽，你看這母老虎，哥都怕了她啦，問來有個屁用！」小勇不以為然。

「管她是母老虎公老虎，講到天腳下我還是她老公的媽！」老人就是不走。

媳婦出來了。手上多了件行李，依然是行色匆匆的樣子。見到他們，不得不停下腳步。

「奶奶，二少，不是我不想接待你們，實在是萬不得已！因為他大哥的生意出了事，他已經飛到外國去了，我現在是泥菩薩過河自身難保。還是快走吧，以後有機會再向你們解釋。」不理他們的反應如何，一轉身便去如黃鶴。

小勇的怒火全消了。他的母親，也像個洩了氣的皮球，疲憊地攤坐沙發上。

坐了一會，小勇把她扶起來，無言地、艱難地一步步離開這華宅，走到對面街等候街車。

「小勇，你哥哥做的是什麼生意呀？」短短的幾分鐘，要比過去幾十年耗去她更多的精力，令她幾乎無力支撐下去。

「不知道。能在兩三年內發起來，相信不會是一般生意吧。」絕非有意在母親面前說哥哥的不是，事實上近年來兄弟倆確是疏遠了，不再像早前那樣時常有來有往了。

母親正想說什麼，樹林那邊突然響起淒厲刺耳的嗚嗚聲，直教人毛髮聳然。

一瞬間，幾輛車子飛快地駛了過來，在華廈前嘎然停下，一群荷槍的警察迅速跳下車，分散守在周圍。

「他們做什麼？」老人知道事態嚴重了。

「搜查、拉人，可能裡面有賊。」小勇也心知不妙。

「小勇，你看你哥哥會不會有事？」母親首先想到了大勇。

「不會吧，他不是到外國去了嗎。」小勇安慰她說。

「唉，可怕，可怕！」母親不安地嘟噥起來，「他是我兒子，我知道他的品性，我怕他……」

「媽，你這是何苦呢，也許根本就不是這麼回事，是我們多疑了。就算真是有事，他們也逮不住他。這些人，在我們小販面前揚威耀武，真要衝鋒陷陣就怕得要死了！你看他們，搞了半天還不敢衝進去呢！」

「真沒想到，我這趟是來錯了！」老人哭了。

「媽，大勇不會有事的，你放心！何況還有我呢，我也是你的兒子呀！先到我那兒住幾天，明天就去找房子！」小勇自小離家，沒有機會好好的侍候過老人家，現在既然來了，就要把她留下來，不能讓她走了。

「不、不必了。我只是想來看看你們，並沒有打算久住。」母親吃力地說。

小勇心裡很難過。捱了十多年，到頭來還是拍手無塵，只能讓母親孤零零留在鄉間，現在她來了，竟無容身之地，你這個做兒子的，還是人嗎！

但小勇是個倔強的人。他堅定地說：

「無論如何，我不能讓你回去了。不管大哥怎麼樣，我也要你和我在一起。我雖然窮，但兩餐一宿還是可以解決的。」

不錯，小勇自小就是個乖孩子，有他在身邊，她大可以安心住下去。不過，香港人的日子過得如何，老人多少知道一些，況且小勇該結婚了，須積蓄點錢，做長輩的應怎樣做，她心中有數。

「孩子，你有心，媽知道。媽在鄉下也蠻好嘛，等你將來和小麗姑娘結了婚，有了寶寶，媽再來抱孫不是更好嗎。」她故作輕鬆的說。

說好說歹，她只肯留下來住兩天。年輕人拗不過她，終於在今天早上，送她登上了歸途。

火車正載著她和她那顆懸空的心，奔向遠方。

（原載一九七六年八月《香港商報》）

電視迷之戀

黃擇福是個電視迷。從大陸來香港沒幾年，這種人最容易著迷。馬迷、狗迷、戲迷、球迷、棋迷……比較上，電視迷最省油，只要找張凳子坐下來，電視台的人自會出盡法寶，把你帶進一個如夢似幻的世界。

既然稱之為迷，就不只是偶一為之的消遣，而是「天天陪伴著你，做你的好知已」那般痴痴迷迷、入心入肺了。

舉凡有關電視台的事，黃擇福都如數家珍，哪個男藝員最近出了緋聞，哪個女藝員搭上了哪個闊佬，皆可言之鑿鑿，娓娓道來。

他不看狗經、馬經，但「刨」起《銀燈》等娛樂報刊來，要比會考生咪書用功十倍。他不交女朋友，但每一位電視女藝員幾乎都是他的夢中情人。

總之，工作——電視——睡覺就是他生活的三部曲。但他不承認是電視迷，只承認看上了癮，像抽煙的人抽上了癮。你要他戒看電視，等於要他戒煙，都做不到。然而正如俗話所說的，傻人自有傻福份，懶佬配個嬌嬌娘，工廠裡有一位叫阿珍的俏女工，偏偏對他情有獨鍾，一有機會就纏著他，簡直到了非他不嫁的田地。

阿珍時常守在工廠門口，等候黃擇福收工一齊走。

「阿黃，有空嗎？去看場電影好不好？」他出來了，阿珍喜孜孜的迎上去。

「你不是說過假的東西不要看嗎？」擇福頭也沒抬。

「什麼真東西假東西？」阿珍摸不著頭腦。

「電影不都是假的嗎？我寧願看電視，唱歌跳舞都是來真的。」這分明是託辭。但阿珍不以為忤，她早就習慣了他的冷漠和怠慢了。

「來來去去都是些現代舞時代曲，看到人糊裡糊塗不知現代是何代，奇怪你怎麼總是看不厭。」她話是這麼說，其實毫無怨懟的意思。

擇福大不以為然：「何止現代舞時代曲這麼簡單，有些片集和特備節目簡直精彩極了！」愛上一個人真是無可理喻。阿珍亦步亦趨的跟在後面，以極其溫婉的語氣，企圖說服他：

「有些節目是不錯，不過每個節目都追著看就沒有意思了。」

擇福回頭看了她一眼，在心裡罵了聲八婆，才道：

「香港有多大，我們的入息有多少？嫖賭飲吹我都不好，連看場電影都嫌破費，生活都淡出了鳥了，如果連電視都不看，還是人過的日子嗎！」

阿珍說不過他，但真希望他長進，莫再蹉跎歲月。

「你進工廠都快兩年了，」她有意暗示，兩年時間不短了，和他一同進廠的工友，大都升了職，而他依然是個養成工，太不知進取了。

他又瞧了她一眼，知道她沒有看不起他。他也不覺得慚愧，以為自己有的是牛力，就不相信會餓死。見他不作聲，她又說：「你何不利用這些時間，上夜校學點有用的東西呢？」

他真有點不悅了。也不是不知道她的用心，但停了學這麼久，根底又不好，再去讀書，不是等於拖老牛上樹！他洩氣地說：

「有個屁用！自從出來工作之後，腦筋就死了，什麼都擠不進去了！」

好沒出息！阿珍也在心裡罵了他一聲，但他聽不見。

走著走著，不覺來到一家電器行前。不知有什麼好看，一群人正圍在電視機前呼叫。此時擇福的腦筋可活了，「轉播球賽！」他一聲高呼，算是對阿珍有個交代，旋即一個箭步，一轉眼就隱入人叢裡，投進賽事中去了。

「快，交給左翼——唉！」他的聲音比誰都響。

阿珍站在圈外冷笑。記得早前流行摔角比賽，也常見到這樣的場面，人家擺明在做戲，他們卻賠上真感情，在電視機前磨拳擦掌，吶喊助陣。難道人們的感情真是這麼沒出路，非要抓著點東西宣洩一下不可嗎？

「傳中，給阿香。對了——射！」擇福情不自禁，兀自加上一腳。不想腳頭一起，竟然踢出了個武二郎。

真是說時遲，那時快，只見前面那大漢一個鯉魚翻水，也不吭聲，一拳就擂了下來。

「大佬，對不起，對不起！」擇福挨了打，還得打拱作揖賠不是。

阿珍一看氣壞了，也學那大漢，一個向後轉，蹬蹬蹬走了。

擇福吃了拳頭，敗了興頭，抹抹嘴角，回頭找不著阿珍，便邁開鴨板腳，速速歸家去也。

也是合該他倒霉，原想趕回家看下半場賽事，不料電視機壞了。

電視機壞了，對擇福來說，彷彿汽車死了火，鳥兒毀了窩，戀愛中的人失了「拖」。他坐立不安，只覺得腦袋空空如也不知如何是好。

擇福與母親同住。母親原在鄉下教書，來到香港才知道丈夫已另組家庭，只得與兒子相依為命。每天早上母子倆一同出門，她上酒樓做幾個鐘頭散工，擇福則到工廠上班。

母親開了飯，擇福大口大口的往嘴裡塞，食而不知其味。

「剛才房東大叔來看過，說這電視機太老了，要換了。」母親嘮叨著。過一會不聞搭腔，又說：「我說呀，電視這玩意兒，不是不好看，就是太費時失事了，現在既然壞了，不修也罷了。」

「先把它修好，對付著用幾個月，待我湊夠錢換部彩色的。」擇福開口了。

沉默了一會，母親輕輕嘆了口氣：「當初買這部電視機，是見你年紀輕，怕交上些不三不四的朋友，整天在外頭鬼混。現在你大了，該懂得自律了，誰知你竟著了迷，連朋友都不要了。這可不行啊！正所謂在家靠父母，出門靠朋友，一個男人出來處世做事……」

「我的朋友，不是好賭就是好玩女人，合不來，」擇福的話總是說得這麼簡短。

「亂交朋友固然不好，但也不要把自己弄得太孤獨。」老媽倒比他開通多了。歇了一會，又說：「你乖，媽高興。可是你年紀不小了，遲早總要成家的，到如今連女朋友都沒一個，難道還要阿媽為你做媒不成嗎！」

擇福的回答倒乾脆：「我沒本事，不結婚！」

孩子，還是孩子！母親聽了忍不住笑了：「無名草木年年生發，不信男兒一世窮。一個大好青年竟怕養不起老婆，太沒有志氣了吧！」

志氣，什麼叫志氣呢？老子現在、馬上、立刻就想買大屋娶媳婦，成嗎？擇福在心裡嘀咕，沒敢說出來。但知子莫若母，她知道孩子在想什麼，便道：「拉弓要膀子，唱戲要嗓子，男子漢賺錢須靠真本事。趁著還年輕，快去學門傍身手藝吧！」

今天到底怎麼啦？母親和阿珍好像一個鼻孔兒出氣似的。她們，嗯，阿珍——他忽然想起阿珍。於是衝口而出道：「媽，我有什麼好？」

母親一時未能會意，給問倒了，只好說：「母親眼裡的兒子，什麼都好；你該問你有什麼不好才對。」

「媽，你不是和阿珍約好了吧？怎麼說的——」

母親一聽打從心裡笑了出來：「噢，原來你已經有了個阿珍啦！人怎麼樣，怎麼不早點告訴媽呢？」

擇福正想告訴媽，阿珍是——突然想起剛才街上那一幕，洩氣了，沒精打彩倒在床上，一邊說：「太遲了，完了！」

母親見他如此認真，倒笑了：「你這才是人之初，怎麼就完了呢？要是真喜歡人家，就快加把勁啦！」

他一咕碌跳起來，就衝了出去。

黃媽本想叫他喝了湯才去，話到唇邊卻成了抿嘴一笑。

畢竟是年輕人，有的是熱情與衝勁。他把阿珍叫了出來，劈頭就說：「還是你好，以後我全聽你的！」神情與語氣，是那樣認真和虔誠。

「你怎麼回事了？神經病！」阿珍故作驚詫，掉頭就走。

擇福給嚇呆了，一時不知所措。

阿珍回過頭來，朝他扮了個鬼臉。

擇福立刻奔上去，一把扳住她的胳膊，然後舉起右手，說道：
「我向你發誓——」
阿珍伸手堵住他的嘴，他一把握緊她的手……

（原載一九七六年八月《香港商報》）

鳳辣子

正平百貨公司有數十年歷史，規模也不小，可算是大字號老招牌了。

現在，我正攜著王世伯的介紹信，來到它的寫字樓見工。

這種走馬上任的事，試過多次，自信還能應付裕餘。倒是對這裡的人事主任，有點好奇，因為事前王世伯一再強調，此人既潑辣又能幹，簡直是王熙鳳再世，囑我千萬不可小覷她。

雖然說時代變了，人們不再覺得牝雞司晨有何不妥。但在品流複雜的今天，由一名女子來掌管偌大一家司公司的人事工作，畢竟還是少見。因此未見其人，倒先給她的聲勢唬住了。

寫字樓就在商場上面，至少有三十名職員在辦事。除了一個大辦公廳，還有好幾個小房間，門上分別掛著總經室、總理室、主任室、人事部等牌子。奇怪的是，辦公廳裡埋頭工作的人不多，他們不是在高談闊論，就是在閉目養神。甚至有個年輕人正挨個兒要人劃鬼腳。莫非真是「燈下黑」，人事部只能照遠不照近？可是寫字樓尚且如此，下面的商場更何以堪？這麼一想，對人事主任的能耐就不由有點懷疑了。

正舉手想敲門，手持鬼腳紙的青年一眼瞥見我，走過來問：

「找誰？」

「劉鳳小姐。」

「她今天輪休。」

我有點失望：「那麼陳經理呢？。」

「來見工吧？」小子看來有點小聰明，為人又爽快，才見面就像老朋友似的，說道：「他飲茶去了，你也飲完茶再來啦。」

「謝謝你！我等他。」我在門旁的沙發坐下來。他瞧了我一眼，熱情的湊上來，飛快地在紙片上加了一條線，一邊說：「幹脆預你一份，難得鳳辣子不在家。」跟著要我劃個記號，一派江湖豪俠的口吻，「原來是李先生！我叫趙小明。你的那份，我請！」

我有點納罕：「趙先生你說的鳳辣子，莫非就是——」

他嘟起嘴朝人事部一呶：「咱們的管家劉鳳！」

我的天，人們果然把她看作又美麗又愛弄權的王熙鳳！那麼正平公司豈不成了大觀園了？有人掩嘴竊笑，大概怪趙小明太冒失了。我倒喜歡這種人，爽朗而不顢頇，聰明而不奸狡，至少比那些滿腹密圈的人容易相與得多了。

一會兒，他把鬼腳劃好了，熱烈地向我伸出手來：「你真行，頭一回就得了個白吃，希望因此為你帶來好運氣！」

嗓門拉得老大，看樣子還有許多話要說，不料突然瞠目結舌，楞楞的瞪著眼發呆。

「哦，劉、劉小姐，有人找你！」他期期艾艾的說。

與此同時，寫字樓驟然響起聒耳的算盤聲。

「劉鳳？」我腦子裡立即閃過此念頭。回頭一看，但見一位高頭大馬的女子，凜凜然的肅立那兒。

她不哼聲，僅把粗壯的手臂舉起，要趙小明看她的腕錶。趙小明回報一個尷尬的苦笑，一溜煙地返回自己的座位。

果然有鳳辣子的氣勢，不由對她刮目相看。但再瞧瞧她的尊容：橫眉怒目，虎腰熊背，加上一副十足男子漢的扮相，可以使你想起運動場上的健兒，或街邊擺檔的大姑，卻斷然不會與身段苗條，具有一對丹鳳三角眼、兩彎柳葉掉梢眉的大美人王熙鳳相提並論。

她把頭一歪，「你是——」

我連忙鞠躬介紹：「在下叫李道。請問小姐——」

「你來了就好！我叫劉鳳——請到裡面坐！」

她走起路來颯颯生風，身為男子漢的我，真有點自慚形穢。

她一邊招呼我坐下，一邊在記事本上寫下趙小明的名字。然後吁一口氣：「你都看到了，簡直不成體統！」

我一邊為趙小明擔心，不知她將如何處罰他，一邊打量著辦公室的格局，顧左右而言他：「聽說你今天休息。」

「是的。接到王老伯的電話，馬上就趕回來。」她回答。

我知道她父親與王伯交情不淺，自信會給我點面子。但剛才的場面令她難堪，還是感到有點不好意思。

「真抱歉！」我誠心誠意的說。

她把手一揮：「別客氣！我們正需要人。陳經理身體不好，副理又辭了職，這麼大的公司，就由我這女流之輩撐著——」

「不知我能否勝任。」我說的是實話，並非客套。剛才的一切告訴我，她做得很辛苦，很不順暢，我未必比她更能幹。

「王老伯保薦的，準錯不了。我看過你的履歷，也覺得蠻合適。如果沒有別的事，明天就來上班好不好？」

看得出她是坦誠的。但我必須仔細考慮一下。

「我的工作——」

「我正在草擬一份改革方案，你做百貨有經驗，我想先聽聽你的意見再說。」話說得很歉虛，倒不像一個倨傲自負的人。

沉默了一會。她大概看出我的疑慮，逼視著我問：「不是要打退堂鼓吧？拿點勇氣出來，答應吧！」

「我——」

「一言為定！明天來上班，再介紹你認識陳經理。」說完就伸出手來握別，真是快人快語，不虧為女中丈夫。

帶著一肚子問號離開人事部。經過趙小明身邊時，給他一個友善的微笑。他卻抱歉的聳聳肩，輕聲說：「剛才的鬼腳取消了，不好意思！」

有頭有尾有擔當，這種人我喜歡！

「算了，改天我請你！」我拍拍他的膊頭，揚長而去。

陳經理是個舊式商人，因年事高了，顯得穩健有餘而幹勁不足，但望守得住個攤子就好，並不希冀有任何新的發展。對於劉鳳的改革計劃，自然不甚熱心，只是吩咐我研究研究，無須急於實施。看情形，劉鳳多半是徒勞無功了。

香港百貨業有些老闆，能把百多年前就被馬克思批死的東西，巧妙地給活用起來。如工時忒長，苛例忒多，硬性把員工應有的假期減縮，而以加班補薪的方法來彌補工資的不足等。於是員工的情緒普遍低落，毫無歸屬感可言。劉鳳所倡議的改革，原是明智之舉，可惜她本末倒置，以「端人碗，服人管」為主旨。像見到趙小明劃鬼腳之類的事，總以為是制度不健全、管得不嚴的結果。於是她的改革大計，不外把制度弄得更加苛刻、更不近人情而已。

我把自己的看法寫出來，並著重指出，對於任何僱員，積極的鼓勵遠勝消極的制裁。豈料此人雖然能幹，卻缺少女性應有的溫婉和耐性，尚未把全文看完，就把她的圓臉拉得老長。

「你和趙小明去飲過茶？」她冷峻地問。

「好厲害！」我暗忖。為了她的改革方案，我確實技巧地徵詢過趙小明的意見。但不以為這樣做有何不妥，故道：

「搞人事工作，不能高高在上。」

她反唇相譏：「想不到，你倒善於走群眾路線！」

比起鳳辣子王熙鳳，她的涵養功夫差勁多了。我試圖解釋：「一個完整的計劃，不能只顧……」

她不待我把話說完，便粗魯地打斷話柄：「得人錢財，替人消災，我們做僱員的，不應該竭盡本份嗎？」

簡直是蠻不講理！這是商討工作應有的態度嗎？我也有點不悅了，反駁道：

「我也是這個意思，只是觀點與角度不同。聽說有些公司打破成規，反應就不錯。」

「我不能接受你的觀點和方法！」她一下子把話說絕了，爭辯已變得毫無意義。我也不再客氣了：

「那就算了！不過你最好還是考慮一下，包括我的工作在內！」

「我會！」她說。好傢伙！剛愎自用、驕橫任性看來就是她的本性。

外面忽然傳來嘈吵聲。她霍地跳起來，一步衝出去，使勁往桌上一拍，叱道：

「住口！」

大家面面相覷，再也不敢張聲。

「真不像樣！」她丟下這話，昂起頭，一陣風似地走了。

「米貴，省口氣啦！」不知誰說的。於是一哄而散，因為已是下班時候了。

我不勝唏噓。在日趨劇烈的商戰中，這家虛有其表的大公司，有如一個日暮途窮的帝國，可能很快要西沉了。

ჱ ჴ ჱ ჴ ჱ

俗話說：寧要一頭精壯的小騾，莫騎一匹蹩腳的老馬。我留下一張字條，第二天就沒上班了。

但現在想找一份差強人意工作，可比預料中困難得多。

奔波了幾個月，這天下午，我疲憊地在愛丁堡廣場的石凳坐下來。

這是一個陰霾密佈的下午，烏雲直向下壓，太平山不見了，連附近巍峨的大廈，都被蒙上了霧翳。心裡感到有種難以抵禦的重壓。恍惚間，那座象徵著崇高和莊嚴的新型建築物，竟變成了電視片集中的怪獸，渾身長滿巨眼，正虎視眈眈要來蹂躪我們的城市。

一個賣報紙的小販走過，我要了一份晚報。

頭條新聞是：「經濟不景日甚，又一家公司被封。」

今年以來，報紙不曾登過一條好消息，倒是工廠倒閉、商店關門、工人失業的新聞無日無之。市面上一片蕭條，幾十萬人處於愁雲慘雨之中，不正如怪獸胯下的慘象嗎？

我不期然的想起了正平公司，這家外強中乾的老字號，能在這驚濤駭浪中屹立不倒嗎？還有妖矯不群、自行其是的劉鳳，可是別來無恙？在人浮於事的今天，做人事主管的，大可以頤指氣使、趾高氣揚、甚至隻手遮天了。混混沌沌的正想得入神，只覺得眼前有個影子一晃，跟著聽見有人發話：

「哼，姓李的！」

真是一說曹操，曹操就到，站在我面前的，不就是辣子劉鳳！

「幾乎認不出來了，我正想你呢！」相信我一定把眼睛睜得很大很大，因為她臉上居然塗了脂粉，與往日的男人婆相判若兩人。不過老作風依然未改，不待我讓坐，便一屁股在我旁邊坐下來。

「我是否太可惡，令你念念不忘？」她輕描淡寫的打開話匣子：「你真是豈有此理，為什麼不辭而別？」

「有哇，我給你留了字條啦！」我叫屈。

「我早就料到了，你沒那能耐！」她幾乎不讓我察覺，輕輕嘆了口氣：「現在可好了，我們平等啦！」

我不明白她說什麼。

「你是個失業漢，我是個失業婆，還不明白？」我真是不明白，她怎麼會失業？她是兩人之下、數百人之上、手執生殺令的人事部大員哪！

「想不到吧？我的改革計劃還沒有實施，倒先給人革掉了！」她似乎並不難過。我倒不敢置信，心想炒盡公司所有人，也輪不到她呢。

「利字當頭，六親不認。公司為了緊縮開支，大事裁員，我這個已經失去利用價值的人事主任，首當其衝，連一點轉圜的餘地都不給。——哈！請看剃頭者，人亦剃其頭，應有此報！」她忽然扭過頭來盯著我：「你有沒有幸災樂禍？」

我給她問得口啞無言。這不是我的個性，應該也不是她的個性；她侮辱了我，也侮辱了自己。失業的滋味不好受，但我絕不想別人來分享這滋味。

她一把將報紙搶過去，攤在我膝上，道：「把員工裁去一大半，仍免不了被封。你看——」原來頭條新聞所登的，正是正平公司被封的消息。那一塊有數十年歷史的老招牌，從此被拆了下來，這不僅是老闆的不幸，也是全體員工的不幸，我們失業大軍的隊伍，更加「壯大」了！

「公司弄到這田地，我也要負一部分責任。我非常內疚！」她的聲調變得低沉而緩慢，不再是一括兩響令人耳根受罪。

「你對公司已經盡力，沒有功勞有苦勞，何來內疚之理？」這話多少帶點絃外之音，豈料她不但不以為忤，反而很認真、很誠懇的自我剖白道：

「經過這次教訓，我明白了許多道理。一來因為生性好強，總怕別人瞧不起自己，故此做作上難免有許多過份的地方。二來以為受僱於人，應份盡心竭力，不料因此被人利用了而懵然不知。要是我的所為傷害了一些同事的話，我很抱歉！」

我愕然。這個出了名的鳳辣子，為何要對一個並不太熟稔的人數落自己的不是呢？這需要多大的勇氣啊！

我探究地瞪視著她，覺得這個女人有點不可理喻。

「慘痛的經驗，可以改變一個人的一生。你沒有這種經驗，自然不容易理解我的心境。」她難過地垂下頭去。可能她說得對，我有些感動，倒真想了解了解這個難以捉摸的女人，到底是怎樣一個人。

沉默著，有如影片斷了聲帶，彼此都不習慣。於是你看我一眼，我瞄你一瞥，然後同時發出一個會心的、但並不愉快的微笑。

「趙小明怎麼樣？」我問。並非無話找話說，我是忽然想起了他，很想知道這個熱情爽朗的朋友到底怎麼樣了。

「早去做小販了！」

「小販？」我有點錯愕。

稍微停頓了一會，她的興致又來了：「聽說最近有個什麼小販『認可區』，可以在那裡合法擺賣。如果遲些日子仍然找不到工，我也想去試試看。要是你也能放得下面子，最好同我合作，相信能找到口飯吃的。」

乖乖！我雖然失業多時，也沒有想過要去做小販，何況堂堂一位人事部主任，而且是女流之輩！我不客氣的正視著她的臉，看要不要對這個能屈能伸的女中丈夫寫個「服」字？

「做街邊小販，不只要有金睛火眼神仙腿，甚至要有關雲長單刀赴會的膽色，和張益德喝斷長板橋的氣魄，你我恐怕不是這塊料吧！」不是有意澆她冷水，聽到「認可區」三個字，已教人退避三舍。

「我不同意！人能，我們一定也能。馬死落地行，這是做人的真理。」女強人到底是女強人，看她說得多麼豪邁洒脫！

我真是服了。可是要我去做小販，還是辦不到。

「不要老是想著面子的事，做人要拿得起放得下。認真考慮考慮啦！」她仍堅持。

我不能立刻回答她。其實我要考慮的，豈止面子而已，做小販除了要有足夠的體力，還須面對三教九流，不是純粹做買賣那麼簡單。

見我沉默，她開始自怨自艾：「我生性怪僻，加上多年來高高在上的職位，使我變得孤獨無援。唉，我真後悔！」又一個新發現：一隻離群的孤雁！

「給我點時間，讓我仔細考慮考慮。」本想對她說，公司這麼多同事，一定有人比我更合適。但面對如此一位奇女子，實在無法拒人於千里之外，只好虛與委蛇。誰知她竟如奉綸音，欣喜的在我腿上一拍，嚷道：

「太好了！我到底沒有看錯人，第一次見面，就認定你與眾不同了！」

並非因為戴了這頂高帽，就改變了對她的看法；事實上眼前這個鳳辣子，確與大觀園的鳳辣子大大不同。

（原載一九七五年五月《香港商報》）

死信

影：對不起，我真不知該怎樣稱呼你才好。叫你做許太太，我不習慣，叫你做鄭雲影小姐，又覺得太生外。向來我在心裡只叫你的單名——影，就允許我公開這樣叫你一次好嗎？

是的，你很不幸。我猜想，你現在一定很難過，甚至很徬徨。無疑你是倔強的，但你畢竟是女人，一位結婚不久的新太太，你能抵受得住一個發生在丈夫身上的突如其來的變故麼？我絕對沒有一點幸災樂禍的心理，相反，每天都在為你祈禱，尤其希望能見你一面，即使不能對你有所幫助，只要知道你沒有因此倒下去，我就放心了。

剛才去參加一個婚宴，在酒樓門前，意外地達成了我的願望。當時我怎麼想，等會再告訴你，先要你知道的是，今晚宴會的一對新人，他們所以有今天，說起來還該感謝你才對。

你還記得吧，那個綽號叫死火張的小子，原是個寅用卯糧、揮霍無度的傢伙，月初口袋裡有錢，總是聯朋結友，大吃大喝，等到把錢花光了，連麵包都買不起了，便頻呼「死火」不已。有一回，他要請你吃牛扒，你不客氣的贈了他一句：「你還是把錢湊起來吧，袋裡老是空空如也，將來有人嫁你才怪呢！」死火張幾乎氣爆了眼，認為你當眾丟了他的臉，恨不得打扁你的鼻子才痛快。可是，誰也想不到，你這漫不經心的一句話，居然改變了他的生活態度，甚至可以說是救了他。真的，後來他告訴我，他獨個兒喝了一

▍「死信」原載《香港商報》的插圖

頓悶酒後，痛定思痛，決心從此開始儲蓄，讓你瞧瞧將來到底有沒有人會嫁他。真是一言驚醒夢中人，我也是從那個時候起，暗中與他競爭，每天節衣縮食，一塊錢一塊錢的往錢罌裡塞，期望有朝一日愛苗會在錢罌裡滋生。

怎麼說好呢？不才陳涯夫，其實心中早已有了一個人，不，應當說是一位仙子，名字就叫——影，請你不要見笑，那只不過是一份拍拉圖式的戀情，我把它深深的埋藏在心底裡，只有在夜闌人靜的時候，才會墊高枕頭，盡量發揮一下自己的想像力。

經過多少個不眠之夜，嚐盡多少相思之苦，終於有一天，我以破釜沉舟的決心，壯著膽子，厚著臉皮，結結巴巴的向你提出第一次邀約。影，我是多麼的感激你，直至現在，我仍然當它是我畢生中最值得回憶的一件美事呢。因為你肯賞臉，一口便答應了我，你不曉得，當時我開心得差點沒有哭出來哩。

你知道，我從來就笨拙得可以，一旦有機會與一位如此嬌媚的小姐獨處一隅，那副手足無措的窘迫相，相信一定令你覺得滑稽可笑吧？

「涯夫，你好像還沒有女朋友吧？」你說。我驟然耳根發熱，心跳加速，還沒有拿定主意該不該告訴你，我心中已經有了你，不料你又說：「不要急，待你有能力為你的愛人佈置一座小皇宮，或隨時給她買件貂皮大衣、給孩子買座鋼琴的時候，不愁沒有漂亮的小姐喜歡你。」我的天！我只想過要不要表白我對她的愛，可是沒有想到戀愛竟須具備如此苛刻的條件哪！

當晚，我把我的儲蓄仔細點數了一回。不多也不少，剛好六千六百元，是個吉祥的數字，為了你，我決定作孤注一擲，拿去賭一賭運氣。

說出來貽笑大方，六千塊錢資本，實在小兒科得很。但是僥天之倖，我買股票，炒黃金，居然頭頭是道，銀行的存款直線上升。只要數字後面再加一個0，我就可以買鋼琴，買貂皮大衣，買洋房，以至買我們所需的一切了。我是何等的興奮！忍不住把這個好消息告訴你，你也為我開心，並要為我慶祝一下。於是我們上一流的夜總會，上最高級的餐廳。此後的無數個夜晚，我們都在歡樂中渡過。你常常把手穿進我的臂彎裡，或親暱地偎在我身上。而且每天早上回到公司，必定向我投來默默的一瞥，甜甜的一笑，這比觀音菩薩的楊枝甘露更能滋潤我的心。我幾乎敢肯定，我們的愛苗茁壯了，我戀愛成功了！我感到無比的充實，我不僅擁有一顆美麗少女的心，簡直擁有了整個宇宙啊！

可是，然而，影，你信命運嗎？我信，因為它播弄了我。不過我不難過。俗話說：「命裡有時終歸有，命裡無時莫強求。」可能命中注定我是個窮光蛋，注定我的老婆不是貌美如花的鄭雲影，在最後的一注豪賭中（請你相信，我確實確定那是最後一次了），憑著一個必勝的信心，和一個以為十分可靠的「內幕」消息，我傾盡所有，以高價買進了一批某建築公司的股票，滿以為只要轉一轉手，必然麥克麥克，此後便可功成身退，專心去營造我們的安樂窩，再也不必終日患得患失、戰戰兢兢的作那些沒有把握的買賣了。誰知人算不如天算，那家建築公司竟然在一夜之間垮了下來，涯夫夢想中的海市蜃樓，頓時冰消瓦解，付之流水！

影，除了認命，涯夫還能說什麼，做什麼呢？你知道後，也是一句話也沒說呀！

是的，我知道你曾經惋惜過。但僅僅是惋惜而已。或者這樣更好，使我不致成為罪人，無端糟蹋你美好的一生。你說是嗎？

不久，聽說你與一位有財有勢的人結了婚，你也隨即成為一位有錢有面的富婆了。這很好，真的。我不怪你，也無權怪你。財主配佳人，如綠葉襯紅花，相得益彰呀。這大概也是冥冥中注定的吧？我曾因此為你做過早禱，沒有騙你，你知道我是個虔誠的教徒。

不幸的是，一件龐大的販毒案，竟與你丈夫的名字連在一起。那是多麼可怕的一回事！應當不可能吧？玉潔冰清的鄭雲影，怎麼會與罪惡相提並論呢？

每天早上，第一件事就是買份報紙，看看有沒有進一步的消息。現實是殘酷的，法官判了你丈夫三十年徒刑。是三十年，不是三十天，嬌弱如雲影，你能夠支撐得住麼？那悠長的歲月，你準備怎樣打發呢？影，親愛的朋友，你要挺起胸膛，做個勇敢的人。你是能夠辦得到的，一定辦得到的！

我想見你，分擔你的痛苦。雖然在你眼中，涯夫是個傖俗的小子，或者早已從你心中消失。但這是涯夫的願望，不只是願望，而是需要，迫切的需要！

皇天不負有心人，在赴死火張的宴會時，在酒樓的大門口，終於見到了你。可惜只是驚鴻一瞥，來不及打個招呼，你便隱入人叢中。不過即使這樣，你還是給我留下了深刻的印象。那絕對不是酸葡萄心理作祟，而是的而且確，儘管你曾經加意打扮，還是掩遮不住憔悴了的容顏。你依舊像個貴婦，卻已失去了那份怡然自得的神采。你一臉的嚴肅，更使你顯得蒼老了十載。你已不再是往日那個活潑俏皮的鄭雲影了！

當時，我本可以追上去的。可是我沒有。我只是癡癡的呆在那裡，默默地目送你消失。不得不承認，我的感情太脆弱了，至少比起你來是太脆弱了。我時常不能駕馭自己，總是做錯了事再來追悔。不過這回倒沒有。試問我有多少能耐，可以分擔你的痛苦呢？縱使你我能夠相會，還不是相對無言？感情上的事，不可以一錯再錯。既然我們一開始就做錯了，與其痴纏不清，倒不如把它凍結了，免得再錯下去。

請你不要誤會，我無意指責你。其實錯與對，根本就難說得很。尤其是感情這件事，玄妙得很，好比溫莎夫婦的戀情，你能說他們對了抑或錯了嗎？

手邊恰好有本雜誌，正在熱烈地討論著這樣一個題目：什麼叫愛情？

影，你來說說看，愛情是什麼呢？

有人說，愛情是生命的昇華，它像詩一樣美麗，像交響樂一樣豐富，像宇宙一樣偉大，戀愛中的人，是世上最最幸福的人。

有人說，愛情是苦酒，是砒霜，是山埃，要遠遠地避開它，萬萬碰它不得。

事實不容許我過於樂觀，但我絕非一個悲觀主義者。我講求實際，竭力使自己相信，愛情只不過是調味品，有它，你可能食慾大振，覺得眼前的菜餚多麼鮮美可口；沒有它，或許啖之無味，但斷然不會因此而餓死。影，你以為怎樣？你能確切地解答這個問題嗎？

現在來跟你談論這個課題，未免不適時宜，甚至不近情理，事實上我也沒有資格去探討它。在情場上，我是個敗兵，還有什麼可說的呢？我只是忽然想起，愛情究竟何價？

你一定以為我又在怨天尤人了。不，我並沒有氣餒。從今天起，我又開始儲蓄，仍舊是一塊錢一塊錢的，能湊到多少就多少，不再貪婪圖利了。這倒不一定為了找對象，即使要找，也不是非有百萬家財不可。像死火張，租間小房間，不也一樣喜氣洋洋，高奏其結婚進行曲？

將來，我會給愛人買件絲棉襖，做幾件花布衣裳。我想她穿起來，不會比穿貂皮大衣遜色。或者，給孩子買把小提琴也不錯，它音韻悠揚，聽起來也許比鋼琴更悅耳。倒是你，影，你能長期為一個十惡不赦的毒販揹著個沉重的包袱嗎？

對不起，我這麼說，或許過份一點。但……

說起來，涯夫也是怪可憐的。明知投遞無門，是封死信，還是孜孜的在寫，而且寫得這麼長，為的是什麼呢？

千言萬語，要表達的其實只有一句話，便是，影，願上帝與你同在，願你多多保重！

涯夫頓首

（原載一九七六年九月《香港商報》）

漣漪

由於生活的天地太小，每逢假日，人們總是趕集似的跑到沙田來，使這個本來還算寧靜的小鎮，一下子熱鬧起來。

遠處那個龐大的填海工程，因為假日的緣故，沒有人開工，倒給人一種遠離市囂的清靜感。海水已被隔斷，地面卻未填平，一泓未被清除的積水，形成了一個小小的湖沼。湖水平靜清澈，從高處看下來，宛若一面大鏡子。

湖畔，有位女郎孤獨的呆坐著。她那俏麗的身影，清晰的映在湖面上。太陽開始下沉，她的影子被拉得很長。突然，「咚」的一聲，一塊石頭從天而降，湖面被激起了陣陣漣漪，女郎的身影盪呀盪的活似天上的仙神。

她抬起頭來，露出一臉驚訝的神色。

「很好！現在請你輕舒笑臉，裝成很欣賞我的樣子。」一個手持相機的年輕人，正把鏡頭對準她。

「好一個狂妄無禮的莽漢！」她有點不悅地說。

「不不，你這麼說，在聖經裡可要成為罪人了！我只是滿懷信心。試想，一個人如果連自己都信不過，還有什麼用呢？」

女郎笑了。

「好極了！」青年迅速按下快門，「只差一個鏡頭，一套別開生面的組相就大功告成！倘使將來能得獎，一切歸功於你。」

「你是攝影家？」女郎端詳著他。

「小生尚未成『家』，只是個喜歡攝影的人。——喏，現在我走了，請你扮成若有所失的樣子。」

「謝天謝地，你走吧！」女郎別轉身去，繼續她那未了的白日夢。

年輕人並沒有走，仍在那裡捕捉他擬定的影像。

又「咔嚓」一聲，然後大大咧咧的揮揮手，像老朋友似的大聲說：「小姐，多謝合作。下次見面，我會送套照片給你！」之後便飄然而去。女郎好奇地望著他的背影，心想：有點輕佻，不過挺瀟灑呢！

她也向湖水投下一塊小石頭，湖面再次泛起圈圈漣漪。然後，她就望著漣漪中的自己，出神地想著什麼。

ଓ ଓ ଓ ଓ ଓ

又是一個假日，地點仍舊是沙田。不過那處湖澤已經乾涸，或者已被填平，孩子們的自行車隊穿梭其間，鬧哄哄的，愛清靜的人，都到海邊去了。

海，藍藍的一大片，碧波起處，盪著輕舟三兩，置身其中，令人心曠神怡。

岸旁的石磐上，坐著一位苗條的少女，從遠處看上去，酷似丹麥的美人魚。

原來又是她，那位神情落寞的女郎。

一葉小船滑到岸邊，船上傳來年輕男子的聲音：「小姐，莫非想學希臘神話裡的哀鵠，投進水裡變作一枝水仙花！」

猛回頭，不禁詫異：

「又是你，懾青鬼似的！」

「這就是佛家所說的緣份，叫做有緣千里能相會。下來，你的照片在這裡。」看他大模大樣的樣子，好像一切都是理所當然似的。

女郎不理睬他。

「我的樣子很嚇人，很令人討厭嗎？」他聲調跌宕，像在唱山歌。

「你貌似宋玉，才勝子健，可是，你見鬼去吧！」女郎也不含糊。

「好厲害的一張嘴！」他厚著臉皮爬上來，熟落地在她身旁坐下，「你那個負心郎簡直不是東西，有機會一定替你好好的教訓教訓他！」

「你認識他？」女郎不由一怔。

「在陽光普照的沙灘，在電影院末排兩個座位上，在車水馬龍的通衢大道，所見的戀人都是一個模兒印出來的。」

「老拋書包，像個又酸又腐的糟老頭！」女郎報以冷笑。

「你不喜歡，就不說他。」青年不得要領，便展示他的看家本領：「瞧，你見過這麼漂亮的照片麼？採光、構圖、色調，尤其是圖中的小姐，真是說多美就有多美！」

女郎斜睨一眼，果然是沙龍佳作。她那負心漢也是個愛攝影的人，但每次為她所拍的照片，不是過黑過白，就是矇矇矓矓，和眼前的照片相比，相去何止千里！

比完了照片，不期然又比起兩個人來。身邊這傢伙，不也比那個沒良心的風趣英俊得多啦？

彼此沉默著。

「唉，兩個被遺棄的可憐人！」年輕人忽然嘆起氣來，「本來我不喜歡追憶。失去的，就讓它失去好了，悼念只會徒增傷悲。可是不知為什麼，每逢假日，我總是鬼使神差似的跑到這裡來！」

女郎驚訝地凝視著他。這個陌生的男子，看來並不陌生啊！

「我並不悲傷。這種事，只能聽其自然。我只怨自己沒有帶眼識人！」她幽幽的說。

「帶眼識人？」年輕人顯然覺得這些字眼用得很滑稽。「我和她是青梅竹馬，還要帶什麼眼來看？蛇眼、鼠眼、狗眼、貓眼，還是白鴿眼？」

女郎「噗嗤」一聲笑了起來。

過了一會，她問：「你還愛著她？」

「愛？」他聳聳膊頭，陰聲細氣的說：「愛有許多不同的含義。比方我對你說，『小姐，我愛你，』跟你爸媽對你說，『孩子，我愛你，』意義就完全不一樣。」

此話似乎刺痛了女郎的心。只見她沉下臉去，許久才說：「可惜無論怎樣的愛，我都沒有真正得到過！」

「你父母不愛你嗎？」這回輪到青年吃驚了。

「我說的是專注的。我母親整天沉迷麻將耍樂，愛她手上的麻將牌比愛我更多。父親可能慷慨一點，可惜是個博愛主義者，除了他母親，幾乎愛每一個女人！」

她有點後悔，為什麼要對一個毫不相關的人訴說自己的心事呢？但他是那麼用心的聽著，末了還長長的嘆了口氣，說道：

「記得有位作家說過，幸福的家庭都是相彷的，不幸的家庭各有各的不幸。我的父母都很愛我，但卻遠離我移居海外。——哎，不要再提這些不如意的事情了，我們划船去！」

女郎仔細看了他一眼，覺得彼此的距離是這麼的接近；他們同是天涯淪落人。於是，宛如一對情侶，一同泛舟於碧波上。

ಬ ಬ ಬ ಬ ಬ

攝影展覽正在大會堂舉行，題名「漣漪」的組相被綴上一朵紅花，紅花下面貼著「金牌獎」三個大字。一大群觀眾正在觀賞。站在最前面的，正是相中人真身。嗡嗡的讚美聲，不住的送進她耳鼓裡。有人說照片拍得美極了，有人說最美的還是相中人。她的心興奮得亂跳，心想作者湯美真有辦法，怪不得他那麼自負了。

人群中有人認出她，開始議論起來。拍友們的相機隨即「咔嚓、咔嚓」的響個不停。她既驚且喜，有點不知所措。正在此時，照片的作者湯美，適時的出現她面前。她如獲救星，立即拉起他的手，他也順理成章成了她的護花使者，撥開眾人，及時把她從窘迫中「解救」出來。

「為了『漣漪』的成功，我們應該慶祝一下。」他提議。

「好，我正需要一杯凍品呢！」她附和。

他忽然說：「我有點後悔。」

「為什麼？」她不明白。

「照片的題名應改為『苗麗小姐的奇遇』。」

苗麗瞪大眼睛：「你以為我是個愛出風頭的人嗎？」

「不不！」他連忙解釋，「我是想讓更多攝影家認識你。」

「你不怕別人搶了你的風頭嗎？」

「你看我像個自私自利的人嗎？」他一反常態，說得十分認真。

苗麗相信他；瞧他像閒雲野鶴一般曠達灑脫，就不像一個斤斤計較的人。可是假如對愛情也是這麼慷慨，豈不很危險？難怪他失戀了。

來到一家餐館，他們推門而入。

驀地，他怔了一下，旋即拖住她往回走。

在這一剎那，她瞥見一雙奇特的大眼睛。

「你的女朋友？」她問。

「一隻你母親牌桌上的三筒——邪牌！」他說。

她愓然：「你和這種人來往？」

他沉吟著：「人生本來就是許多偶然的組合。一個偶然的場合，我認識了她，一個偶然的機會，我得知了她的底細。我不是一個寡情薄義的人，我同情她，可是愛莫能助啊！」語氣中不無感慨。

「哈哈，說得多漂亮！」苗麗回頭一看，認得出正是湯美口中的「三筒」。她對苗麗說：「知人口面不知心，小姐，他是個販賣人口、迫良為娼的壞蛋，你千萬不要輕信他的花言巧語！」

「胡說！你得不到我，故意含血噴人！苗麗，我們走！」

湯美想溜，卻被「三筒」截住：「血？我的血都被你吸乾了，你還不住手，仍要害人！」

幸好，此事僅在苗麗心裡留下幾圈小小的漣漪。

（原載一九七六年四月《香港商報》）

情有獨鍾

我們這裡——一家規模不小的時裝店，工作人員不少，你可以不知道聖羅蘭特是何許人，卻不能不知道有個尚小慶。姓尚的自己說過，這兒的女孩子，差不多都是他的人。因此有人尊稱他為情聖，也有人譏笑他為情賊。

尚小慶搞設計，頗有才華，人也長得俊朗，加上口甜舌滑，確實很容易博得女孩的歡心。只是如此一來，卻苦了那些王老五們。

同事何俊舉，對他就很有點不以為然。

何俊舉有個理想情人，名叫余小倩，是推銷部的一位要員。她為人爽朗大方，臉上常常掛著個笑靨，任誰都樂意和她接近。俊舉做會計，與她時有業務往來，談得很投契。但是見到她對別人同樣熱情親切，心裡就涼了半截，不敢肯定她對自己是否確有好感。近日，他發覺尚小慶不斷向她獻慇懃，不覺有點擔憂，怕這傢伙心懷不軌。捉摸了好幾天，也鬧不清到底為了誰，他決定去找他談一談，算是講情也好，談判也好，攤牌也好，總之要警告他一下，怎麼也不能讓小倩掉進他的陷阱裡。

「有事嗎？」尚小慶對他一臉嚴肅的樣子感到有點意外。他從來沒有把他放在眼裡，覺得他們風馬牛不相及，根本扯不到一塊兒。

「一些關於女人的事。」俊舉不想拐彎抹角，直截了當把事情攤了開來。

「哦哦，那你是來對了！大家都視我為戀愛顧問，你也是來向我請教吧？」尚小慶一聽是為了女人，興緻馬上就來了。「這簡單！如果說個中有什麼秘訣，也不過是一句話：膽大心細面皮厚。自然，出手闊綽也十分重要，如果寒寒酸酸，連看場電影吃個晚飯都要計算過，那就什麼也談不上了。阿何，你是否感到人生太寂寞，想找個女朋友來慰解慰解是不是？」他沒頭沒腦一陣連珠炮，轟得何俊舉蒙頭轉向，啞口無言。

小慶覺得可笑，這個何俊舉，簡直就是何傻舉，也想學人談戀愛，真是不知自量，還是回家叫老媽子託人做個媒，隨便湊合一個算數啦！

不過話說開了頭，便如大壩缺了口，堵不住了，於是偉論連篇，滔滔不絕的說個沒完沒了。

「青年男子誰個不善鍾情，妙齡女人誰個不善懷春？我看你年紀不小了，找個對象也是時候了。說說看，打算以何種方式方法進行呢？溫莎式的、拍拉圖式的、集郵式的、菜單式的、核算式的、年晚煎堆式的——還有，你是想快刀斬亂麻，速戰速決，還是按部就班，細水長流，一切聽其自然呢？自己先好好的捉模捉摸……」

真是個玩世不恭又自命不凡的傢伙！何俊舉又好氣又可笑，不耐煩地打斷他的話，說道：

「彼此合得來就交個朋友，哪用講什麼方式方法——別扯遠了，乾脆告訴我，你覺得余小倩這個人怎麼樣？」

「余小倩？」尚小慶想不到有此一問，頓了頓，才說：「她，不錯啊！不很漂亮，但很可人，難道老哥你看上她啦？哈！哈哈！真沒想到，原來你心頭還挺高呢！不過我告訴你，最近我發現了她，看中了

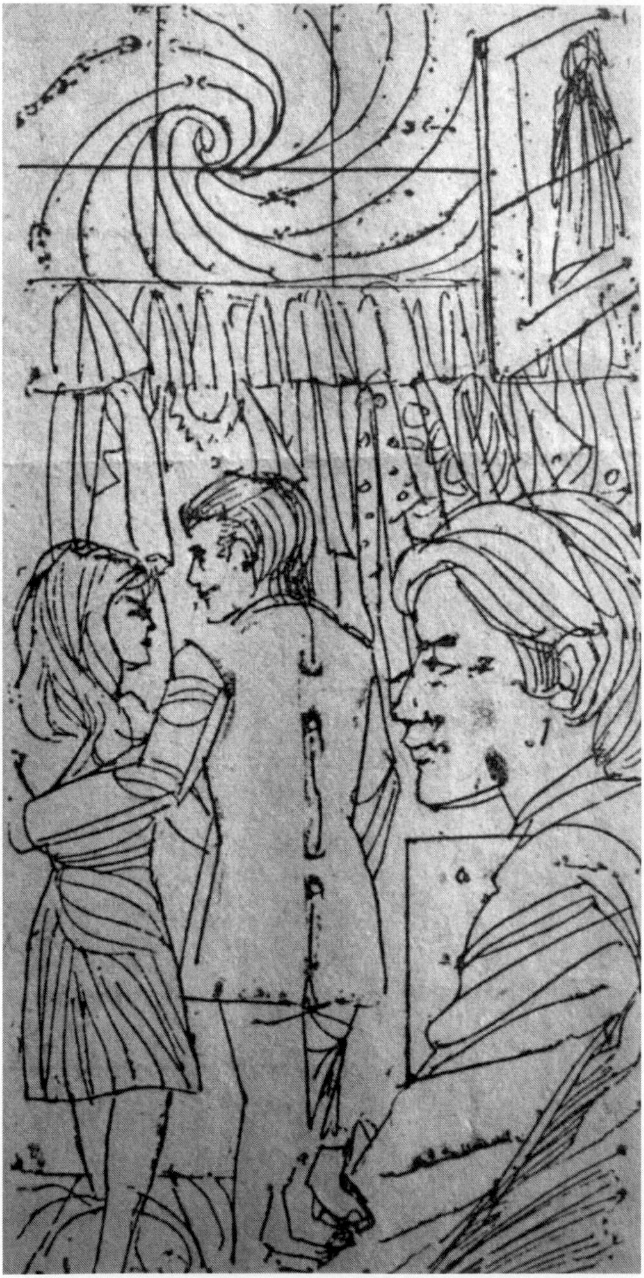

「情有獨鍾」原載《香港商報》的插圖

她，決定追她了，難不成你要來跟我搶吧？」

俊舉一聽就惱火，替他算起舊帳來：「你先後有過楊咪咪、潘綺媚、陳紅玉、劉翠芝……不久前又與蜜斯錢打得火熱，這個余小倩，你就放過她吧！」

尚小慶也不高興了：「你這是什麼意思？又不是我勾引她們，都是她們瞧得起小弟，自動送上門來的。其實全部是蘿底橙，我才沒胃口。倒是余小倩，對不起，揀來揀去，我就揀上了她，她也非常喜歡我。你老弟嘛，哈哈，快別做白日夢了！」

「唷！現在才幾點鐘，誰在做夢了？」好清亮好甜美的嗓子，兩個男人都不禁為之一怔。

她——余小倩，一個明眸皓齒、清新脫俗、落落大方的女孩。

「俊舉！」她深情地盯著何俊舉，輕輕喚了一聲。

「你來得正好，有個笑話要告訴你，這姓何的——」尚小慶要賣弄他的口才，恨恨的奚落一下何俊舉。不料余小倩壓根兒沒有理會他，只顧跟俊舉說話：

「阿何，我們共事快兩年了吧？」

「是的，兩年又兩個月了。」俊舉小心地應著。

「那麼，你我應該互相了解了吧？」她緊接著問。

俊舉摸不著頭腦，有點舉棋不定：「是的，應該是了解了。」

「那你喜歡我嗎？」小倩瞪大眼睛，直衝著俊舉問。

天！這是怎麼回事？她問得太突然，太直接，教人亂了陣腳，不知所措，俊舉真的變成傻舉了。就連轉數最快的尚小慶，一時也啞口無言。

「你說呀！」她催促。

俊舉終於轉過彎來，興奮地高呼：「喜歡；很喜歡；太喜歡了！我就是為了你……」

此時小倩倒覺得有點不好意思了，紅著臉低下頭去，柔柔的道：「你們剛才說的，我都聽到了。如果不嫌棄，我願嫁給你！」

尚小慶急了：「小倩你想清楚沒有？可不能逗著玩兒啊！」

「小倩，他說得對，這是人生大事！而我，你知道，我很蠢，很笨，很……」俊舉期期艾艾的接口說。

小倩伸手堵住他的嘴：「不！你很忠厚，很老實，很能幹，我們女人就是要找這樣的男人！」

尚小慶忙不迭搶白：「別開玩笑！你要找丈夫，我尚小慶才是上上的人選！講才智，詩學識，講人品……」

「你？」小倩輕蔑地撇撇嘴：「你拿什麼來娶我？自命風流倜儻，存心佔女孩的便宜，那丁點兒的入息，卻給小姐們吃光喝光了，將來誰嫁著你，不氣死也會餓死。——阿何，我們走！」她把手插進俊舉的臂膀裡，「拍拖」離開設計室。

尚小慶氣得乾瞪眼。

（原載一九七六年十月《香港商報》）

冒失鬼

不知何故，我們部門的主管有點怪，來了五、六年，從未僱用過一位年輕女子，僅有的兩位女士，都是上任領導留下來的阿婆，因而長期陽盛陰衰。如此一來，部門倒一直風平浪靜，沒有出過大岔子。然而異性相吸的磁力，豈止咫尺的距離？簡直如蠅逐臭，如蟻附羶，男人打從呱呱落地那一刻起，就離不開女人的氣味。這裡沒有，樓下商場多的是，於是輪班似的，久不久就有人溜出去。倒不一定有什麼企圖，可能只為聊聊天，調濟調濟心情而已。主管看在眼裡，覺得長此以往終究不是辦法，恰巧最近有個空缺，便決定變通一下，請位年輕小姐來試試看。

這天早上，大家正準備開始一天的工作，大門「呀」地開了，十數對男人的眼睛，不禁為之一亮。

「哎，好一位古典美人、絕色佳麗！」高良驚為天人，輕輕用腳尖碰了碰對面的肥黃。

「唔，麗華的髮，文君的眉，鶯鶯的目；特別那張櫻桃小嘴，比樊青的還要美。我的天，世間竟有如此標致的美人兒！」肥黃更是讚歎不已。

美人兒往裡走，男士們的腦袋跟著向裡伸。

「兄弟，我們先來個君子協定，彼此公平競爭，不得使用陰謀詭計。」高良分明生滋貓入眼。

「什麼君子不君子！」肥黃自有打算，「自古英雄配美人，到時兄弟如果不服氣，文鬥武鬥悉從尊

「冒失鬼」原插圖

意。」
「你要和我決鬥？」
「會有這麼一天。」
「好，一定奉陪到底！」
他們在檯底勾了勾手指，算是有言在先。
一連幾個星期，表面上不動聲息，暗地裡卻各出奇謀，各施各法。
一天傍晚，他們先後來到卜公碼頭。
「你——？」高良首先發現對方。
肥黃苦笑：「第一個回合，平手！」
然後是沉默，極沒趣的沉默。
高良望著海。海在翻騰，巨浪一個接著一個，「轟轟」的撞擊著碼頭。
肥黃望著天。天上烏雲滾滾，康樂大廈躲在雲霧裡，狡獪地眨著眼。
這是一個不平靜的夜晚，恰如兩人的心境。
「噢，你們都來了！」是風吹銀鈴，是玉石輕敲，還是一首輕柔婉轉的歌？

「密斯莊！」兩張嘴巴，說著同樣的話。
「聽說兩位是好搭檔、好朋友，對吧？」小姐輕聲說，聲線美，笑容更美。
「是啊，有我的地方，總少不了他！」高良自己也聽得出，話裡不無酸味。
肥黃倒是不含糊：「叔是叔，伯是伯，終有一天分個高下。」
高良老大不高興：「你我算得了什麼？溫莎、安東尼、唐玄宗、石貴倫甚至吳三桂，才是好樣的！」
莊小姐笑彎了腰：「瞧你們的，看來非要來場決鬥不可了！你們準備用槍還是用刀呢？」
「隨他的便！」肥黃真像個英雄，「最好就在這裡，輸了的，給扔進海裡去，落得乾淨！」
莊小姐收斂了笑容，嘆口氣說：『想不到，一對好朋友、好同事，會為一個女人而動武，難怪你們的上司要辭掉我了！」
她說什麼，他們都沒有聽清楚，卻都吃了一驚。
「他說以後還是照老規矩，不請年輕小姐了。」
如墜冰窟，如中棒擊，兩位英雄登時僵了半截。
「我要告他性別歧視！」高良怒吼。
「算了！」莊小姐一笑說：「做不成同事，可以做朋友嘛！」
好哇！此話簡直是支強心針，兩顆半死的心一下子復活了。
「密斯莊，謝謝你！」高良受寵若驚的說。
肥黃不屑地白他一眼，竭力擺得鎮定一點，大方一點：「我們本來就是好朋友嘛，密斯莊你說是不是？」

「那麼你們兩個怎麼辨？還要不要決鬥呢？」

「這就要密斯莊來決定了。」他們同聲說。

「好！」莊小姐跳起來，擺出一副大公無私、莊嚴肅穆的樣子：「到時你們分別站到碼頭兩邊，由我和我丈夫來給你們做公證人——」

「你丈夫?!」

莊小姐微笑著點點頭。

畢竟是難兄難弟，兩人不期然的伸出手去扶了扶對方，免得暈倒在女人面前，丟人現眼。

她在心裡偷笑：好一對冒失鬼，活寶貝！

（刊於一九七六年七月二十九日《香港商報》）

金龜快婿

一

陳景里與甘以其是一對志同道合的「王老五」。不久前，以其偶然認識了一位姓黃的太太。這原是小事，他並沒有放在心上，不料黃太太忽然給他寄來請柬，邀他參加她們家的中秋晚會，並註明「歡迎攜伴與會」，覺得有趣，便拉了景里一同前去。

陳景里駕駛著名貴房車，來到一所舊式洋房前。甘以其對了對門牌，就叫景里停下車來。

「有錢人家呢！那天你替她搶回的錢包，一定是裝滿了美鈔啦！」陳景里一邊下車一邊說。

正忙於招呼客人的黃太太，看見他們走進院子，但覺眼前一亮，急忙去找女兒小巧。

小巧樣貌娟好，可惜長得過高，足有六尺昂藏，而性情卻像個長不大的女孩，優柔寡斷，凡事都要母親作主，因此年過三十，尚未找到如意郎君，害得媽媽整天為她操心。

照她母親的意思，她的未來夫婿無須很富有，但必須是個誠實可靠、身材高大、有本事、有承擔的好男人。因為黃家是戶體面人家，做過生意，有恆產，可是人口單薄，只有母女二人相依為命，需要有個強

〈金龜快婿〉原插圖

而有力的男人來照顧。

小巧也曾交過幾個男朋友，但都不成功。年復一年，母親急了，就借中秋之名，為她安排了這個晚會，把她相熟的男女朋友都請來，看能不能從中揀個合適的。有趣的是，為了多些人來，她們在請柬上加了句「歡迎攜伴與會」，卻沒有指定男伴或女伴，於是就出現了甘以其與陳景里這兩個大男人。

以其與景里併肩而進。小巧一看，不禁呆了。真正是：眾裡尋他千百度，驀然回首，那人卻在門前石階上。景里那俊朗魁梧的體形，令這位待字閨中的千金小姐傾倒了。黃太太也很高興，忙拉了她上前迎接。

小巧竟然有點心慌意亂、手足無措呢。

「甘先生，歡迎歡迎！」黃太太一邊熱情地與甘以其握手，一邊介紹說：「這是小女小巧。這位是——？」

「陳先生，陳景里，」以其接口說。母女倆一聽，不由喜上眉梢。

「噢，是經理！」黃太太脫口而出說。原來她們誤把「景里」當「經理」了，但景里他們沒有聽出來，倒為她叫得那麼熱絡而感到有點詫異。

「你們認識嗎？」以其問。

「嘻嘻，這不就認識了！」黃太太技巧地掩飾過去。「兩位請裡面坐！」

滿屋少男少女，有的在交談，有的在跳舞，場面十分熱鬧。香港娛樂事業不發達，偶爾開個舞會，是青年男女比較健康的交誼活動之一。

「甘先生，真要感謝您，那天要不是有你幫忙，我的錢包一定被匪徒搶走。」黃太太親自給他們上茶。

「是我應該做的，您別客氣！」原來那天黃太太從銀行提了款出來，被匪徒跟蹤搶劫，甘以其路見不平，奮力與劫匪搏鬥，終於奪回錢包。她很感激，尤其欣賞他見義勇為的精神，當下就拿了些錢出來獎賞他，但他怎麼也不肯收，於是要他留下姓名和地址，說將來或許還有機會需要請他幫忙。因為心裡一直留著個好印象，覺得這種人難能可貴，所以在為女兒安排舞會時，就想起了他，還希望他能帶個朋友來，她相信物以類聚，他的朋友一定也是好人。果然就來了個陳景里。

寒暄了一會，黃太太為了多點與景里接近，故意叫小巧和以其去跳舞。

他們一走開，她就急不及待問：

「陳先生做事的寶號是——」

「大信洋行，」景里答。

「大信洋行？」黃太太不勝欣佩，因為那是家大洋行，在那裡當經理，一定很能幹、很穩重、很誠實、很……

「你真本事！」她由衷地誇讚。

「黃太太過獎了。」景里無意中看了看舞池，差點忍俊不禁。原來以其拖著小巧，一高一矮，好不吃力。黃太太見了也覺得好笑，於是乘機說：

「待會你跟小女跳吧，你們才是天造地設的一對！」

景里沒有聽出弦外之音，不過縱觀全場，不論身形和體態，他和小巧確是最合襯的一對。

這時又來了客人，黃太太須去應酬一下。為了把景里留住，匆促間她撒了個謊：

「聽說陳先生的洋行是賣汽車的，我有個朋友想換車，明天星期天，您要是有空的話，請再到舍下來一趟，給她介紹一下，您說好嗎？」

說到汽車，景里是內行，所以不加思索便答應了。

舞會完了，母女倆送到門外，又有個新發現：「經理」所開的是輛名貴大房車。「這不是啦！這種房車不是普通打工仔養得起的，派頭不小呢！」黃太太望著遠去的車子，滿意地點了點頭。

其實，一開始她們就搞錯了，陳景里只是大信洋行一名汽車司機。他們也無意充闊，剛才所開的車子，是一位開汽車修理廠的朋友剛買的二手車，路經時要他試開一下，順便就借來一用而已，不想就被誤會了。

二

黃太太也不是糊塗人，第二天她就打電話去大信洋行查問。倒不是懷疑景里的身分，而是想打聽他一些私事。

這個電話在上午九時前打去，她相信這個時候做經理的還沒有上班，說話比較方便。

「請問陳經理回來沒有？」她問。

世事就有這麼巧，大信洋行真有位姓陳的經理。

「還沒來，您有什麼貴幹嗎？」對方問。

「有個請帖給他，」黃太太早就編好藉口：「請問經理的大號叫什麼？」

「叫陳波。」

「有太太嗎？」

「經理尚未結婚。」

黃太太登時鬆了口氣，「那麼女朋友呢？」她緊接著問。

「不清楚。」

所有條件，全部符合黃太太的要求，說不出她有多開心。

「你聽到了沒有？」她輕快地放下聽筒，對身邊的小巧道：「這件事，我們要加緊進行才好！」

「誰知道人家喜不喜歡我呢！」小巧的擔憂，顯然蓋不過心頭的喜悅。

「做人要有自信心，你很漂亮！」母親安慰她；然後加重語氣：「此人長得威猛神武，和你是天造地設的一對，真是打鑼都找不到，你要主動一點。」

「還不知道他是什麼人呢！」小巧說出她心裡的憂慮。

「能當上洋行經理，還錯得了嗎？」母親說。當然她不會單憑一個電話，就糊亂把女兒嫁出去；她還有一套細密的計劃，要按部就班去完成。

「乾脆，我們明天就到他家裡去看看，」她說：「香港人，生活過得怎麼樣，進門一看就一目了然。」

這倒沒有錯。可是才見過兩次面，就要登堂入室，不太急了嗎？

「等他明天來了——」黃太太在盤算……

三

一天的等待，竟比一年還要長。不過本來就長得端端正正的小巧，經過一番悉心的打扮，倒平添了幾分少女的嫵媚。

景里終於到了，是專誠為介紹新車而來的，見客廳裡只有她們母女二人，說了聲：「朋友未到吧，我帶了許多資料來，兩位先看看。」就把東西攤開來。母女倆沒有料到他如此認真，倒給弄得有點不好意思了。

「對不起，我朋友臨時有事來不了，要您白跑天趟！」黃太太一邊道歉，一邊為他斟杯茶。

「不要緊，有機會再談啦！」景里雖然有點失望，也只好這樣說了。

沉默了片刻，黃太太忽然親熱地問：

「阿波哥，你沒有安排別的節目吧？」

景里不覺一怔。

「您怎麼知道——」原來他有小名叫阿波，不過幾乎沒有外人知道，所以覺得奇怪。

「家裡還有什麼人？」黃太太反客為主搶先問道。

「只有個老媽，」景里照實說。

「可不是啦！」黃太太有點喜不自勝。但馬上意識到說溜了嘴，於是打蛇隨棍上：「快帶我到你家去，我要看你媽媽，我們好久沒有見面了！」

「您認識她？」景里如墜五里霧中。

「等會你就知道，」黃太太故作神祕的一笑，反問道：「你家住在哪？」

「渣甸山，」景里說。他住的是木屋，但黃家母女想當然地，以為不是新式洋樓，就是花園別墅。小巧最羨慕住在半山的人了，不禁喜出望外。

「那我們現在去吧！」黃太太不由分說就要走。小巧說要等會，趕忙跑回房間去，大概是要修飾一下妝容吧。黃太太乘機做功課：「女孩子出門就是這麼麻煩！阿波哥，你的女朋友也是這樣吧？」

景里有點尷尬：「我——還沒有女朋友呢！」

黃太太開心地揚了揚眉，然後頗有感觸的嘆一口氣：

「是啊，想交個理想的異姓朋友，不容易哪！就說小巧吧，雖然喜歡她的人不少，可她一個也看不上！」她瞄了他一眼，佯作漫不經心的接下去：「不過，可能是緣份吧，有些人才見過一兩次面，就成了好朋友了！這大概就是你們所說的一見鍾情啦——阿波哥，你覺得小巧怎樣呢？」

黃太太問得太突然、太直接了，弄得景里有點窘，一時答不上來。

「你看你，還害羞呢！」黃太太笑了起來：「這個年頭的年輕人，都是說愛就愛，像你這樣認真的，倒少見了！」

「我窮，要努力掙點錢再說，」景里說的是實話。

「你窮？」黃太太有點錯愕。但隨即想到，這是客氣話，也是為人謙厚踏實的表現，年輕人難得有這樣的品格。於是道：

「其實，錢多錢少並不重要。像我小巧，多少老闆闊少喜歡她，她連正眼都不瞧一下！年輕人來日方長，只要忠誠老實，勤奮向上，將來就有希望——小巧，你怎麼還不出來，要陳先生久等！」

「對不起，陳先生！」經過補妝的小巧，好像換了一個人，更嬌豔了，也不像先前那麼拘謹木納了。

「什麼先生小姐的，都叫名字好了！」黃太太一聲命令：「咱們走！」

四

她們滿以為景里開了車來，豈料他問坐什麼車去。

「你的車子呢？」母女異口同聲問。

「進了車房。」這是個慣性的回答，因為他們車行的汽車，假日一律要進車房，有人問起來，他都這樣說。可是黃家母女聽了，卻以為他的汽車進廠修理了。為了表示儉樸，黃太太提議坐巴士。

下了車，迎面恰好就是景里那位朋友的車房，昨天景里開過的那輛大房車，就停在裡面。不過小姐太太十分厭惡車房那股油氣味，急忙掩鼻而過，因而並未發覺。

來到山坡下，面前是一條羊腸小徑，彎彎曲曲的穿進樹林裡去。母女倆養尊處優，平日連大馬路都不願走，見了這光景，不禁皺起眉頭。景里見了，說道：

「不高，穿過林子就到了。」

▍〈金龜快婿〉原插圖

「沒有第二條路可走嗎？你的車子怎麼上得去呢？」黃太太有點懷疑了。

「那邊還有條大路，不過從這裡過去要走很遠。」景里沒有聽出言外之意，直白道來。

母女倆不便再說什麼，唯有硬著頭皮往上走。其實路並不難走，只因黃太太長得胖，腳下又蹬了對四寸半高跟皮鞋，才覺得吃力罷了。

「啊！」一個不留神，她竟然摔了一交。景里和小巧連忙把她扶起來，可是尚未站穩，又是一個踉蹌：

「哎喲，我的高跟皮鞋！」

原來這一交摔得不輕，不但斷了根鞋跟，連旗袍都有幾處蹦了線，樣子十分狼狽。

小巧望著景里，不知如何是好。

「痛不痛？送你回去好不好？」景里問。

「對了，媽媽，」小巧也說，「回去換了衣服再說吧！」

「阿波哥，你常打這裡走嗎？」黃太太不怪自己不小心，反而抱怨這條小路不好走。

「不一定，」景里替她拾起手袋：「現在先回去，改天有車子，再請兩位來玩過。」
無可奈何，唯有叫的士回家。
返抵黃家，招呼景里坐下，黃太太就去換衣服。小巧尾隨進去，悄悄地問：
「現在怎麼辨？」
「快去陪他，等我出來你們就去玩——不要忘了，回來前要約定下次見面的時間和地點。」
「這——」小巧有點為難：「假如他不提出來呢？」
母親為之氣結。都這麼大了，還是不長進，總要母親為她操心！她疼惜地白了她一眼，嘆道：
「在馬路上見到個電影廣告，就說你很想看這齣戲，叫他明天請你不就成了嗎！」
小巧正要走，又被叫住：
「下個週六我生日，想在天宮酒樓擺幾圍酒，你記得提提，叫他到時一定要來。」
「還請些什麼人？」
「那個姓甘的也要請，他的功勞不小，我們要好好的謝謝他。其餘的你就不用管了。如果進展順利，到時就公開你們的關係。」
「這麼快？」小巧眼睛閃亮，有點喜不自勝。
「我會見機行事，快去陪他吧！」
獨自留在客廳的景里，正在低頭尋思：她們到底是什麼人呢？怎麼連他的小名都知道？黃太太對他這麼好，難不成要招他做女婿？這一連串的問號，可把他難倒了。
小巧出來了，帶著七分嬌憨，三分羞澀，樣子倒蠻甜美。

「陳先生，不好意思！」

「噢，黃小姐！」

之後，兩人都接不上話。

景里在想：現在該怎麼辨？問清楚她們的用意，還是聽其自然？

小巧在尋思：這人愈看愈帥，可是怎麼這麼冷淡，就不能熱情一點嗎？

「黃小姐，打擾了，我要走了！」景里覺得他們之間沒有話題，有點不知所措，想走了。

「要走了嗎？」小巧正努力找點話來說，突然聽說要走，怔了怔，沒頭沒腦的道：「不走成不成？」

景里倒給她逗笑了：

「怎麼可以不走呢？有空再來拜候你！」

「媽媽，陳先生要走啦！」小巧急了，唯有向媽媽求援了。

「陳先生，再坐一會，吃了飯再走！」黃太太早就站在通道上聽他們交談，就算小巧不呼叫，她也要出來了。

「有點事要做，一定要走了。感謝兩位的款待！」景里只好這麼說了。

既然有事，不可強留，黃太太唯有再三叮囑：千萬不忘記，下個星期六晚上，一定要帶同甘以其來參加她的生日宴。

景里答應了。

五

離開了黃家，就去找以其商量。以其聽了他的敘述後，呵呵的笑了起來。

「想不到，我還是個月下老人呢！」隨即收斂起笑容，正色道：「她們了解你，不嫌你窮嗎？」

「這就難說了。不過我懷疑她們熟悉我，因為黃太太連我的小名都叫得出來。」老實說，景里都給她們弄糊塗了。

「這麼說——噢，我想起來了！」以其憶起前日晚會的情境：「那天我給你們介紹，她們好像早就認識你似的。你看會不會是你的什麼遠房親戚呢？」

有可能嗎？景里沉吟著。他自小顛沛流離，莫說親戚，即便是兄弟姊妹，見了面不相識也是可能的。

「這就有道理了，」以其很認真的想了想：「她們有的是錢，不圖別人什麼，而以小巧那樣的身材，要找個合襯的對象也不容易，見你一表人才，和小巧又是這麼登對，就看上你了！兄弟，放馬過去吧，說不準從此發達啦！」

以其的錯誤估計，給了景里莫大的鼓舞。當下欣然約定，下週六一齊出席黃太太的壽宴。

這個宴會，實際上是專為景里而設的。母女倆引領以待，唯恐他不來。直至他和以其趕到，才如釋重負展露笑容。

黃太太所請的，除了景里他們外，多為黃家的親朋。這些人對小巧婚姻上的高不成低不就，早有不少閒言。黃太太如此著急，就是要爭回點面子，所以很想盡快確定二人的關係。

客人見小巧身邊忽然有位如此英偉的男友，不免議論紛紛。黃太太把景里拉到一邊，輕聲道：「我想讓你認識一下我的朋友，你看怎樣介紹比較合適呢？」

「不必了吧？」景里不大喜歡這一套。

「要的、要的，」黃太太瞇細著眼睛，半玩笑半認真的問：「如果我說你是小巧的男朋友，你不反對吧？」

「這個——伯母，我，我高攀不上啊！」景里雖有顧慮，也難掩一臉驚喜之色。

黃太太以為他答應了，心裡一塊石頭落了地，趕忙返回酒席。本來處事還算果斷的景里，此刻喜憂參半，倒有點不知如何是好了。

見客人的眼睛都溜著景里轉，黃太太抿嘴一笑，站了起來。

「我來給各位介紹，這位是陳先生，小巧的——」她故意賣個關子，先去介紹以其：「這位是甘先生，陳先生的好朋友。」

「你剛才說陳先生是小巧的什麼？」有人輕聲追問。

「你看他們登對不登對？」黃太太狡黠地反問。

在坐的人，不約而同「哦」了一聲。

「相信大家都知道大信洋行吧？」這才是黃太太的主題：「賣的都是名貴汽車，生意可大啦！而這位陳先生，就是這家洋行的經理！」

此話一出，賓客無不嘖嘖讚嘆。景里和以其卻給嚇了一跳，知道黃家母女完全搞錯了，而且已把事情鬧到無可收拾的地步。景里不知如何是好，倒是以其比較冷靜，立即阻止黃太太說下去，並迅速把三人拉

〈金龜快婿〉原插圖

進酒席旁邊一個小房間裡，關上了門。

「你們誤會了，他的名字叫景里——風景的景，前程萬里的里；他的職業是保鏢兼司機。」

黃太太驀地黑了臉：「什麼前程萬里！你是個騙子！」

「黃太太，你，你……」景里不知從何說起。但受傷最重的還不是他，而是自小嬌生慣養、至今仍須母親呵護的黃家大小姐小巧。不過出乎意料之外，我們一向以為有點弱智的她，這會兒居然出言糾正她母親：

「陳先生沒有錯，錯的是我們！」她捂著臉，嗚咽著說：「司機也是門正當職業，你不要出口傷人嘛！」

「你們叫我怎麼辦？」黃太太急得團團轉，與平日的從容俐落判若兩人。

「就說是一場誤會好了，」景里無可奈何的說。

「我不想做人了！嗚嗚、嗚嗚……」小巧這才背轉身去，悲傷地哭泣起來。

作為旁觀者的以其，察言觀色，發覺事情還不至沒有轉圜餘地，於是問小巧：

「黃小姐，你嫌景里窮嗎？」

小巧使勁地搖頭。

「那麼，你喜歡黃小姐嗎？」以其又問景里。

「我、我……」景里欲言又止。

然後，以其衝著黃太太，果敢地、嚴肅地說：

「黃太太，現在就看你了，要麼宣布景里是騙子，要麼宣布……」

讀者朋友，您想給他們一個怎樣的結局呢？

（原載一九六五年六月二十日《工商日報》）

【附錄二】

鞭策

讚《小牛》

子簡

《小牛》〈上期（六六年七月二十九日）沃土版刊出〉寫得好。

讀完之後，「小牛」的形象活靈活現的留在我心中。他黑黑胖胖、結結實實，懂事、聽話，自小就慣於分擔成人的憂樂。在家裡是個好孩子、好哥哥，在學校是個好學生。「這是個多好的孩子呀！」我在心底這樣呼喚。

做爸爸的，雖然魯莽了些，但為了孩子的前途，他不憚辛勞的去開夜工，他是多麼可親可愛呀。做媽媽的，雖然軟弱了點，但她對全家的愛又是多麼深厚呀。

好幾個場面都寫得很動人，爸爸帶小牛去報名，小牛像身子忽然減輕了十多磅，覺得從未有過的敏捷和輕快，他這時心中該是多麼歡喜！爸爸媽媽晚上談話，說到家計的困難，小牛霍地從床上坐起，他說他想不讀書了，這孩子是多麼懂事！小牛偷偷去做工賺錢，買煉奶餵妹妹吃，這友愛的場面真令人感動。爸爸發覺錯打了小牛，他向孩子承認是自己錯了，這時小牛提起頭來，發覺銅鑄似的爸爸不像在哭，也不像在笑，但卻十分慈祥，十分親切，比任何時候更像他的爸爸。他笑了，滿懷歡喜地倒進爸爸懷裡。這樣的結尾真能把人的眼淚引出來。

故事沒有安排一個勉強的圓滿結局，失學的小牛仍然在失學中，使我們的感情不致隨著問題的解決而放鬆，這樣的處理是適當的。

或許有人從這個故事想起「愛的教育」中的那篇「少年筆耕」，但「小牛」並不因此而減色，他是如此富於現實意義，而小牛形象之可愛，比起那位少年是有過之而無不及的。

介紹古冬的新書《鮮河豚與松阪牛》

張棠

左起：張棠、古冬夫婦與大兒子。

古冬這個名字很古怪：「古代的冬天」，冷得你想到好幾百萬年、好幾百萬年前的冰河時期。

古冬的本名也怪，他叫張袞平，那「袞」字很少見，一般人看了也不見得認識。我查了字典，才知道「袞」是天子穿的龍袍，現在沒有天子了，不認識天子的龍袍，應當是合情合理的事。古冬曾寫過一篇文章，叫〈吃蛋罵蛋〉，「袞」字，就是他那篇文章裏面所說的「滾蛋」的「滾」字沒有水。

古冬這個人跟他「又古又冷」的名字剛好相反。他熱心，興趣廣，愛吃，愛旅遊，他的一生多采多姿。他是廣東臺山人，出生於一個美國僑眷的家庭，然而他卻跑到北京去讀書。北京人說「天不怕、地不怕、最怕廣東人說官話」，他就來個「君子動手不動口」，從事動手的文藝工作，在北京、上海做編輯、編劇本，後來他到了香港，開始寫小說與散文。

他在七〇年代移居美國後，馬上進入餐館工作，在餐飲界十三年，從打雜開始，最後升為波士頓最大一家華人餐館的頭廚。一九九一年，他驛馬星又動，這次他搬到了大洛杉磯的Orange County（橘郡），和朋友合夥開餐館，當老闆了！

從他這一生的經歷可知，古冬寫吃、寫餐館是自然而然，天經地義的事，然而能把中國餐館在美國的酸甜苦辣，寫得像古冬一樣生動的就不多見了。所以在一九九一年，僑報登出他的第一篇《牛狗篇》以後，馬上受到讀者們的熱烈歡迎，特別是有過餐飲業經歷的讀者，讀完後感動得「熱淚盈眶」！自此以後，他連出三本有關「吃與旅行」的書：《浪花集》、《迷茫的東瀛》和這一本《鮮河豚與松阪牛》，本本都受到讀者的喜愛。

中國餐館與在美華人有一種微妙的關係，是一種又愛又恨的關係。古冬說「根據一家專業雜誌的統計，現在中國餐館有四萬多家，從業人員近六十萬」，在二〇〇〇年人口普查時，在美的華人有二百八十萬，從以上龐大的餐館統計數字看來，中國餐館，應該是在美華人重要的一個謀生之道。

民以食為天，就是不直接或間接以餐館為生的華人，為親朋好友接風、送行、雅敘、與朋友約會、或某一天老婆罷工不煮飯了，我們第一件想起來的事，就是找個好餐館去吃一頓。美國人拍過一個電視節目，說中國人是一個「好吃的民族」，連葬禮以後都有飯吃，使他們非常驚異。

我們這個「好吃的民族」，到了美國不論讀書或移民，因為人生地不熟，英語不佳，中國餐館就自然而然地成了衣食父母。從一九五〇、六〇年代，美國對中國的移民開放以來，中國學術界的精英：學文學、藝術、音樂、數學、化學、物理的，都紛紛像古冬一樣，投入了中國廚房的大洪爐，做起「廚房牛、企檯狗」起來。由是可知，中國菜大發異彩的時代即將來臨，未來的中國菜裏面一定會含有文學、藝術、音樂，甚至有化學、物理、數學等等元素，愛吃中國菜的人有福了！

古冬說得好：「餐館利用兩扇門，把內部分隔成兩個截然不同的世界，向外的一邊是佳餚美酒，觥籌交錯，朝裏面的一邊是油煙騰騰，火光刀影。」當我們衣冠楚楚，坐在富麗堂皇的餐館裏「吃香喝辣」的時候，除了交際應酬之外，我們最關心的是今天的菜對不對胃口，waiter、waitress招待得週到不週到。吃得滿意時，齒頰留香，下次再來；吃得不痛快，就氣呼呼的說：「不給小費！」

看了古冬的文章才知道那扇門後面的一個世界，跟那扇門前面的世界一樣，也是一個七情六慾，有血有淚的世界。

所謂的「廚房牛、企檯狗」是餐館行家自嘲的行話，「企檯」就是廣東話的waiter。「廚房牛、企檯狗」，意思是說在中國餐館做大廚，像牛一樣的苦，做跑堂，像狗一樣地不值錢。做廚師的辛苦就像古冬書上形容的：「廚房牛，每日十幾小時，在一百多度高溫的廚房內煎熬」。

事實上，老美說得不錯，中國人確是個「愛吃、又會吃」的民族。以前有一個有名的電影叫「龍門客棧」，從那個電影就可看到，四面八方來的英雄好漢，不約而同的都跑到前不搭村後不著店的「龍門客棧」來了，這些武功高手進了客棧的第一件大事，就是坐下來交待店小二：「來點好吃的小菜！」

請問，如果客棧裏沒有一兩個「廚房牛」的高手，哪裏會有「好吃的小菜」？這些會武功的人，似乎都有一個共同的德性，那就是一言不合就拳打腳踢，刀光劍影，而首當其衝，挨打、挨罵、挨殺的倒霉鬼，就是現在叫企檯的店小二。

「君子遠庖廚」，在中國文學藝術中著墨最少的就是這些流血流汗，把中國吃的藝術文化發揚光大，揚名世界的「廚房牛、企擡狗」了。在中國這麼長的歷史中，我一下子想得起來的「廚房牛、企擡狗」，只有司馬相如和卓文君而已，那還是因為司馬相如是歷史上的大文豪，才留名青史。而中國廚房（尤其古代的中國廚房），環境一定比美國的廚房差太多了，更何況中國的大城：南京、武漢、重慶等都是有名的「中國火爐」，熱不可當。

所以古冬寫中國餐廳，是一種春秋之筆，他寫的不只是美國中餐館的「廚房牛、企擡狗」，他寫的是普天之下，所有中國餐館的辛酸血淚！

但是古冬的著筆不是悲觀的。他文筆幽默樸實，見解豁達開朗，他「古冬式的幽默」讓讀者在難過中又忍不住帶著會心的微笑。他文章中參雜了一些廣東話，不會廣東話的人也許看不懂，讀起來卻叫人覺得親切。

古冬他是正面的、樂觀的。他把廚藝叫成「烹調工程」，廚師是藝術家，還可以上電視做「美食家」。他說現代中國名廚的廚藝，實在高明，比古代御廚還受人尊敬，他又說當今的名廚「像梅蘭芳的表演藝術一樣，同樣地代表著中國藝術」。

古冬也是理智型的作者，他在書中「細說美國中國餐館史」。例如，美國的中餐業，從臺山阿伯的雜碎，怎麼會演變成今天這樣花開遍地的盛況？幕後的重要功臣究竟是誰？古冬說的這位關鍵人物就是雖因水門事件下台、卻因打開中國門戶而青史留名的美國總統尼克森（President Richard Nixon）。

在書中，他也記錄了許多中餐館的重大歷史事件：

一九八九年的「陳皮牛、宮保雞」事件。那時美國媒體口誅筆伐，槍口一致對準中餐館，說一份「陳皮牛」或「宮保雞」的含油量，等於四份漢堡的總和，嚇得怕胖的老美裹足不前。我們都知道美國胖子有愈來愈多的趨勢，每三個人裏面就有一個特大號胖子（obesity），這種消息的殺傷力，自是非常的可怕。

一九九一年，跟古冬的名字一樣，是一個寒冷的冬天。美國經濟不景氣，中國餐館紛紛裁員關門，全美各地的華人，一片唉聲嘆氣。

一九九九年，洛杉磯的一個美國電視臺，暗藏錄影機，偷拍中國餐館廚師在廚房裏的奇形怪狀，不要說是美國人，就是中國人都嚇得好久不敢進中國餐館了。

雖然中國餐館業受到一波又一波的打擊，然中國餐館，就像中華民族這個民族一樣，無論受到什麼打擊，都能像火鳳凰一樣，浴血重生。

古冬愛到世界各地去旅遊，旅遊時，到那裏去吃，吃什麼東西，他書中都有詳細的記載。有了古冬的書，愛吃、愛喝、愛旅行的人就有福了。

現在美國電視上有一個很受人歡迎的日本節目，叫Iron Chef（料理鐵人），這是一個名廚競賽的節目，從這個節目裏，我們看到日本吃的文化，極為精美雅緻。因為古冬的兒孫住在日本，他常去日本，他對日本吃的文化，有極生動的描述，其中最膾炙人口，也最引人入勝的，就是這本書名上的「鮮河豚與松阪牛」

日本「松阪牛」很有名，這些牛是要按摩、喝啤酒的，所以牛肉特別嫩。日本有一家松阪牛肉特別鮮嫩甜滑，入口即化，如果不講你都不知道在吃牛肉呢！

但是，最最驚心動魄的一餐，就是古冬他「咬緊牙根，以豁出去的決心、以視死如歸的勇氣、基督耶蘇最後晚餐的悲壯、英雄好漢慷慨就義的氣概……，非關紅顏，不為江山……」，空前絕後的一次壯舉，這一次冒死吃河豚的壯舉，足足花了他六百美金。

說到這裏，想到古冬書中的種種山珍海味，我已忍不住食指大動，飢腸轆轆了，我現在就要去找一家好的中國餐館，大吃一頓去了。諸位文友，恕我失陪囉！

註：這是作者在二〇〇二年古冬新書《鮮河豚與松阪牛》發表會上的演講稿。

興味盎然讀古冬

中國著名作家　孫貴頌

在這個史上罕見的酷暑炎夏，我讀到了古冬先生的《百味紛陳》一書，頓時收獲了縷縷清涼與陣陣爽朗。

古冬先生現為北美洛杉磯華文作家協會會長，看一下他的簡歷：學過新聞、經濟、攝影、廚藝，當過記者、編輯、編劇、會計、大廚、老闆等等，真是一位經歷豐富、生活多面之人。他出生於廣東，又到北京和上海求學，後遷居香港，再赴美國定居，遍游世界各地，行萬里路，嘗萬家飯，讀萬卷書，寫出了這些雋永有趣的文字，「端出來的是熱騰騰的人生」（瘂弦語），不管是遣詞造句還是鋪陳承接，均細致精準，如行雲流水，自然順暢，令人讀之不忍放下。

這本《百味紛陳》，所收都是短文，千把字，但都言之有物，有嚼頭，不空洞。每篇文字，看似隨手拈來，實則苦心經營。從種種社會現象和眾生百態中，另闢蹊徑，尋覓趣聞逸事。言他人所未言，見他人所未見，給人以啟迪和思考。《日本人》一章，看似在寫日本人的「古怪」生活習慣，其實探究的是這個國家的文化傳統。比如男女同廁同浴，他們視為生活常景，沒有必要遮遮掩掩，就如在歐洲，到處都是裸體雕塑一樣。我們中國人看不習慣，人家卻覺得很雅觀。再如，夏日樹下納涼，在我們看來，是人生的樂事。「大熱暑天，有什麼比盤膝柳蔭樹下，來一罐可口可樂，一撮花生米，更能令人清心解頤！當然最好棋逢對手，推車躍馬，或者斜倚幹杈，洞簫橫吹，一曲《柳暗花明》，令雲雀也要黯然。」（《游園驚豔》）而老美卻不。大熱天，不納涼，不避暑，偏要跑到綠油油的草地上，去享受「日光浴」，更有年輕女子，幾乎脫下所有衣裳，像精雕細琢的碧玉，高低有致地倒躺橫陳。遠遠望去，如地上擺滿了「白皮猪」。最後晒得「白皮猪」變成了「沙皮狗」（《游園驚豔》）。哈，古冬先生大飽眼福了！

對於沒有到過海外特別沒有在海外生活過的人，以為海外無疑是天堂和仙境。其實不然。看古冬先生的《尾大不掉》：「僑胞們所立足的異鄉，並非一塊民吏康泰的福地，儘管大家已經盡力，多數人還是僅堪溫飽而已。偏偏，我們錯把水鬼當城隍，都擠到華埠來，都擠到一塊兒，大興土木，廣建廟堂，哪有不香客零落、慘淡收場的道理！」。再讀一下《搶》吧：「華人最易被搶，也最多人來搶。」「華埠是塊肥肉，華人都是肥羊，偷、摸、搶、劫都如探囊取物，易如反掌。於是四方君子，八路英豪，都來上下其手，探而取之了。」就是古冬先生本人，移民美國之後，在餐館掌杓，「早上操刀，午後炒鍋，除了要有足夠的體力，還要忍受長時間工作的煎熬，有人說，初入行時，簡直如同上刀山下油鍋……」讀到這樣的文字，你就能理解，華人在異域它鄉打拼是多麼艱難！

最引我興趣的是輯三《鍋裡乾坤》。古冬先生對世界各地美食的了解與描寫，對烹飪技巧的掌握與嫻熟，如數家珍，妙不可言。他不寫五星級酒，不寫滿漢全席，只對大眾食品用筆，有讀梁實秋《雅舍小吃》的感覺。而這素常的大眾食品，古冬先生又是精挑細揀那最為上等的予以介紹。像日本人做餃子的精致，咖啡店的微笑服務，都使我們領略到一個行業、一個國家的禮貌、道德乃至民族精神。讀《了不起的公仔麵》一文，你不得不佩服日本人的「在粗拙上加多點精致，在傳統中安插些新意」，結果將我們祖先兩千多年前的本事搶了過去，坐上了「製麵鐵人」的寶座。正是他們發明了風靡全球的方便麵，引領現代生活的潮頭，成為食品工業劃時代革命的先驅。

寫文章的人都知道，比喻在文章中是最為出彩也最難掌握的修辭手段。將女人比作花兒當然最省事最容易，但也會落下拾人牙慧的不屑。而古冬先生在此方面顯然下過功夫。往往出其不意，不落俗套。形容雨後的洛杉磯「就像一張剛哭過的笑臉。」（《日本人》），給人以想像的空間。描寫日本的清酒，「倒又真有幾分似日本的女子，不是一飲就醉，一觸即熱，而是嬌柔婉約，情深款款，安於做一個平平淡淡的妻子，而不去做一名轟轟烈烈的情人。」（《清酒也醉人》）。他形容做人，「就像做輪胎，老了就要更新，車輛才會不停地轉。而且換下來的總被推到一邊，待人來清理。」（《代溝》）。類似的奇思妙想，在古冬先生的文章中，像濟南趵突泉的水一樣「咕冬咕冬」不住地往外湧出。

捧著這樣的一本書，「就像捧著一缸滿溢的蜂蜜」（古冬語），我不禁為古冬先生的人生喝彩，也為作家的文筆喝彩。

二〇一〇年春，寫於山東濰坊閒雲齋

趣讀古冬

中國著名作家　石群良

又一份珍貴的「禮物」《百味紛陳》跨海越洋從北美洛杉磯經北京（王耀東老師之手）輾轉而來，咋看是一本養生書，封面上還點綴著誘人的青菜豆腐，大蔥黃瓜。

這確是一本關於「養生」的書，書的主人是中餐專欄作家、北美洛杉磯華文作家協會會長古冬先生所著。古冬原名張袞平，廣東台山人，一九七八年由香港移民美國，曾在餐館打工，後轉至波士頓最大餐館任頭廚，一九九一年開始寫餐館雜文《牛狗篇》系列，其作品深受餐館業讀者歡迎，隨後淡出中餐業仍筆耕不輟，並形成古冬式的趣味雜文。《百味紛陳》就是古冬先生將生活中平淡的「青菜豆腐」，燴成一冊生活味濃郁、百味紛陳的美饌。

古冬先生是一位生性不羈內涵豐盈的人，他是超級廚師，把餐飲從國內做到了國外。翻開扉頁，一步步探索著走進去，對我感觸最大的便是他的談「吃」，即便遊山玩水，別人將目光大都放到了對自然及人文景觀的欣賞，而他卻總將目光有意無意的游離到吃上，如他寫的《夏威夷的魚和蝦》，夏威夷是世界著名的旅游勝地，也正如古冬所言：「碧水青山，黃沙白浪……夏威夷就像一串閃亮的翡翠，被刻意灑落在太平洋中央，你說她有多美，就有多美！」然而，這麼美的景致竟吸引不了他，他一轉身，卻又將目光投向了這裡的名吃：

「靠山吃山，靠水吃水，來到這裡，自然就想到魚和蝦。」「有點意外的是，廣受推崇，被認為是全世界最好吃的蝦，並不是出於金碧輝煌的五星級酒店餐廳，而是來自一個破爛不堪的路邊攤檔」，這就是他與眾不同的發現，原來，在他的世界裡，美食才是他最靚的風景啊！

古冬先生不愛江山愛美食，愛的痴情，愛的出彩，他所呈現的，分明是人生的「百味」。在《說雞》一文裡，在談到「宮保雞」時，他說：「一道成功的好菜，不在名目，而在於是否為大多數人所接受。在這裡，靈活配搭與適時變通，往往要比墨守成規強求『正宗』更容易走上成功之路」。他認為：一道名菜的出現，不一定是大廚名師挖空心思的結果，而可能是偶然間來自一位無名廚娘的頓悟。他去香港元朗附近一家不常來往的親戚家裡，令他眼睛一亮的是人家招待他一碗色澤金黃、香氣撲鼻的鹽焗雞，作為一名廣見博聞的美食高手，卻不禁與太太異口同聲「好味，好味」——「的的確確，雞質柔軟細滑，雞味雋永深遠，即是說，那味是內斂的醇厚的」。而這道菜的「發明者」竟然出自一個「模樣樸實的小婦人」，他猜想：「她的做法可能是介乎於鹽焗雞與叫化雞之間的另類妙法吧」

古冬先生是美食「旅游家」，所以，日本、香港、美國，大都留下了他「吃」的痕迹——《了不起的公仔麵》《室雅何需大》《吃出來的相撲》《雲吞麵的傳說》《說雞》《妙不可言葱姜蒜》等等文章便記錄了他說吃的發現與感動，也正如此，他才能將飲食做成事業，並在激流中搏擊成功。他說：「當飽足已不再成為難題之後，飲食開始演變成為一種專業、事業甚至企業，除了滿足食欲之外，還注重美的欣賞，務使吃它一餐變成一件賞心樂事」。但面對餐飲業間的不惜血本不計後果的惡性競爭，作為一個「過來人」，他明白告知：「特色、精致、優雅、美味、價廉才是普通大眾的需求」。

古冬先生的「意趣、美（色）趣、食趣」很大，視野開闊，一眼望去，那是一片水天相連的大海——「屋裡屋外」「目瞪口呆」「鍋裡乾坤」「秀色可餐」「笔墨紙硯」，便是古冬先生為我們開列的一個個全新的被他感動的新奇世界。

也許古冬先生長期生活在海外的的緣故，他對「色」也頗為研究，他認為：大家欣賞女性的美，有如欣賞詩與畫，是在追求健康自然的美感，與色情狂不同（《波霸奶茶與美女》），現在我們大陸也談色，也將色與美有機的結合在一起。在古冬「秀色可餐」這集裡，《我心像月亮》《女人十味》對美有著獨特的發現與認知，且敘述妙趣橫生：「認真講起來，女人要比男人複雜得多，可說是一人一品，百人百味，定力稍差的人，多會目迷五色」（《女人十味》）。儘管百人百味，但他還是把女人從小女孩、少女等不同的年齡段劃分為「十味」。

說了古冬先生的食趣和「美」趣，我們還要留意一下他的「屋裡屋外」和令他驚訝莫名的「目瞪口呆」，古冬先生有著一雙敏銳的善於發現的眼睛，他能從滴水中發現大海的潮汐，從細微中發現真情。也正如瘂弦在談及他的《食色男女在異域》所說：「中國人一到了國外，生活故事倍數增加，可寫的東西很多」。

也是，一切都是好奇的、一切都是新鮮的，而創作的衝動大都緣於因陌生的第一感覺而擦出的靈感火花。旅行家徐霞客用雙腳丈量了中國大好河山，並以遊記形式記錄了大量珍貴的地理資料，古冬先生亦然，只是他的「行旅」起點是「餐飲」，再由餐飲外延到起居住行，屋裡屋外，以點帶面，蓬蓬勃勃的成就了他的雜文體系。

我們從他的《心安身泰是居處》，可以望到他在大洋彼岸美利堅加州所置兩所大屋前後的心路歷程和時事變化，他剛從波士頓搬到洛杉磯時，曾寫下《何處是吾家》一文，感慨頗多：「人身如雀，我們必須首先找到一個適合自己生存的環境，……其次是因為長大了或富裕了，要改善居住環境，便需換間大屋。」並隨之例舉議論道：洛杉磯某地有個著名「二奶村」，裡面就有不少豪苑華屋，皆為富人們用以藏嬌納寵的外宮別院。但請不要慨嘆世界不公平！看看多少恩怨發生在豪門之中。

話扯遠了，古冬先生經過市場打拼，也終於有了兩幢五、六千呎「大屋」，然而，別人在二〇〇六年以四、五十萬元買來的三千呎大屋，就直敲百萬大關，結果，房市被吹成了假大空，從事放貸特別是次放貸的銀行尤為窘迫，以致終於引發一場災難性的金融海嘯。好在古冬先生達觀：我們不是炒家，圖在風暴中發橫財，只是希望有一處較為寬敞舒適的地方。曾經席捲全世界狂濤四起的金融海嘯，不想古冬先生竟從自身經歷用了區區一兩千字就讓人看到了它的蛛絲馬迹。

古冬先生的雜文溫和而耐人尋味，在一篇一至兩千字的篇幅裡，往往傳遞著豐富的信息。其語言幽默、詼諧、風趣：「這兒車流如鯽，比北京王府井的自行車陣更加擠逼，比香港上班族的腳步更加匆忙，既沒有當年首長坐小轎車的威勢，也沒有香港闊少飈小跑車的瀟灑，這個用鋼鐵和玻璃鑄成的怪物，只是一件用來代替兩條腿的工具！」不過，當下快速發展的中國，汽車已日漸成為尋常百姓駕馭的「怪物」。

輯二「目瞪口呆」，實際是古冬對另類花花世界觀照後的客觀描述。《炒起香港》說的是港民樂此不疲的炒股熱，熱到什麼程度：「香港是給大家炒起來的」；《妙喻》說的則是澳門雖好賭，而「有趣的是，禁者自禁，賭者自賭」——古冬信步來到與之一河之隔「禁毒」的中國大陸廣東——「體育運動娛樂中心」，發現這裡正在進行以「智力競猜」的「賽狗比賽為障眼法的賭狗賽」——這種妙不可言的「創意」也令古冬「目瞪口呆」。

寫了香港、澳門，他又寫《日本人》：原來令古冬目瞪口呆的是日本人的男女混浴以及家庭中對男人百依百順的小女子掌管家庭財政大權等「怪現象」。當然，他寫的最多的還是他所在的美國，寫美國人的造反精神、冒險精神。這是他們民族的人性所致，這既是他們的強勢，也是他們的劣勢。

古冬先生的文章短小隽永，並形成了別具一格的「古冬式」趣味雜文，尤其文章的結尾，就如王剛講故事的最後的一句話那樣耐人尋味。

值得最後一提的是輯五的「笔墨紙硯」，這是他人生的又一況味，如《咖啡與報紙》、《作家也者》等就寫得風趣而有見地：「你看古冬，說他『其文如人』，其文活潑生動，風趣幽默，社交應酬卻拘謹木納，拙於辭令。說他『其人如文』，其人不離食色，生性不羈，運筆行文卻嚴謹誠摯，處處蘊藏著豐富的情感與強烈的道德感。可也因為這些，這本趣味盎然的小書，必能娛人」。

這是他的自嘲和自娛。但，這本書「必能娛人」，我堅信。

（二〇一〇年五月寫於河南）

獨到的藝術審美自我需要寫作
——讀美國洛杉磯作家古冬先生的《百味紛陳》

中國著名作家　許慶勝

「我實在稱不上作家，只是喜歡塗抹而已。感覺有點像情欲和食欲，有衝動時提筆，發表就滿足了。」（見《百味紛陳》頁三，《前言》，著重號為筆者加），這是自謙，但更是極大寬延度上的對真正文學創作的準確哲學闡釋與定位，也極妙地透露了作家古冬先生的寫作特徵、狀態和不斷寫作的現實祕密。「有點像情欲和食欲」，尤其「食欲」二字，把真正寫作的本質內涵恰到好處的揭示出來了。我對此種界定極為認同，大概也與我創作的哲學感覺歸納有關。因為我的確聽到不少這樣的言論：「我不是不想創作，實在沒有時間！」，對此我深不以為然，我在個別文章中就曾質問道：「對於真正創作的作家來說，寫作就是生命，就是吃飯，不是時間不時間的問題，你敢不敢說，或敢不敢做一回：『我因為工作太忙，已經七、八天不吃飯了?!』」（見《縱橫裁華章》，載《城市詩世界》一九九九年十二月第一版），別說七、八天，就是一天不吃，你也受不了！可見不是時間問題，而是你根本就沒有這個天定的才華和需要！讀了古冬先生的這本《百味紛陳》，我更有了一個來自海外的強有力的旁證，實在令我激動不已。

從這個角度而論，創作的確存在兩種狀態，一種是外力強制的任務如某些所謂專業作家，他們的所謂作品基本上是帶有「領導」意識的先定範式，到底有多少創作者想說的話？只有鬼才知道。另一種便是藝術家自覺地真正的自我審美需要，「喜歡塗抹」，「有衝動時提筆」，全是作家想說的話！哪一種藝術含量高？其真偽差異不言自明。通讀《百味紛陳》再三，便知此書就屬於後一類的藝術審美創造。它的確不是被動強制的產物，而是古冬先生自我精神需要的顯在標志物：即藝術審美需要，就像餓了吃飯一樣自然！那一定是一種快樂的事情。「如藝術能使人快樂」（見《藝術家族與微觀美學》頁一，郭振華教授著，中央民族學院出版社，一九九三年北京十月版），為什麼快樂？就是需要。主體的這種審美需要就是審美寫作活動能夠發生的最強大的內在動因。所謂需要，就是一種欲求不滿的狀態，這種狀態引起的欲想、動機、意志等成為理想的意圖，這種意圖又變成一種力量，驅使主體從事各種各樣的創作活動。黑格爾認為，審美需要就是「心靈自由的需要」，是「觀照自己，認識自己，思考自己的需要」（黑格爾，《美學》第一卷，三十八～三十九頁），就古冬先生來說，他周遊列國，廣見多識，「萬物靜觀皆自得，處處留意皆文章」，他有宣洩和表達的需要！當然這種審美需要因創作主體不同，其需要的方向、面積自然是有差別的。它必定是以具體作家的動機、欲望表現出來，由每個作家的個人條件和所處的客觀環境所決定，從而去與世上不同的審美對象建立審美關係：有的要登山，有的要觀海，有的生存能力有限，只能在國內，有的能量巨大，便象古冬先生這樣出洋周遊世界，與世界各國的物與人建立審美關係，哪個層次高，也是基本上不言自明的！而閱讀的藝術享受和教益也是天壤之別，讀國內的這些「審美關係」，量上再大，也基本上沒有什麼「質」的變化，而境外的「審美關系」即使薄薄一章，也是新意百出的！更何況古冬先生這厚厚一大本的《百味紛陳》！難怪王耀東先生讀了他的《食色男女在異域》大大的感慨：「補了我沒出國這個遺憾」（見《百味紛陳》頁二五三，王耀東《讀古冬〈食色男女在異域〉雜感》），而我們讀了《百味紛陳》，不也一樣的感同身受嗎！那些腐敗官員們可是有出國的「能量」，可他們除了浪費一通國家的資財，能留下什麼有價值的東西?!因而像古冬先生、劉耀中先生等海外作家多出版類似的著作，那不光是他們本人的榮耀，也實在是我們這些無緣外流的最廣大的內地讀者們的幸運啊！否則我們到哪裡去豐富這些難得的境外「審美關係」?!

從《百味紛陳》的寫作方位與主體構架觀照，由「屋裡屋外」、「目瞪口呆」、「鍋裡乾坤」到「秀色可餐」、「筆墨紙硯」，古冬先生基本記錄的是西方世界的自然、社會、人倫、吃喝拉撒等宏觀與微觀的特有文化、中西文化的差異和作為華人的異域遭遇、創業奮鬥歷程以及獨到的世界觀、人生觀、價值觀、國家觀、對生命得失的正確生存態度等。而沒有像余光中等的海外作家詩人那樣深陷「鄉愁」思念故土親人的泥坑中不能自拔，可見古冬先生的心胸之寬闊、生命態度的陽剛、積極奮鬥、事業發達順暢的生存風貌！俗話說「吃飽了不想家」，這是另一個向度上的話題，作為海外華人能在異域闖出一番事業，不也是我們全體中國人的驕傲與自豪嗎?!在此書中，他寫了美國的加州洛杉磯、內華達州、紐約等大城市，日本的東京等地，探求中西文化的差異，並作出自己的而非國家意識的審美價值判斷。「真是一個奇特的都市，最富有、最貧困、最顯貴、最卑賤的人，都擠到紐約來了。」（見該書頁一一一，《啊，紐約……》），「日本人縱有千般不是，他們對待工作與事業的熱誠、專注、虔敬、執著的精神和態度，還是令人欽佩的。特別是餐飲業方面，不論員工還是店東，都是認真盡責，務求做到賓至如歸，人人稱好。」（見該書頁一四二，《微笑與咖啡》）。不過總起來說其審美理想、審美趣味以及其人生與社會理想，還在儒家的道德認同，追求入世的積極，知足的常樂，如《心安身泰是居處》，《一路平安》等，

「愈喊愈快，愈畫愈起勁，那就不僅是畫一頓晚飯那麼簡單，而是一幅動人的天倫樂圖了。寫一篇稿子，夠古冬畫一次鬼腳：畫一次鬼腳，夠古冬樂足一整天。」（頁二二五），而對美國人所謂「美國精神」的冒險十分反感：「這種行為到底有多少實際意義，看來只有請教高明了」，「逞一時之勇，博一刻之快，求一瞬之刺激，可能也屬於一種精神。那麼這是否就是所謂的美國精神呢？」（見該書頁九十八），對於此種冒險精神的美學判斷，可能仁者見仁，智者見智，但古冬先生作為爺爺輩上的人，他的界定一定不是沒有道理的。

另外，此書還詳寫了世界各地的美食，女人的各種色味，婚姻的「十戒」等等，都具有行業專業性的特點，因而此書的現實教益與審美價值不是一篇單文所能概括得了的，最好的辦法是大家自己深入此書的行文中，無盡的美學藝術享受在等待著你們呢！

二〇一〇年七月二十八日寫於山東省萊蕪市政協《江北詩詞》編輯部

由讀《百味紛陳》引發的雜議

中國著名作家、教授　伍天喬

文友要我給古冬的書《百味紛陳》寫一評述，這可難煞我也。因為我只寫過區區文學作品，實在是人文界的新人，儘管我是理工界的老人、長者。況且，寫書評屬於文學批評這一行當，我更外行。不過在讀了這一書後，就為它的題材吸引，書中主講的是人們天天離不開的「飯食」。古冬從中西人不同的觀點來評述百味之異同。這百味就如同每個人人生的迥然相異。

全書共分五章（書中標題為輯一，……輯五）外加一個附錄，附錄的是瘂弦、王耀東和吳振興對古冬文學作品、尤其是餐事散文的評述。五章的標題分別為屋裡屋外、目瞪口呆、鍋裡乾坤、秀色可餐和筆墨紙硯。叙事的發生地主要是美國、香港，也涉及日本和中國。美國則主要在洛杉磯。這些地方我都待過或去過，這為了解書的內容提供了外在條件。在英國，我也曾在餐館打過工，因此古冬所描述的那些事多多少少知道一些。

書中對中餐菜餚多有褒美之詞，想當然，中國人都會這麼做的，因為中餐美味可口，非其他國家或民族的飯菜能比擬。一次在德國參加氣候變化學術會議，遇到一個由香港去美國的華人科學家，我問他，他和他的家庭都美式化了吧！他說不，特別是在吃的方面，仍然固守著中國飲食。我想，其主要原因就在於中餐的色香味俱全吧！而古冬對中國菜餚分析之細微使得褒美之詞無懈可擊。例如對北京烤鴨吃法的分析：「需知烤鴨的吃法，應是鴨皮加大蒜，再加甜醬，然後用烙餅包之。是的，鴨皮不錯是肥了一點，但大蒜剛好把那油膩給劈了；大蒜無疑也是辛辣了一點，但甜醬又剛好把那怪味給蓋了：而烙餅，那該是一張剛剛烙好的薄餅，柔軟而溫香，這樣湊合起來，才是一件足堪回味的烤鴨。」古冬用詞不追求新奇，但妙語連篇。「母雞溫順，公雞盡責，樣子又可愛，本來就是家禽中最討人喜歡的一種。特別是，雞的肉質平和鮮美，照中醫的說法，就是清而不寡，甜而不膩，補而不燥，可以令人久食不厭。由皇宮御膳到路邊攤檔，自名店大廚至僻鄉村姑，蒸之、燉之、炒之、炸之、燜之、焗之……哪裡少得了雞，又誰個不會殺雞烹雞呢？」連用六個「之」字，使人讀之，口水自然外流。

衣食住行，人生活之必有四大方面，書中都有涉及，只是衣著、服裝方面談得不多。關於住房，美國住房之寬敞、舒適，香港、中國都無法與之相比。其實有一條是相同的。很多人為了自己的住房，為了有個舒適的窩，要奮鬥大半輩子，甚至一輩子。由於像北京、上海、深圳等謂之一線城市的地方，近年來房價狂漲，就是省吃儉用一輩子也難購買一套用以安居的單元房。恐怕老美來華生活也會望「房」一生嘆的。

書中高論不少，有的獨到見解，有的擊中要害。如在「慳與貪」一文中，說到超市僅幾美分的讓利，就讓人們趨之若鶩、愛不捨手。這到底是慳還是貪呢？這只能用人的本性愛財來解釋。君不見，中國貪官們貪污少則百萬、千萬元多至以億計，憑心而論，他們要這麼多錢有什麼用呢？人的本性好財，於是就出了小貪、中貪和大貪。書中也有若干衣食住行外的散文，如論及美國人的愛國與國人之不同；關於作家、寫家的議論。「什麼叫『作家』？這就是『作家』的本事。如隨便拈件小事，東扯扯，西湊湊，無中生有，強行『作』大，便洋洋灑灑，斐然成章。問題顯然出在『家』字上面。而歸根結蒂，相信還是文人相輕這個老毛病在作怪。你也算作家呀？只怕才露出一點點口風，那邊已有人撇著嘴皮說：自高身價，得啦！」按此說來，有人提議把「作家」改為「寫家」也是不妥的，因為還有個「家」字。我看乾脆把「作家」改為「寫匠」，大概就名副其實了，也沒人再有意見了，作家本人也心安理得了。

俗話說，言多必失，作品寫多了，內容平平、觀點缺失的文章自然出現。《百味紛陳》中也有平平之作，例如標題為「日本人」的雜文，內容泛泛，缺少作者本人自己的見解。另外，文章是用繁體字寫的，對我這樣小時學繁體字的人來說，閱讀是沒問題的。另外加上不少港人、海外華人用的詞兒，不少內國人讀起來會有困難的。這使我聯想到英國英語和美國英語，發音、用詞不少是不同的，但始終沒有翻譯之說，無論口語、無論書面語。而我們中華文化圈內卻有繁體字和簡體字版本，是否多此一舉？其實，不同得面目全非的簡繁體字沒有多少，有關組織和媒體加以宣傳，開辦些課程和訓練班，就可解決問題。

《百味紛陳》由台灣秀威資訊科技股份有限公司出版，二〇〇九年十二月

又遇古兄

黃奇峰

那是一個星期天的傍晚，我們夫婦和同教會的另一對朋友夫婦相約走進一間餐廳共享用晚膳。坐下不久，就見一個稔熟的身影走過來像要去洗手間的樣子。他到我的桌前，突然叫了我的名字。我一怔驟然抬頭，看見短小精幹的老友古兄肅立面前。原來他是故意路經我們的桌子來和我打招呼的。

我因有朋友在座，和他閒客套幾句就告訴他我會等一下到他們那邊座上繼續傾談。

認識古兄，全是因為十多年前我在報上讀到他的一些關於香港的文章和字裡行間那濃濃的鄉情，知他一定是從香港移民來的文友。後又獲悉他也是我們文社的文友，我就本著以文會友和惺惺相惜之情，主動打電話和他交談。在新年的一次聚會中，他兩夫婦竟指名道姓打鑼敲鼓地找我，一見頓成莫逆。因六〇年代，我們曾經在香港的學生週報和青年樂園投過稿。都是根在香港，長在香港，移民美國，同講一種方言，比較談得攏，也因此走得近。

而且他有一本散文集，《浪花集》，還是我掌文社出版部時替他出版的。當時我也不知天高地厚，山外有山，天外有天，以粗糙文筆，淺薄學識，大膽地替他的文集寫了一篇序，真是見笑方家。

後來因種種原因，我毅然離開了文社，十多年在外面為生活拚搏，就很少和文社的文友交往了。看報知他在文社做了會長，我也曾去信道賀，並著他不要為名為利，要真真實實為文社出力，有自己的見地和方向，努力幹出一番偉業。在這個龍蛇混集的地方，切勿被人牽著鼻子走。

雖然多年不曾再見面，難得他很念舊，每年他都給我寄來聖誕卡、賀年卡，而且每次都是一早寄來，很有我心。

前年，從他寄來聖誕卡的地址，我知他搬到我居住的小鎮來了。很近，就在呎尺之間了。他也在信中千叮嚀，萬囑咐，大家要找機會見面敘舊飲廣東茶。我因過往對一些文人的交往和處事作風，有不同的觀點和角度，存有戒心，幾乎沒有和文社的人來往了。自己專心做自己的工作，閒來在自己的文學園圃中培植文章詩詞和小說，娛人自娛好了。

想不到這世界是這麼小，在一間不出名的小餐廳，我們竟又遇上了。上蒼最會撮合有緣人。有緣千里能相會。

我和朋友點了菜，趕緊到他們夫婦的桌上下交談一下。原來他們不是剛到，他們是用膳早已完畢，欲打道回府，聽我說要過去和他們交談，便在那裡坐候。真是不好意思，並不是我耍大牌，累他們在那邊枯等，怪不得他太太也走來我的桌前和我交談一陣。

幾年的時光往事，驟然倒流在我們的暢談中。我很感慨，舊時一個文社，竟因人事傾軋，文人相輕，爭為盟主，四分五裂。我叮嚀再三，要他把文社的事辦好，要有真知灼見，不要妄聽讒言，把那些牛鬼蛇神，投閒置散，逐之遙遠。

情緣巧合，在餐廳中不意遇見一位故友，一位真正替社團做事，出錢出力的好友，怎不叫我高興呢！他們離開餐館時，我親送到門口。六月溽暑酷夏，經過中午炎陽的殘暴肆虐，晚上八時，外面陽光一片溫爽清涼，一切平靜如一條說完故事的河。

（原載二〇〇九年三月六日星島日報）

作者近照

作者夫婦出席2011年世界華文作家代表大會留影

少年大江南北，壯年東西兩岸，老大隱居羅蘭。

作者少小時。

作者夫婦結婚照。

作者一家移民美國前攝於香港。

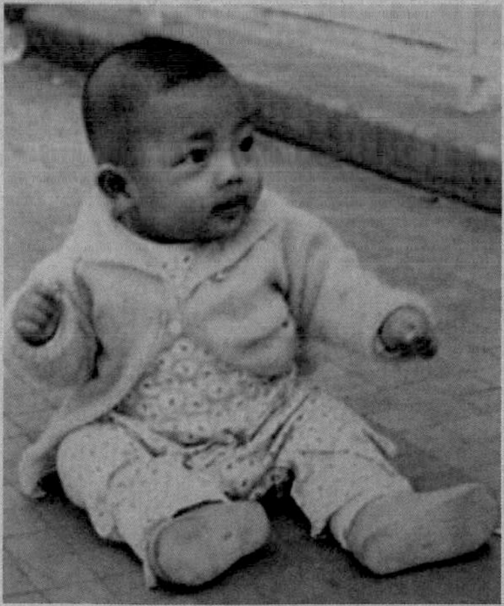

老大幼兒時。

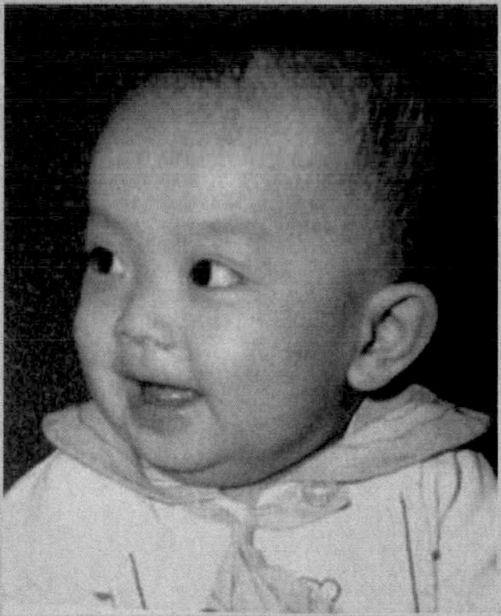

老二幼兒時。

作者夫婦與兩位公子。

2008年初夏老二以第一名的成績取得麻省理工（MIT）博士學位合家留影。

作者夫婦在香港老二家中。

年前作者夫婦結婚五十週年紀念，兒孫們在香港君悅酒店特首廳設豪華宴，以良朋、鮮花、美酒、佳餚大事慶賀。

作者夫婦與獎杯。

老大今夏雙喜臨門：兒子在印大安那（Bloomington）大學畢業，女兒將進哈佛或耶魯就讀。

老二一家。

孫女穎微、穎娜在日本北海道。

老二兩個女兒文武雙全，溜冰、滑雪、游泳尤為出色。

孫女穎芯曾覲見布希總統，獲獎無數，包括美國十項全能學術比賽第一名、國際美國海洋海報設計第一名等。十餘歲已考取鋼琴十級與榮譽演奏級，上圖攝於紐約卡內基（Carnegie Aill）演奏廳。

作者全家福。

BOD Books on Demand

語言文學類　PG1196　北美華文作家系列17

回望
——古冬文集

作　　者 / 古　冬
責任編輯 / 廖妘甄
圖文排版 / 楊家齊
封面設計 / 秦禎翊

發 行 人 / 宋政坤
法律顧問 / 毛國樑　律師
出版發行 / 秀威資訊科技股份有限公司
114台北市內湖區瑞光路76巷65號1樓
電話：+886-2-2796-3638　傳真：+886-2-2796-1377
http://www.showwe.com.tw
劃撥帳號 / 19563868　戶名：秀威資訊科技股份有限公司
讀者服務信箱：service@showwe.com.tw
展售門市 / 國家書店（松江門市）
104台北市中山區松江路209號1樓
電話：+886-2-2518-0207　傳真：+886-2-2518-0778
網路訂購 / 秀威網路書店：http://www.bodbooks.com.tw
國家網路書店：http://www.govbooks.com.tw

2014年9月　BOD一版
定價：400元

國家圖書館出版品預行編目

回望 : 古冬文集 / 古冬著. -- 一版. -- 臺北市 : 秀威資訊科技, 2014.09
面 ;　公分. -- (北美華文作家系 ; PG1196)
BOD版
ISBN 978-986-326-281-7 (平裝)

855　　103015282

讀者回函卡

感謝您購買本書，為提升服務品質，請填妥以下資料，將讀者回函卡直接寄回或傳真本公司，收到您的寶貴意見後，我們會收藏記錄及檢討，謝謝！

如您需要了解本公司最新出版書目、購書優惠或企劃活動，歡迎您上網查詢或下載相關資料：http:// www.showwe.com.tw

您購買的書名：______________________________

出生日期：________年________月________日

學歷：□高中（含）以下　□大專　□研究所（含）以上

職業：□製造業　□金融業　□資訊業　□軍警　□傳播業　□自由業

□服務業　□公務員　□教職　□學生　□家管　□其它_____

購書地點：□網路書店　□實體書店　□書展　□郵購　□贈閱　□其他

您從何得知本書的消息？

□網路書店　□實體書店　□網路搜尋　□電子報　□書訊　□雜誌

□傳播媒體　□親友推薦　□網站推薦　□部落格　□其他__________

您對本書的評價：（請填代號　1.非常滿意　2.滿意　3.尚可　4.再改進）

封面設計____　版面編排____　內容____　文／譯筆____　價格____

讀完書後您覺得：

□很有收穫　□有收穫　□收穫不多　□沒收穫

對我們的建議：______________________________

____

____

____

請貼
郵票

11466
台北市內湖區瑞光路 76 巷 65 號 1 樓

秀威資訊科技股份有限公司 收

BOD 數位出版事業部

(請沿線對折寄回，謝謝！)

姓　　名：＿＿＿＿＿＿＿＿　年齡：＿＿＿＿　性別：□女　□男

郵遞區號：□□□□□

地　　址：＿＿＿＿＿＿＿＿＿＿＿＿＿＿＿＿＿＿＿＿

聯絡電話：(日)＿＿＿＿＿＿＿＿＿＿(夜)＿＿＿＿＿＿＿＿＿＿

E-mail：＿＿＿＿＿＿＿＿＿＿＿＿＿＿＿＿＿＿＿＿